本気の悪役令嬢！

きゃる

Cal

Regina

登場人物紹介
リューク
ブランカの幼なじみで、
公爵家の嫡男。
攻略対象の一人だが、
何かとブランカを
構いたがる。
ブランカ
前世の記憶がある侯爵令嬢。
この世界が乙女ゲーム
『プリマリ』の世界で
自分がヒロインの恋を邪魔する
悪役令嬢であることを知っている。
ヒロインと攻略対象達の
素敵なラブシーンを見ることを目標に
日々、意地悪をしようと奮闘中。
マリエッタ
『プリマリ』のヒロイン。
なぜか、
悪役令嬢である
ブランカに懐き、
攻略対象達に
あまり興味を
示さない。

ルルー先生
元ブランカの
家庭教師。
ダミアン
隣国からの留学生。
ライオネル
『プリマリ』の
攻略対象。
武力自慢で
とても頼りになる。
ユーリス
『プリマリ』の攻略対象。
物静かな勉強家。
ジュリアン
カイルの従弟。
『プリマリ』の
攻略対象で
甘え上手。
カイル
この国の第二王子。
『プリマリ』の
メイン攻略対象。
ブランカに優しい。

目次

本気の悪役令嬢！

プロローグ

「ブランカ様、ひどいわ！　こんな幼い子を責めるなんて……。この子が何をしたと言うんですの？」

春爛漫《はるらんまん》の庭で、銀色の髪の小さな男の子を腕の中に庇《かば》ったマリエッタちゃんが、私を睨《にら》みつける。

肩にかかるゆるふわのブロンドとサファイアブルーの瞳と共に、ピンクの服についたたくさんのリボンも震えていた。

そうそうコレよコレ！　私は貴女のその泣きそうな顔を見せたいの。キラキラと輝く綺麗な涙が滲《にじ》んだ、宝石のような青い瞳。これを見たら、世の男どもはイチコロね！

さあみんな、可愛くて天使のような優しいマリエッタちゃんにじゃんじゃん注目しちゃってくださいな。この子がこの世界の主役。こんなによい子はめったにいないのよ！

ここは乙女ゲームアプリ『プリンセスガーデン～マリエッタと秘密の貴公子～』略し

て『プリマリ』の世界。マリエッタはこのゲームの主人公。そんな世界に転生した私は、彼女の恋を邪魔する悪役令嬢だ。

ちなみに、今はゲームが始まる前の子供の頃。さすが乙女ゲーム、子供といえど登場人物達はみな容姿が整っていて、とっても優しい。

西洋風のこの世界は前世でプレイしていたゲームの内容そのままで、日常にお城や馬車、ドレスがあふれている。加えて、魔法を使える人までいるという、まさにファンタジーの世界！

そして今、私が何をしているのかというと――ヒロインである美少女のマリエッタちゃんに絶賛嫌がらせ中。

ああ、でもまだ弱いわね。彼女のいいところをもっと攻略対象達に印象づけなければ。

私は高飛車に言い放つ。

「まあぁ貴女、いったい誰にものを言っていらっしゃるの？　わたくしをバレリー侯爵家の者と知ってのことかしら？　今日のためにわざわざあつらえたドレスを汚されて、黙って見逃すとでもお思い？」

マリエッタちゃんごめんよー。私がしっかり悪役しないと、大人しい貴女は日立たないの。まだ幼いからって気を抜いちゃ、ダメ。今、この場にいるのは、みんな貴女の攻略対象よ？　優しくしてあげてね。

「ブランカ様、ひどい！」

「ひどい？　どうして？」

ひどいのはわかっている。だって私は悪役令嬢だもの。意地悪しないと意味がないでしょう？

一　転生先はゲームの世界

さて、自己紹介がまだだったわね。

私の名前はブランカ・ジェリル・バレリー。カレント王国バレリー侯爵家の一人娘で年齢は七歳。今は王宮の庭園で子供達だけのお茶会中だ。

正直、お茶会よりも飲み会に行きたいし、上品な焼き菓子よりもホッケや枝豆をツマミに上司の愚痴《ぐち》を言いたい。

だって私には前世の記憶がある。

私は二十四歳のＯＬで、楽しみといえば乙女ゲームアプリだけという人間だった。

学生時代から恋愛ゲーム、いわゆる乙女ゲームにハマり、現実の恋愛には一切興味なし。そんな私は残業続きで睡眠不足だったある日、うっかり工事中の穴に落っこちて絶命した。

最後にプレイしていたのが、この『プリマリ』というわけ。このゲームは美麗な画像――つまりスチルと、声優さんの魅力的な声――イケボが特徴だけど、あまり人気がなかった。それでも、私はこのゲームをこよなく愛していたのだ。

給料をつぎ込み課金アイテムを集めていたが、すべての攻略対象の好感度を大幅に上げられるという究極アイテム『虹色のドレス』は結局手に入れられなかった。

私の推しは公爵子息のリューク。彼は水色の髪と瞳を持つクールな眼鏡男子で、時々見せる微笑みと甘く掠《かす》れた低音ボイスが絶品だった。私は彼の声を聴くためにヘッドフォンを買い直したほどだ。

いけない、ついゲームについて熱く語ってしまった！

現在の私――ブランカは、淡い紫色の髪に濃い紫色の瞳が特徴の、手足がほっそりとした色白美少女だ。けれど、なんたって目つきと口が悪い。だって、ブランカは悪役令嬢なのだ。

私は自分がブランカとして転生していることに気がついた瞬間、悪役令嬢の役目を果たすべく、頑張ろうと決めた。

それはもちろん、憧れのヒロイン、マリエッタを輝かせるため。そして、間近で彼女と攻略対象とのいちゃラブを観察するのだ。

ゲームの世界を現実として体験できるって、なんて素敵！

このゲーム、悪役令嬢に命の危険はない。主人公が誰とのエンドを迎えても『侯爵令嬢は国外追放された先で商人と知り合い、平凡だけど幸せな生活を送りました。後日、感謝の思いをしたためた手紙がマリエッタのもとに届いたそうです』で終わる。

本当はゲームの内容も前世のことも断片的にしか思い出せていないけれど、それだけは確か。

手紙ぐらいで済むなら、幾《いく》らでも書いて差し上げますとも。

他に覚えているのは、ゲームのスタートが、魔法の才能を見出された十二歳のマリエッタが『王立カルディアーノ学園』に入学する時だってこと。

学園は中高一貫で、ヒロインはここで気になる攻略対象といちゃラブな学園生活を繰り広げる。

ただこのゲーム、ストーリーはグダグダ。原因は、悪役令嬢であるブランカの意地悪が生ぬるいせい。いまいち盛り上がりに欠ける恋愛エピソードに、ファンは涙を呑んだのだ。

だから、私がしっかり悪役にならなければ！

そんな意気込みのもと、私はこのお茶会に参加している。

他には、八歳のカイル王子を筆頭に、公爵子息のリューク、伯爵子息のライオネル、辺境伯子息のユーリス、先ほど走り回ってテーブルにぶつかり、ティーカップを倒して私の服を紅茶で汚してしまった、王弟の息子のジュリアンがいる。彼らはみな、マリエッタちゃんの攻略対象だ。

そして、女子は男爵令嬢マリエッタちゃん!

子供だけとはいえ、このお茶会は王子のために開かれていて、香り高い上質な紅茶と王室お抱えパティシエ自慢の焼き菓子が供されている。だけど、うっとりしている場合じゃない。

私は気合を入れると、キッとした表情を作り直した。

「ねえ貴方。確か名前はジュリアンだったかしら? 貴方のせいでお茶会が台なしよ。ゆっくりお茶も飲めやしない」

マリエッタちゃんが震えながら男の子を抱き寄せ、こちらを見上げる。男の子――ジュリアンも大きな目を丸くして私をじっと見ていた。

「あぁら、名ばかりの貴族は他者を敬《うやま》うことを知らないのかしら? マナーを守れない者を庇《かば》って、被害者のわたくしを睨《にら》むなんて……」

私はさらにマリエッタちゃんを責めた。

それにしても、マリエッタちゃんってば今日もなんて愛らしい! ピンクのドレスは金髪に映《は》え、白磁《はくじ》の肌とホッソリした腕はまるでビスク・ドールのよう。ゲームヒロインへの思い入れが強すぎて、このままだと変な趣味に走りそうだ。

周りの男子、固まってないでこの可愛らしさをありがたく目に焼きつけておきなさいね！

「そんな！　ブランカ様。何もそんなにきつい言い方をされなくても。貴女は小さな子供に厳しすぎます！」

「そう。わたくしを悪者にするのね。幼いからって何をしても許されるとお思い？　ジュリアンは、もう五歳。最低限のマナーくらいはわかるはずよね。それなのにマリエッタ、わたくしを責めるなんて……気分が悪いわ！　礼儀知らずの貴女と同じ席にいたくないから、失礼させていただきますわね」

紅茶の染《し》みがついた白いドレスをサッと翻《ひるがえ》し、私は颯爽《さっそう》と芝の庭を後にした。これで存分に私の悪口を言って、勇敢なマリエッタちゃんを褒めたたえられるはずだ。

私は悪役令嬢。マリエッタちゃんのよさをアピールして彼女の恋を邪魔するのが使命だ！

ところが少し歩くと、後ろからタタターッという軽い足音がする。

何、何、私、何か忘れ物した？

「あの……あの！」

振り向いて確認すると、ジュリアンがこちらに駆けてくる。

さっきまで怯《おび》えて震えていたくせに、まさか私に文句を言いに来たの？

「何かしら。貴方、自分が何をしたのかわかっていて？　子供だからといってマナー違反は許されないのよ？　貴族ならば、この国の規範にならないとね」

「あの、淑女《レディ》にご不快な思いをさせてしまって、ごめんなさいっ」

ジュリアンはそのまま、ペコリと頭を下げた。

か、可愛《かわ》えぇ！　お姉さん持って帰って思う存分撫《な》で撫《な》でしたい。

思わずほだされそうになるけれど、そうもいかなかった。

「わかればいいのよ、わかれば。これからは気をつけなさいね、ジュリアン。貴方の態度は貴方だけでなく、将来共に歩む女性の評判にもかかわるのですからね」

そう忠告すると、ジュリアンは大きな緑の瞳をさらに見開いた。可愛いお日々が落っこちそうだ。

少しの間《ま》の後、彼は意を決したように言葉を続ける。

「あの、どうして僕の名前を？」

「貴方の名前がどうかして？　『ジュリアン』で合っているでしょう？」

頷《うなず》く彼を見て思う。

そうよね？　ゲームのキャラクター設定通りなら、間違いないはずだ。

ちなみに、彼はつい最近この王宮に来たばかり。地方領主の祖父の館で育てられていた、王弟の落とし胤《だね》だ。その王弟はとうに亡くなり、領主の娘である母親は病弱で、ほとんど構ってもらえずに育った。最近母と祖父が相次いで亡くなったため、父の生家である宮殿に引き取られたのだ。

王宮側は突然現れた彼の扱いに戸惑い、腫《は》れ物を触るように扱っている。そして、放《ほう》蕩者《とうもの》でだらしなかった父親にそっくりだと、陰で噂をしていた。

そんなふうに放置され、彼の孤独は募っていく。

学園でマリエッタと過ごす頃には礼儀を備《そな》えているとはいえ、愛情に飢えたままの彼は、純真な見た目を裏切る肉食系だ。ヒロインとの交流で寂しかった心の隙間を埋め、優しい彼女にどんどん魅せられ惹かれていく――

そんな彼には攻略対象の一人として、強くたくましく品行方正に成長してもらわなければいけない。

せっかくヒロインの恋を盛り上げるのだ、攻略対象も素敵じゃないとね！

私は偉そうに頷《うなず》くと、さっさとその場を後にした。

悪役令嬢にも怖いものはある。すぐにスカートの染《し》み抜きをしなければ、お母様に怒られてしまう。

「ふふ、でもジュリアンったら。きちんと謝りに来るなんて、可愛いところがあるじゃない。さすがは『プリマリ』の攻略対象ね。将来がとっても楽しみだわ」

今日のお茶会の成果に、私は満足していた。私がひどいことをすればするほど、ヒロインであるマリエッタちゃんが輝ける。嫌な私と比べて、優しく素晴らしい彼女にみんなが感動すればいい。

それよりも、目下《もっか》の問題はドレスの裾《すそ》についた紅茶の染《し》みだった。母が今日のために張り切って用意してくれた、リボンが可愛らしい真っ白なドレスは、早く染《し》み抜きしないとダメになってしまう。ただでさえ将来国外追放されてしまう身だ。一緒に暮らしている間は家族になるべく迷惑をかけたくない。

「ダニーいる？　ちょっと借りたいものがあるんだけど……」

私は王宮の調理場近くの窓の下から叫んだ。

以前、王宮の広い庭で迷っていたところを案内してくれたのが、シェフ見習いのダニーことダニエルだった。

「おう、ブランカ。今日のお茶会もういいのか。タルトどうだった？　俺も少し手伝ったんだぜ」

「ちょっとだけしか食べられなかったけど、美味《おい》しかった。それより皿洗い用の石鹸《せっけん》貸して！　紅茶をこぼしちゃったから染《し》み抜きしないと」

「へ？　お前、侯爵令嬢だろ。そんなことできるのか？」

ダニーが不思議がる。でも私は、前世でだてに二十四年も生きてはいない。

「いいから、早く！」

彼を急《せ》かし、石鹸《せっけん》とタオルを借りた。ドレスの裾《すそ》を洗い、タオルで軽く叩いて水気を取る。

取りあえず応急処置はできたかな？

「ダニーありがと。助かったわ」

お礼を言うと、ダニエルが笑顔で答える。

「ああ。それぐらいお安いご用だ。そういや前にお前が教えてくれた骨センベイ、昨日作ってみたら好評だったよ」

「そう！　で、余りは？」

期待に私の胸が震えた。

魚の骨に塩をまぶして揚げると、お酒のお摘《つま》みになる。こちらの世界でもそれが食べたくて、以前、ダニーに提案してみたのだ。

「ごめん、賄《まかな》いに出したらすぐになくなった」

「えぇぇ～。アレ、美味《おい》しいから取っといてって言ったのにー。……ところで、ダニーは将来商人になる予定、ある？」

「いや、俺がなりたいのは王宮専属シェフだけど。商人がどうかしたのか？」

「ううん、別にいいの。もしかしたら将来骨センベイで一旗《ひとはた》あげて商人になるかと思って」

私の将来は商人のおかみさんだから、もしかしたらダニエルが運命の人かと思ったのだ。

でも違うみたいだし、今はマリエッタと攻略対象達を応援することに集中しよう。

＊＊＊＊

――子供だけのお茶会は、まだ続いていた。

カイル王子の親友として招待された俺、リュークは読みかけの本から顔を上げる。

ズケズケとものを言う幼なじみのブランカがいなくなった今、なんとなく寂しい。マリエッタは女の子らしくて可愛いけれど、大人しいので物足りない。他のメンバーはジュリアンを除けば大抵いつも一緒にいるから、今さら話すことなどなかった。

「あの、カイル従兄《にい》様、先ほど僕に注意をしてくれた女性は誰だったんですか?」

席に戻ったジュリアンが早速ブランカのことを聞いている。

「ブランカかな?　ブランカ・シェリル・バレリー。バレリー侯爵の娘で、お前を助けてくれたマリエッタと同い年の七歳だ。どうしてそんなことを聞くんだ?」

「あの人は名乗った覚えがない僕の名前を呼んで、将来の心配をしてくれたんだ。それがこんなに嬉しいなんて……ここでは誰もしてくれなかったから、知らなかった」

ブランカに興味を示されないよう、カイルはマリエッタの存在を強調していた。カイルもどうやらブランカが気になっているらしい。

けれど彼の作戦は失敗したようだ。

ブランカが正しいと、本当はみんなわかっていた。だから誰も何も言わなかったのだ。

カイルは口を挟まなかったし、ライオネルはただ驚いていた。ユーリスは真面目な顔で何かを考えていたから、思うところがあったのだろう。

それにブランカにひどいことを言われた割には、マリエッタはケロッとしている。案外、芯の強い子なのかもしれない。もっとも、そうでなければ貴族社会は渡っていけない。ブランカみたいに強すぎるのは問題あるけれど。

「ブランカちゃん、調理場の男性から石鹸《せっけん》を借りて自分で染《し》み抜きしていたぜ。相変わらず、たくましいよな」

赤い髪に茶色い瞳のライオネルが言う。好奇心旺盛《おうせい》な彼は、ブランカの後をつけてきたみたいだ。

幼なじみのブランカは変わり者で、王子や高位貴族の息子である我々と使用人を同列に扱う。俺も身分にこだわりはないが、将来を考えたら彼女の態度は心配だ。

だからさっきの彼女の発言には少し違和感があった。マナーの悪さを注意したいのなら、もっと優しく言えばよかったのに。あの言い方では彼女が誤解されてしまうし、ただでさえはっきりした顔立ちだから、きつい印象が拭《ぬぐ》えない。

でもまあ彼女のよく変わる表情は、見ていて飽きないけれど——

「私、ブランカ様に嫌われるようなことをしてしまったのかしら？」

金髪に青い瞳のマリエッタが聞いてきた。

「初めて会った時、ブランカ様は優しくしてくれたのに。王太后様主催のパーティーで、オドオドしていた私に声をかけてくれて」

あのパーティーには俺も招待されていた。第一王子ラウル様と第二王子カイルの祖母である王太后様は子供がお好きで、国中の貴族の子供が招待されたのだ。

王都だけでなく、地方の貴族の子供にも両王子に年齢が近ければ招待状が届いた。生まれて初めて大きな舞踏会に出席したという男爵家のマリエッタは、さぞかし心細い思いをしたことだろう。

そこにわざわざ声をかけたというブランカは、いったい何を言ったのか。彼女は淡い紫色の髪と濃い紫色の瞳の美少女だが、何せ口が悪い。

「その時、ブランカに何か嫌なことを言われたのか？」

「いいえ。彼女はただ、優しく話しかけてくださったわ」

――マリエッタの話はこうだった。

『やっと見つけた！　貴女がマリエッタちゃんね。主役の貴女がこんなところにいたらダメじゃない。もっと堂々としていないと。あ、ごめんなさい。わたくしの名前はブランカ・シェリル・バレリー。白の将軍バレリー侯爵の一人娘よ。よろしくね、ってあまりよろしくしたらいけないのだけれど……。とにかく、これからはよく顔を合わせることになるから覚えておいてね！』

『おっしゃる通り、私はマリエッタ・ベル・クローネ。クローネ男爵の次女です。でも私と貴女とは身分が違うから、私なんかと仲よくなっても仕方がないと思うの……』

『だーかーらー、別に仲よくなる気はないの。貴女とわたくしはライバルなのよ。胸を張ってもっと堂々としてらして！　身分がどうこう言ったって、所詮《しょせん》は親の身分よね？　まだ何も成し遂げていない子供なんてみんな一緒。それに、私なんかっていうのは禁止ね！』

ブランカは人差し指をビシッと突き立てて、彼女にそう意見したらしい。見た目と違ってよく喋《しゃべ》り表情がくるくる変わるブランカに、マリエッタはつい笑ってしまったそうだ。

『そーそー。その顔よ、マリエッタちゃん！　貴女、美少女なんだからもっと笑って見せつけないと。あとは課金してドレスね！』

最後の言葉の意味がよくわからないが、そんな不可解な行動がブランカらしい。あいつは、口調はきついが根は優しいのだ。

「だから不思議なんです。ブランカ様が、『わたくしをバレリー侯爵家の者と知ってのことかしら？』なんておっしゃるなんて……」

「君のことをライバルだって言ったの？　初めて会った時に？」

金髪に王家特有の緑色の瞳を輝かせたカイルが口を挟んだ。ブランカのことになると気になるらしい。

「ええ。なんのライバルなのか、よくわからないのですけれど」

「そうだな。あいつの考えと行動は、昔から知る俺でもいまだによくわからない」

結局、ブランカがいないのにこれ以上集まっていても面白くないと、この日のお茶会は中途半端にお開きとなった。

＊＊＊＊

お茶会から数ヶ月後。この日、私、ブランカは朝から自宅学習をすることになっていた。悪役に勉強は必須だ。

知識が多ければ多いほど意地悪の幅が広がるし、頭のよい子はひいきされやすい。

そもそも『プリマリ』のシナリオがグダグダなのは、ブランカの頭があまりよくないせいだ。

デート中たまたま一人になったマリエッタに「リュークはわたくしにメロメロで、あんたのことなんてなんとも思っていないんだからね」とわざわざ言いに行ったり、ハサミを持ったまま「マリエッタのドレスを切り裂いたのは、わたくしじゃないわ」とカイルに言い張ったり。基本的に、すぐにバレる嘘しかつかない。意地悪も、落とし穴や靴を隠すなどの単純な小細工しかしていなかった。

だからあっさり気づかれてしまい、そこまで感動的な救出劇が起きないため、ヒロインと攻略対象の密着度合いが今ひとつのままになってしまうのだ。

悪役令嬢がバカじゃいけない、バカじゃ！

私は気合を入れて勉強部屋となっている図書室に入った。

窓を背にして立っているのは、肩までの柔らかな栗色の髪の知的な男性だ。朝の光が当たった髪は一部金色に見える。

「ルルー先生、お待たせしてすみません」

「いいえ、私が早く来すぎただけだから。おや？　ブランカ、今日の髪型もとても似合っていて可愛らしいね」

彼は琥珀色《こはくいろ》の瞳を細め、私ににっこりと微笑みかけた。

家庭教師のカミーユ・フォルム・ルルー先生、多分二十歳ぐらい。

二十四歳の記憶を持つ私にとっては、マリエッタの攻略対象であるガキンチョ達より、先生みたいな大人のイケメンを見ているほうが楽しかった。

それにしても、七歳の子供の身体が恨めしい。せっかく毛先を編んだおしゃれな髪型にしてみても、可愛らしいとしか言われないのだ。

まあ、私の将来の予定は商人のおかみさんで、決して学者の奥さんではないので、問題はないが。

あ、ちなみに先生はゲームにも出てくる。悪役令嬢ブランカの学力の低さと横暴に耐えかねて彼女の家を辞めた後、王宮で魔法学者になる設定だった。もちろんマリエッタの攻略対象ではない。

「ありがとうございます。髪が長いと勉強の邪魔になると思いまして。今日は魔法の歴史と構成法でしょうか？」

「そうだけど、君はまだ小さいのだから、そんなに焦《あせ》らなくていいんだよ」

先生が優しく窘《たしな》める。彼が言うように『プリマリ』の世界で魔法を使えるようになるのは、十歳前後から。それに、魔法を使える者は生まれつき魔力を持つ、ごく少数の者に限られている。

そしてこの世界の魔法は、地・水・火・風の四大元素と光と闇の計六属性。残念ながらブランカは魔法が使えない。

真剣な面持ちの私に、先生が笑いかける。

「それより今日は私の母校、王立カルディアーノ学園の話をしよう」

待ってました！　ゲームの舞台『王立カルディアーノ学園』のことが聞けるなんて、素晴らしい。

「まず、学園ができた理由について説明するね。この国には海がなく、四方を他国に囲まれている。そのため以前は魔法よりも軍事を重視していたんだ。そのせいで魔法はどんどん衰退していった」

確かに、この国では魔法を使える人の数が少ない。

「ところがある時、高位魔法を使える人物がこの国に現れた。そして、彼が戦場に出ると、通常の兵の何倍もの働きをする。そこで国は魔力保持者を保護し訓練しようと、学園を設立したんだ。そんなわけで現在は、魔力を持つ十二歳から十八歳の者が学園で学べることになっている。また、魔法を使える者は優先的に職業を選べるし、魔力保持者同士の結婚が推奨《すいしょう》されている」

勉強よりもいちゃラブを優先していたヒロイン達が、何も言われなかったのはそのせいか！

「十二歳になると、この国の子供はみな、テストされるんだ。魔力か特に優秀な学力を持つ者は王都に集められ、王立カルディアーノ学園へ入れられる。その他の者は地方に分散する王立の学校に通う」

異世界に転生しても学校はついて回るらしい。まあ私は学園に行きたいから、ＯＫなんだけど。

「ただし例外がある。大貴族は『カルディアーノ学園の卒業生』というステータス欲しさに、我が子をこぞって学園に入学させたがる。そのために学力優秀者を集めたはずの『普通科』には金持ちだけを集めたクラスが作られているんだ」

知ってるー。だって、ブランカはそのクラスだったもん。そして、クラスの大半は魔力持ちとの結婚を夢見る貴族の子供だった。

「魔力持ちは『特進魔法科』に入り、他は『普通科』だ。『普通科』は学力別にクラス分けされる」

そう。ブランカのいる金持ちクラスは学力が最低ラインだから、マリエッタ達が通う『特進魔法科』の教室から一番遠かったもんね。休み時間のたびに取り巻きを引き連れて、離れたマリエッタちゃんのクラスに嫌がらせをしに行くのは面倒くさ……大変そうだ。だから私はなるべく『特進魔法科』の教室に近い、学力の高い『普通科』に入りたい。

もちろん本当は『特進魔法科』に通えるのがいいのだけれど……

「今一生懸命学んでも、魔力がない人は魔法を使えないってことですよね？」

「残念ながらそうだね。でも、魔法について知っておくのと知らないのとでは雲泥《うんでい》の差があるよ。魔力がなかったとしても、君にはぜひ学園で学んでほしい」

ゲームの通りなら、私は間違いなくカルディアーノ学園に入学できる。でも一番おバカなクラスはカッコ悪いし、マリエッタちゃんの騎士《ナイト》達に魔法で攻撃された時にスゴスゴ引き下がるのも嫌。

　本気で悪役令嬢になると決めたからには妥協しない。マリエッタちゃんをドラマチックなヒロインに仕立て、攻略対象との魅力的ないちゃラブを見るため、勉強は必要だ。

「何か質問はある？」

「いいえ。先生の授業は楽しいし、とてもわかりやすいです」

「そう。それならよかった。でもさっきのは、去年学園を卒業した私独自の考え方だから、他の人にはナイショにしててね？」

　そう言うと、ルルー先生は私に向かってウインクした。

　うん。わかった……って、先生若いな！　年齢は公表されていなかったので知らなかった。

「去年卒業されたってことは、先生はまだ十代ですか？」

「今十八歳だよ。幾《いく》つに見えていたの？」

　飛び級！　成績優秀だったんだ!!

「二十歳くらいかと……。でしたらなぜ、先生は当家にいらっしゃるのですか？　どこへでも就職が可能でしたでしょうに」

　家庭教師より王宮の研究者や学者になるほうがよっぽど名誉だし、お金になる。

「そうだね……貴族の相手は学園の中だけで疲れたから、かな？　学生のうちから私の魔力を手に入れて、利用しようという者が多くてね。随分誘いをかけられた。大貴族の相手は疲れる」

「同じ貴族でいらっしゃるのに？」

「違う、私は平民の出身だよ。魔力があったため王立学園に入学しなければいけなかったけれど、やっぱり馬鹿にされてね。そんな私に声をかけてくれたのが君のお父さんだ。だから、侯爵の温情には感謝しているよ」

「温情？」

「ああ。君のお父さんは私に無理強いをしなかった。『君さえよければ』と一言つけ加えてくださったんだ。自分の意思を尊重されたのは、初めてのことだった」

そう言って先生は、照れたように笑った。

わーかーるー。人間って疲れた時は人間不信になって何もかもが嫌になるもんね。

念のため、「先生は、商人に興味はありますか？」と聞いてみたら、明らかに変な顔をされてしまった。ちぇっ。

――コン、コン。

その時、図書室の扉をノックする音がした。

先生と楽しく勉強中なのに、私の癒《いや》しの時間を妨害するのは、誰？

「邪魔するぞ」と入ってきたのは、水色の髪と瞳のリュークだ。　私が必死にスチルを集めていた彼ではなく、子供バージョン。

なんと、リュークはブランカの幼なじみだった。

「ルルー先生ですか。いらしていたとは気づかず、すみません」

リュークはルルー先生に挨拶した。優しい先生は彼の言葉に頷《うなず》くと、笑みを返す。

だけど、絶対嘘！　計算高いリュークが確認もせずに部屋に入ってくるはずないもん。私がサボっているとふんで、それなら邪魔してもいいと思って、来たんだ。

私と彼は父親同士が親友だ。そのせいで、リュークは何かと私の前に現れる。彼自身はカイル王子と親友のはずだけど、王子以外に友達がいないのか、パーティーやお茶会には必ず私を誘う。

「今日はもう十分勉強したから、私はこれで」

ルルー先生が帰ってしまった。私のリュークに対する不満は最高潮に達する。

「ちょっとリューク、どういうつもり！　私が勉強中だって知ってたでしょ？　ちょっとくらい待ってくれてもいいじゃない」

「はあ？　なんで俺がお前に指図されなきゃいけないんだ。見たところ本も開いてないし、本当に勉強してたのか？」

「ちゃんとしてたわよ！　で、なんの用なの。用事があったんでしょ？」

「ああ、実はブランカに見せたいものがあって……」

彼はデスクの上におもむろに両手を乗せると、手のひらを上にして水をすくうような形にした。

見たところ何もないけれど、何を見せようというのだろうか？

「よく見てて」

小さな彼の手の中には相変わらず何もない。

――そう思っていたら、ジワーッと透明な液体が湧《わ》いてきた。

「すごい！」

魔法だ！　私は目を丸くした。

「まだだ。まだよく見てて」

水と思われる液体が今度はみるみる凍り始めた。そして、彼は手の中の氷を一瞬にして消し、握り締める。今度は握った片手を上げ、ふわりと開く。

舞い落ちる、ひとひらの雪。

怒っていたことも忘れ、私は目の前の光景に感動して泣いてしまった。

リュークの作り出した雪は今まで見たどんなものよりも儚《はかな》く、そして美しい。

気づけば彼に抱きついていた。

「すごい！　すごいよ、リュークゥ～～～!!」

ゲームで彼が『水』の魔法を使えることは知っていた。けれど、スマホの画面を通して見るのと、自分の目で見るのとでは大違い！　冷たさも、じわっと溶けて机に広がる雫《しずく》もそこにある。

リュークは私を見ると、水色の目を細めて照れたように笑った。

長椅子に移動して並んで腰をかけ、私は早速幼なじみに質問する。

「ねえ、どうして自分が魔法を使えるって気がついたの？」

魔力は普通十歳くらいで顕現《けんげん》するから、八歳で気づくのはかなり早いほうだ。

「ああ、きっかけね。朝、洗面用の水が入ったボウルに袖を引っかけて、水をこぼしてしまったんだ。すぐに拭き取ろうと思ったんだけど、タオルが近くになかった。で、『こぼれた水が自分で戻ればいいのに』って考えたらできた」

「たまたま？」

「そう。なんでそんなふうに思ったのか、わからない。単に面倒くさかっただけかもしれないが、こぼれた水の上に片手をかざしたら、水が吸いついてきたんだ！」

「すごい！」

「俺もびっくりした。焦《あせ》って手をボウルに向けたら、パシャンと音を立てて水がすべて戻ったんだ。だからもしかしたら俺は、水を思い通りに動かすことができるのかも、って」

「タオルを置き忘れた人に感謝しなくちゃね」

「そうだな。それで、この国に魔法が使える者がいることは知っていたから、自分もそうなんじゃないかなと思って……。その後は何度も試してみた」

「さっきの魔法、実際にはどうやったの？」

魔法が使えるなんて、羨《うらや》ましい。

「頭の中に、手に水が溜まるシーンをイメージする。それから、凍る様子を思い描いた」

「魔法の発動に必要な魔法陣や呪文は？　何か特別なことをしている？」

「必要ない。ただイメージを頭の中に描くだけでいい」

「それだけでいいの？　あ、じゃあどこでも使える？　あと水の量は無限に出せるの？」

「ブランカ、今日のお前は質問攻めだな」

「だって本当にすごいもの！」

魔法が全くなかった世界から来たので、感動が大きい。自分も使ってみたいものだ。

リュークは私が食いついたのがよほど嬉しかったのか、苦笑しながらも丁寧に答えてくれた。

「近くに水場があれば手の中に呼び寄せることができるし、少しの量ならそのまま凍らせることもできる。量はおそらく魔力との兼ね合いで限界があるようだ。俺はまだ、多くの水は動かせない」

「でも雪って……。かなり難しかったでしょう？」

「いや。状態を変化させるだけだから。液体から固体へ。水を急激に変化させればできる」

彼は簡単に言うけれど、普通の人にはできない。

魔力があれば王立学園『特進魔法科』の入学が許可されるので、リュークは入学確定。卒業すれば安泰らしいし、公爵家の嫡男《ちゃくなん》で将来はイケメン。彼の未来は薔薇色《ばらいろ》だ！

「ねえ、今日はどうしてわざわざうちに来たの？」

「この水の魔法を、誰よりも先にお前に見せたかった」

ほら、そんなことを言ってくる。これだから攻略対象は。マリエッタちゃんだけじゃなく、悪役令嬢の私までドキドキさせて、どうしようというのだろう。

しばらく魔法の話をした後、私は玄関までリュークを見送りに出た。いつもより長く彼の背中を見つめて考える。

さっき魔法を見せてくれた彼はちょっとカッコよくて、つい感激してしまった。

だけど彼は攻略対象だし、筆頭公爵家の嫡男《ちゃくなん》だから商人には絶対にならない。幼なじみで喧嘩《けんか》してばかりいる彼のことが気になるなんて……

――リュークと初めて会ったのは、彼が四歳、私が三歳の頃だ。その時の彼は、年の割には落ちついていた。

庭で父を探す葉っぱだらけの私を不思議そうに見ながら優しく手を引き『一緒にお父さんを探そう』と言ってくれたのだ。すごく綺麗な男の子だから、私も思わず目を奪われたのを覚えている。

当時の私はまだ前世の記憶がなく、内弁慶《うちべんけい》でワガママなのに人見知り。そんな私が、リュークにだけはたちまち打ち解けた。三歳児の相手なんて嫌だったろうに、彼は私にいろいろ質問して父を見つけ出してくれたのだ。

その後、五歳の時に、屋敷の階段の手すりを滑って遊んでいて落下し、前世を思い出したのだけど、それまでは淡い憧れの気持ちを抱いていたような気がする。

そんな私が再びリュークと出会ったのは、前世を思い出した直後だ。

彼は図書館によく通う子供だった。

そして、記憶が戻ったばかりの私も、この世界をよく知ろうと図書館に通ったため、思わぬところで再会となったのだ。

マリエッタちゃんの攻略対象がどのくらいゲームのキャラクターと同じなのか気になった私は、意地悪だとは思いつつ彼に議論をふっかけてみた。

貴族と平民の不平等な扱いについてどう思うか、と問う。最初、この世界の常識とかけ離れた私の考え方に彼は唖然《あぜん》としていた。貴族と平民を同等に扱うなど、あってはならないことだから。

でも彼は、私の考えを否定しなかった。

リュークはずっと考え込み、私の思想に興味を示したのだ。

以来、私達は時々、議論をしている。日常の様子、大人達の考え、読んだ本のこと。

周りからはきっと可愛くない子供だと思われているだろう。

私はといえば、懐《なつ》かれているのは困るものの、彼と話すのは楽しい。

中身が大人の私と話が合うのは彼しかいないから、たとえ将来別々の道を歩むとわかっていても、リュークと過ごす時間は私にとってかけがえのないものだ。

そんなことを考えていた時、ふと頭の中に映像が浮かぶ。

それは、リュークとデート中のヒロインをブランカが突き飛ばすシーン。その場面で、彼女は自信たっぷりにマリエッタに向かってこう言い放つ。

『貴女、わたくしのリュークに……』

「あ」

ゲームの設定を思い出した私は、驚いて一瞬固まる。

リュークのルートでは、彼とブランカは子供の頃に婚約していた！

「ハアァァァ～、どーしよう？」

婚約のことなんて、すっかり忘れてた。

その日、私はそれとなく晩餐《ばんさん》の時に尋ねてみる。

「ねえお父様、もしかしてわたくしの婚約の話――」

「ああ、もう知っているのか、誰に聞いたんだ？　私から直接話そうと思っていたのに……。まだ正式ではないが、公爵家からリュークとの婚約を申し込まれている。お前達は仲がいいから嬉しいだろう。今日も一緒にいたそうだな？」

やっぱり……。お父様達の仲がよすぎるのは問題だ。

白の将軍と呼ばれ国の軍事を担当している私の父クロードと、宰相として辣腕《らつわん》を振るうリュークの父エドアルドは、カルディアーノ学園時代からの親友だ。家族ぐるみの付き合いがあるから、当然、奥様同士も顔見知りで、この婚約話にはみな大層乗り気なんだとか。

もちろん、ゲームを盛り上げるために必要なことであれば、私も反対したりしない。

でもね、ブランカが婚約するのは何もリュークとだけではないのだ。

『プリマリ』の前半は全キャラクターの共通ルートだが、後半は一番好感度の高いキャラクターとの個別ルートになる。ブランカは、リュークルートではリュークの婚約者、カイル王子ルートではカイルの婚約者として登場するのだ。

ゲームではマリエッタちゃんのルートが確定してから婚約者を選べばいいのだろうが、現実では無理だ。

私はいったい誰と婚約するのが正解なの？

「マリエッタちゃんがカイル様を選ぶなら、やっぱり彼と婚約しといたほうがいいのよね」

考えても考えても、わからない。カイルからの申し込みがあるという話は聞かないけど、ここは事前にマリエッタちゃんがどちらのルートに進みそうか調査したほうがいいわよね？

私は早速、計画を立てた。

「ほらリューク、恥ずかしがってないで行くわよ！」

「チッ。なんで俺がこんなところに」

「まぁ、失礼でしょう！　美少女のお宅よ、美少女の。この時間は家にいるって聞いたんだから」

私とリュークは今、マリエッタちゃんのいるクローネ男爵邸の前にいる。

こうなったらもう、誰が一番気になっているのかヒロインに直接聞いてみるしかない。そう思ったものの、彼女とあまり仲よくしてはいけない私は、幼なじみのリュークを誘った。

これをきっかけに彼女とマリエッタちゃんの距離が縮まれば、それはそれでいいことだ。私はそのままリュークと婚約して、嫌がらせに励めばいい。

「頼もう！　じゃなかった。門衛《もんえい》に取次をお願いしなくちゃね」

そう言って門衛《もんえい》を探そうとした瞬間、門が開いて、執事らしき痩せた人物が焦《あせ》った様子で出てきた。

「これはこれは、バルディス公爵令息様、バレリー侯爵令嬢様。お越しいただき大変恐縮です。本日は当家のどなたとのお約束でしょうかな？」

「いいえ、約束もない突然の訪問をお許しください。僕と友人のブランカが、日頃親しくさせていただいているマリエッタ嬢を散策にお誘いしたく、勝手に参りました。お取次をお願いできますか？」

おお〜、さすがは腐っても公爵子息！　リュークの態度は完璧だ。誘ってよかった。

「さ、左様ですか。では、中へどうぞ。高貴なお方をこのような場所でお待たせしては当家の恥となりますので……」

「いいえ、僕らは全く気にしません。天気もいいのでこちらでお待ちしております」

リュークがダメ押しでニッコリ笑う。

さすが未来のイケメン！　執事のじい様にも効いているみたいよ。

執事は慌てて屋敷に戻っていった。

「それにしても執事がすぐに貴方がわかるとは。リュークは有名なのね！」

「仕える主家の交友関係を把握しているのは、執事として当然だろう。俺達が乗ってきた馬車に紋章も入っているし、俺の水色の髪もお前のラベンダー色の髪もわかりやすい。どちらかと言えば彼が有能なんだ」

そっかぁ、そうだよね。甘やかされている私は、貴族としてのマナーや知識はほとんどゲームから得たものだけれど、彼は八年も公爵の息子として自分を磨いているのだもの。やっぱりハイスペックなお坊ちゃんなんだなぁ。

「なんだ、ジッと見て。俺に惚《ほ》れたか？」

「ぷぷっ、何それ。まっさかぁ〜」

そんな言い合いをしていたら、タタターッと軽い足音が近づいてきた。

「ブランカ様、リューク様、ごきげんよう。嬉しい驚きですわ！」

マリエッタちゃんだ。白いドレスがよく似合って、可愛らしい。まるで天使！

「ああ、それとブランカ様。このドレス、父がまたいただいてきたようで、ありがとうございます」

「あら、いったいなんのことかしら？　覚えがないけれど。もしうちの父から貴女にさしあげたものだとしてもゴミよ、ゴミ。捨てるものをどうしようとわたくしの勝手じゃない？」

もちろん覚えはある。今、マリエッタちゃんが着ている服は、彼女によく似合うと思って私が選んだ。当然新品。だって、この世界ではガチャがないから課金でアイテムが買えないんだもの。だから父に頼んで、直接持っていってもらうしかない。娘に甘い父は『ブランカにも女の子の友達がいたんだな』と喜んでいた。

そして思った通り、白い生地に金髪が映《は》えて、マリエッタちゃんはすごく可愛らしい。その笑顔で私はもちろん、リュークもイチコロね！

「フン、それにしてもわたくし達をいつまで待たせるのよ。ホントに貴女ってトロいわね！　わざわざ誘ってあげたんだから、ありがたく思いなさいよ」

「おい、自分が一番張り切っていたくせにそれはないだろう？　ごめんね、ブランカは素直じゃないんだ」

「いいえ。ふふふ、お二人は仲がよろしいんですのね！」

「はぁ？　貴女、目が腐ってるんじゃなくって？」

リュークと仲よしに見えると言われるのは、本当はちょっと嬉しい。……だけど、貴女よ、貴女！　リュークと親しくならなくちゃいけないのは！

そんなこんなで私達三人は護衛をつれて、マリエッタちゃんお気に入りの場所にピクニックへ出発した。

秋の空はすっきり晴れて気持ちがいい。この国には日本と同様の四季がある。ちなみに暦《こよみ》も前世と同じ十二ヶ月だ。

マリエッタちゃんが案内してくれたのは、小さな湖のほとりだった。日の光が湖面に反射してキラキラと輝き、鳥がさえずっている。こんな素敵な場所があるなんて知らなかった。マリエッタちゃんとリュークのデートにピッタリ！

芝生にブランケットを敷いて、私、リューク、マリエッタちゃんの三人で座る。

本当は二人きりにしてあげたいところだけど、お腹が空《す》いているし聞きたいこともあるから、先にお昼にしよう。

用意してきたランチボックスの中にはチキンやサーモン、アボカドやエビなどのオープンサンドと、ローストビーフとシチューパイ、タルトやフルーツなどが食べ切れないくらい入っていた。飲み物も葡萄《ぶどう》や林檎《りんご》の果実水はもちろん、温かい紅茶も準備してもらってある。どれもとても美味《おい》しくて、三人で仲よくランチを味わった。

さあ、あとはマリエッタちゃんに好きな人を聞くだけ！

「好きな男の子？　特にいませんわ。そういうブランカ様はどなたがお好きなんですか？」

「だーかーらー、さっきから言ってるでしょ？　頭が悪いわね〜。わたくしのことはいいから、貴女が誰が好きなのか、もしくは気になっているのかをちゃんと言いなさいよ！」

「あら、ズルいですわ。ブランカ様だって誰が一番お好きなのか、私に教えてくださらなければ」

「はあ？　なんでわたくしが。わたくしはこれから出会うから、よろしいの！」

「それなら私もきっとこれから、ですわ」

「ちーがーうー。貴女はもう出会っているのよ。自分では気づいていないだけ。だから、ちょこっとでも気になっている人がいたら、わたくしに教えなさい！」

「それなら、ブランカ様も……」

さっきからずっと同じ会話。呆れたのか、リュークはさっさと湖のほうへ行ってしまった。

まったくもう、マリエッタちゃんったら頑固ね！　誰が好きなのかちゃんと言いなさいよっ。

リュークはなかなか戻ってこないが、彼の得意な魔法は水属性だから、万一、足を滑らせても、溺れる心配はないだろう。

私とマリエッタちゃんとの押し問答はエンドレスで、疲れてきた。少し気分を変えたくて、私はリュークがいる湖のほうに目を向ける。

彼は湖に向かって両手を広げていた。彼の前では、湖の水の粒が下から上へ昇っている。

十分に上がったところで彼が両手を下ろすと、湖の水は雨のように、下へ落ちていった。

いつの間にこれほど大きな魔法を？　この前見せてもらってから、幾日《いくにち》も経っていないのに。

彼が操《あやつ》る湖の水はどんどん範囲が広くなり、水の粒も細かくなっていく。隣のマリエッタちゃんも私と同じように、ポカンと口を開けて彼の魔法を見ていた。

リュークが何度か同じことを繰り返すと、突然、空の景色が変わる。

――それは、湖の上に浮かんだ虹。

もっと近くで見たくて、マリエッタちゃんと二人で思わず駆け出した。

「ステキ、ステキ、ステキ！　素晴らしいですわ、リューク様！」

マリエッタちゃんはリュークにいち早く辿《たど》りつき、可愛らしく手を叩いたり肩に触ったりして、感激を身体全体で表現する。リュークは褒められて嬉しかったみたいで、彼女を見つめ、にっこりしていた。

……ああ、そうだ。リュークは彼女の攻略対象だった。彼が選ぶのはマリエッタちゃんで、私ではない。

これはマリエッタちゃんに想いを届けようと、リュークが架けた虹の橋だ。

リュークが私に目を向ける。マリエッタちゃんのために作った虹の感想を、私に聞くの？

「美しいわ」

小さく呟いた。だって、貴方の想いがこもっている。

「ああ、リューク様。私、初めてこの目で魔法を見ました。感動で涙が出ましたわ！」

マリエッタちゃんはまだ興奮がさめないのか、彼の背中をビシバシ叩いている。痛そうだけれど、リュークは微笑んでいた。

私が仲を取り持たなくても、彼らは自然にくっつく運命だったみたい。だから私にリュークとの婚約話が来たんだ。

こちらを見ているリュークは、怪訝《けげん》な表情をしている。

その顔が「なんでブランカがいるんだろう。マリエッタと二人きりならもっとよかったのに」と言っているように見えて、私の心はちくんと痛んだ。

ごめんなさいね、近くにいて。貴方達のハッピーエンドのために明日から妨害するけれど、今は二人きりにしてあげるわ。

私はリュークとマリエッタに微笑みかけると、邪魔をしないように、ブランケットに戻った。

目をギュッと閉じて鳥の声を聞く。仲よくしている二人を見て涙が出そうになるのは、胸が締めつけられるように感じるのは、なぜだろう？

水色の髪と瞳は私のものじゃない。最初から、わかっていたはずなのに……

再び目を開けると、まだ仲よく寄り添っている二人の姿が飛び込んできた。

マリエッタちゃんがリュークの肩に手を添え背伸びをして、耳元で何かを囁《ささや》いている。真っ赤になるリューク。楽しそうなマリエッタちゃん。ほらね？　二人はやっぱりとってもお似合いだ。

その日の夜、私は自室のベッドの上で枕を抱えながら悩んでいた。

「リュークとマリエッタちゃんが仲よくしているのに、なんで嫌だなんて思ってしまったんだろう」

これは、私の計画通りだ。でも――

「あんなふうに微笑みかけることないじゃない！」

私に水の魔法を見せてくれた時と同じように、マリエッタちゃんに笑いかけたリューク。

本当は喜ぶべきなのに、なぜだか胸が痛い。

「リュークと一緒にいすぎたせいで、自分のものを取られた気分なのかしら？　悪役令嬢ブランカともあろうものが、拗《す》ねてしまったのね！」

大人としての前世の記憶がある私が、子供相手にモヤッとするなんて、ありえない。

私は深いため息をつく。

「マリエッタちゃんはリュークが好きってことでいいよね？」

今日の様子を見る限り、間違いなさそうだ。

「まあ私は悪役令嬢だし、ルートが確定していたほうが活躍できそうなんだけど――」

悪役としてマリエッタを輝かせると決めているんだもの。この苦しさは何かの間違い。私は二人の邪魔《おうえん》をするため、リュークと婚約できるように頑張らなければいけないのだ！


翌朝、父のクロードが「今日は、一緒に王宮に行こう」と言い出した。

父はプラチナブロンドの髪を後ろに撫《な》でつけた、がっしりとした体型の美丈夫《びじょうふ》だ。鼻筋の通ったイケメンで、若い頃は相当モテたと思う。軍にいるせいか外では厳しい表情をしているけれど、家に帰れば妻と娘に甘々デレデレのおっさんだ。

私は、働くカッコいい父の姿が見られるかと期待して、ついていくことにした。

ところが、案内されたのはなぜか国王陛下の御前。

ふかふかの絨毯《じゅうたん》の上にある豪華な椅子に座っていらっしゃるのは、絵姿などで誰もがよく知る国王陛下だ。正式な謁見《えっけん》ではないとはいえ、父だけでなく私が招かれた理由がわからない。

「ようこそ。そちらが侯爵ご自慢の娘さんだね。小さい頃に会っているのだが覚えているかな？　名前は、確かブランカと言ったな」

「はい。バレリー侯爵クロードの娘、ブランカにございます。陛下におかれましてはご健勝のほど喜ばしく、拝謁《はいえつ》の悦《よろこ》びに与《あずか》れたこと至極《しごく》光栄に存じます」

挨拶の言葉は間違ってないよね？　前世では使ったことがない言葉なのでドキドキしてしまう。

「これは、これは。息子達の言っていた通りしっかりしたお嬢さんだ」

「過分なお言葉。身に余る光栄です」

「うむ。それで、侯爵。例の話は考えてみてくれたかね」

「ええ。ですが陛下、カイル様もジュリアン様もまだご見聞を広める時期。相手を決めるのは尚早《しょうそう》かと。もっと相応《ふさわ》しいご令嬢が現れるやもしれませぬ」

あ、なんか大体話が見えてきた。なんとカイルとの婚約話も出ていたのね。

なんで貴族って、小さいうちから相手を決めるのかしら……

「まあまあ。すぐに断らずとも、お互いによく知り合う機会を与えてやるくらいはよかろう？」

王様、それは大きなお世話です。何しろこっちのルートはマリエッタちゃんが選ばなかったから——って、まさか後から選んだりしないよね？　どんどん不安になってくる。

とりあえずここは様子を見よう。カイルに会ってマリエッタちゃんへの気持ちを確かめたほうがいいかも。だって、もしかしたら……

「お父様、せっかくですからわたくしも王子様達と遊びたい」

父の服の袖を引っ張り、わざと可愛らしく言ってみる。

「おお、そうかそうか。息子達は庭にいるぞ。せっかく来たのだから仲よく遊ぶとよい」

王様が目を細めて頷《うなず》く。甥《おい》のジュリアンの面倒もちゃんと見ているみたいだから、それだけは安心した。

案内された庭は、この前お茶会をしたところではなかった。コスモスや薔薇《ばら》、キンモクセイなど色とりどりの花に囲まれたガゼボ――東屋《あずまや》だ。そこで、第二王子のカイルが年下の従弟《いとこ》ジュリアンに勉強を教えている。その微笑ましい光景に思わず頬が緩《ゆる》む。

いち早く私に気づいたジュリアンが嬉しそうに顔を綻《ほころ》ばせ、ブンブンと手を振る。子犬のような耳と尻尾まで見えるようだ。カイルが彼を見て、苦笑していた。

「あら？　この景色って……」

どこかで見たような気がする。もしかして、既視感《デ・ジャ・ヴ》？

そう思った途端、私の身体はガタガタと震え出した。

だってこれは、マリエッタちゃんの心象風景だ。『プリマリ』の中で、ヒロインが過去を振り返る時に必ず出てくる、カイルとの大事な思い出のシーン――

そして、私の意識は薄れた。最後に覚えているのは、倒れた私を助け起こしてくれたカイル王子の腕と声。

「大丈夫？　怪我はない？」

——この世界は、何かがおかしい。

私が知っている『プリマリ』の世界とは、少しずつ違うようだ。

明け方に怖すぎる夢を見た。それは、前世でハマっていた『プリマリ』にまつわる噂を聞いた時の再現だ。

もしもゲームでヒロインがすべての攻略対象と上手くいかず『バッドエンド』を迎えた場合、キャラクター全員が不幸になるというものだった。マリエッタの学園卒業から数年後、この国は一斉に他国から攻め込まれ、滅びてしまう。

『プリマリ』はいわゆる、ぬるゲーだったので、私自身はバッドエンドになったことがない。あくまでもこれは噂だ。のほほんとしたお気楽なゲームのエンドが本当にそうなってるのか、と疑ってもいる。

でも、もし本当だったら？

現実はゲームと違ってやり直しはできないのだ。商人のおかみさんなんかになっている場合ではない！

熱を出した私は、自宅のベッドの上でうんうん唸《うな》っていた。今の状態は知恵熱に似ている気がする。幼い身体は病気や熱に弱いらしい。

私は熱に浮かされながら、もう一度ゲームのストーリーを思い出してみた。

――ある日、王宮に行った小さなヒロインは、仕事相手との話に夢中の父親を置いてふと出た庭で道に迷う。心細いまま歩いていると、見えてきたのは花に囲まれた白いガゼボ。そこには輝く金の髪と銀の髪の少年がいた。銀の髪の少年が少女に気づいて手を振ってくれる。金の髪の少年はそんな彼を見て苦笑した。

夢のようなその光景に思わず彼らに近寄ろうとしたヒロインは、足下の石に躓《つまず》いて転んでしまう。泣き出しそうな彼女に、金の髪の少年が慌てて駆け寄り優しく助け起こす。

「大丈夫？　怪我はない？」

頬を染《そ》め、はにかみながら微笑むヒロイン。金髪の少年は澄んだエメラルド色の目を細めて、そんな彼女に見惚《みと》れる――

これは、ただの偶然だろうか？　あまりにも似ていると思うのは、気のせい？

考えすぎたせいか、また熱が上がってきたようだ。

「ハア、ハア、ハア」

親か侍女が側《そば》にいるはずなのに、熱のせいで目が潤《うる》んでボヤけてよく見えない。

「私、死んでしまうのかしら？」

ふいに、小さな手が私の額《ひたい》に当てられた。冷んやりしていて気持ちがいい。冷たい霧状の水がそこから顔に広がっていく。自分の横に、水色の塊《かたまり》が見えた。

「リュークなの？　こんな時に貴方の魔法は便利ね」

冷たいミストのおかげで少しだけ気分がよくなり、私は微笑んだ。

――ねえリューク、本当は私、貴方と婚約したかった。貴方の隣は居心地がいいから。だけど、貴方はマリエッタちゃんのもの。私のものには決してならない。

言葉は高熱のため、声にならない。

――私に見せてくれた魔法を、他の誰かに嬉しそうに見せる貴方が嫌だった。水の魔法は私だけに見せてくれたと思いたかった。二人を応援しなきゃいけないのに、本当は仲のよい二人に嫉妬《しっと》していたの。だから、ストーリーが変わっちゃったのかな？

ヒューヒューと息が漏れ、言葉が単なる音になる。

――私は商人のおかみさんでいい。だから頑張って悪役令嬢をして、貴方達を幸せにしてあげたかった。私にはそれで十分……そう思っていたのに。

熱で潤《うる》んだ瞳から、ポロポロと涙がこぼれる。具合が悪くなると心も弱くなるから嫌だ。

誰かがそっと、優しく私の涙を拭《ぬぐ》ってくれる。

私が望んでいるのは、穏やかな暮らしとささやかな幸せ。決してバッドエンドじゃない。

でも熱が下がるまでは、悪役令嬢を休ませて――

私はまた、深い眠りの世界へ落ちていった。

＊＊＊＊

その日、俺――リュークは父の書斎にいた。

「手紙にはなんと？」

「国王陛下がカイルとブランカとの婚約を望んでいると……。近々その件で、侯爵親子が王宮に招《よ》ばれるだろうと書いてありました」

届いた手紙を父に差し出す。第二王子のカイルからの手紙だ。

俺はブランカとマリエッタ、三人で行ったピクニックのことを思い出した。ブランカの様子が少し変だったのは、もしかしたらこのせいなのか？

ひょっとしてカイルとの婚約を悩んでいる？

そうだったら嬉しい。彼女とカイルとの婚約が決まってしまえば、今までのように親しく話せない。それは何よりつらかった。

「おや？　ブランカちゃんなら昨日、父親のクロードと一緒に陛下にお会いしていたような。緊張のせいか熱を出し、慌てて家に戻ったと聞いているが……」

「父上、それは本当ですか！」

あいつは国王に会った程度で緊張するほどやわじゃない。小さい頃から知っているのだ、それくらいはわかる。

だとしたら、倒れた原因はなんだろう？　もしかして、もう婚約が内定したのか？

焦燥に駆られた。

「父上、馬車をお借りします。侯爵に何か伝言はありますか？」

「馬車は構わないがリューク、護衛はちゃんとつけていけよ？　それから、ブランカちゃんによろしく。もしクロードに会ったら、婚約の申し込みはうちのほうが先だと言ってやりなさい」

「わかりました。すぐに出ます！」

急いで部屋を出る途中、父の呟きが聞こえた。

「やれやれ。クロードの娘が陛下にまで目をつけられていたとはね。リュークも大変だ」

侯爵家へ向かう馬車の中で俺は考えていた。

今まで、自分の手に入らないものなどないと思っていた。

代々国の要職に就くバルディィス公爵家の長男として生まれた俺。幼い頃から学問やマナー、剣術、馬術などを高い水準で身につけることを要求されたが、難なくクリアしている。

そんな俺が父と共にバレリー侯爵家に初めて行ったのは、ブランカが三歳の時だ。

トコトコ歩くラベンダー色の髪の彼女は、ウサギのぬいぐるみを思い起こさせた。笑うととても愛らしく、紫の瞳が宝石のようにキラキラと輝く。

父の知り合いの可愛らしい子供。それが初対面の印象で、特別惹かれるものはなかった。

それが二年前、再びブランカに出会ったことで変化する。

彼女は王宮内の図書館の椅子にちょこんと腰かけて、分厚い本を熱心に読んでいた。図書館に出入りする子供などめったにいないので、自然と目が行く。

「あら、リューク……様。ごきげんよう。貴方も調べものですか？」

こちらに気づくと彼女は、堂々と挨拶した。その態度が以前のイメージとあまりに違い、びっくりしたのを覚えている。

「やあ、ブランカ。久しぶりだね。何を調べているんだい？」

俺は彼女に興味を持ち、隣に座る。

「この世界に住む以上、法律を知っておかなくては、と思いまして。もしよければ教えてくださらないかしら、『ドグラン憲章第三条の三項』の部分なんですけど……」

「ああ、その本は俺も目を通した。そこが何か？」

「どう考えてもおかしいんです。どうして貴族と平民とで、同じ仕事に対する最低報酬の額が異なるのかしら？」

その答えは知っていたので、俺はすらすらと答える。

「当たり前じゃないか。貴族は平民とは違い、何代も前から続く選ばれた家系の人間だ。優秀な者に高い報酬を支払うのは、当然だろう？」

「同じ仕事ができますのに？　変ですわね、何代も続く優秀な家の出身でも、すべての人が優秀であるとは限りませんのよ？」

言われてみれば確かにそうだ。けれど、貴族の長である筆頭公爵家の者がそれを認めるわけにはいかない。

「それはそうだが、貴族は平民に比べて国家に貢献している。家名を守るために代々努力をするからな。中には努力を忘れて優秀でない者もいるにはいるが、大抵は他の者がカバーする」

「あら、家族が補うのには限界があるでしょう？　個人の能力や資質を問うべきだと思いますの」

まさか、ブランカと政治的な議論ができるとは思わなかった。しかも、自分がやりこめられる側になるとは……

それからブランカとは、顔を合わせるたびに議論を交わしたり喧嘩《けんか》をしたりしている。一歳上の余裕を見せられずに焦《あせ》る時もあるけれど、彼女の前では不思議と飾らない素の自分を出せるのが心地いい。ただ、最近それだけでは物足りなくなり、彼女に認められ頼られたいと思うようになった。

だから、どこかに行く時は必ず彼女を誘っている。

パートナーとして見られることが嬉しくて、水の魔法も一番に見せた。

彼女に認めてほしい、喜んでほしい、そう思って。

あんなに感激されたのは、嬉しい誤算だった。

もう一度、喜ぶ顔が見たい――。でも二度目に見せた時は、期待していた反応が得られなかった。ピクニックに行った先で、俺の願いを込めて架けた『虹の橋』。

大騒ぎをするマリエッタとは違って、ブランカはとても静かだった。笑顔を見せてくれると思ったのに。

俺は何か失敗したのだろうか？

マリエッタが落ち込む俺の肩に手を置き、『お二人の気持ちが添えるよう、私が全力で応援いたしますわね！』となぐさめられたのも恥ずかしい。

俺はそんなにわかりやすかったか？

今、親同士で俺達の婚約話が出ているという。カイルよりも先だ。ちょっと照れくさいが、俺は嬉しい。ブランカはどうだろうか？　少しは俺のことを認めてくれているのかな？

手に入らないものなどないと思っていた。けれど人の心は簡単に手に入らない。尊敬も信頼も揺るぎない愛情も、すべては自分で勝ち取るもの。

幼なじみのブランカが、俺との婚約を選んでくれたらいいのに。


屋敷に到着してすぐに、俺はブランカの部屋へ案内してもらった。

彼女は高熱でかなり具合が悪く、寝込んだままだという。大丈夫だろうか？

広いベッドの上で、小さなブランカが浅く荒い息を吐いている。高熱のために手も顔も赤く、いつもの元気が全くない。宝石のような紫色の瞳も今は濁《にご》っている。

心配で、そっと側《そば》に寄り彼女の額《ひたい》に手を置いた。すごく熱い！

俺は手のひらに魔力を集中させる。

「水よ、霧になって優しく彼女を冷やして！」

あ、こっちを見てブランカが少しだけ笑った。魔法はどうやら、上手くいったようだ。

誰もいないのをいいことに、そのまま彼女を見守る。

淡いラベンダー色の髪は、汗で顔に貼りつき、ピンクにも見える。何も映していない紫色の瞳は、今日は曇ったアメジストのよう。何かを言っているようにも見えるけれど、よく聞こえない。ヒューヒューと荒い息はとても苦しそうだ。

守ってあげたい――

宝石のような両目からポロポロと涙を流すブランカは、ひどくつらそうだ。

俺は持っていた手巾《ハンカチ》でそっと優しく涙を拭《ぬぐ》う。

「ねえ、ブランカ。婚約するなら俺にしなよ。カイルより大事にするから」

それは、小さな俺が抱いた恋心。精一杯の願いだった。

＊＊＊＊

結局私、ブランカは、リュークともカイルとも、他の誰とも婚約をしなかった。いえ、できなかったのだ。

知恵熱だと思っていた病《やまい》は、実は『魔法欠損型魔力性小児麻痺《まほうけっそんがたまりょくせいしょうにまひ》』というものだった。

それは魔法が上手に使えない子供が、体内に溜まった魔力を放出できないことが原因で起こす、この世界特有の極めて珍しい病気だ。

高熱は一週間続き、やっと下がった時には、両目の視力が著《いちじる》しく低下し、左の足首から下に少し麻痺《まひ》が残った。

今の私は、目の前にあるものもぼんやりとしか見えない。歩けないことはないけれど、足を引きずるし、貴族につきものの社交ダンスが踊れなかった。

治す方法は、『光』の魔法での治療とリハビリを根気強く続けることだけだ。

当然、婚約どころではない。

婚約の話は両方共、父が出向いて断ってくれた。

「もしかしたら、これは私がリュークを好きになった罰なのかもしれないわ。早く元の身体に戻ってストーリーが正常になるように頑張らないと」

私は母と、王都から遠く離れたブランジュという村に行き、そこで療養することになった。ブランジュは我が侯爵家の領地のうちの一つで、空気のよい田舎だ。

将軍である父は王都を離れるわけにいかず、毎日泣いている。

そして、私が王都を離れる当日の朝、小さな登場人物達とお別れをした。

王城でのお茶会以来、なぜか私達は図書館や観劇、音楽会や他家の催《もよお》し物で顔を合わせ、仲よくなってしまっている。

彼らは私の熱が下がってすぐ、後遺症で歩きづらい私のお見舞いにも来てくれた。ぼんやりとしか周りが見えない私の側《そば》で、楽しい話を聞かせてくれたり本を朗読してくれたりしたのだ。

そんなみんなとお別れするのは、とても悲しい。

「ブダンガざま、びどいでずー。ライバルでずのにー。私を置いでいぐだんでー」

マリエッタちゃんが号泣した。嬉しいけれどヒロインなんだから、もっと綺麗に泣こうよ？

「ブランカ、元気で。私もどうやら『光』の魔法を使えるようだ。精進しておくから、帰ったら治療をさせてくれ」

カイルの言葉はありがたい。ただ、ゲームのカイルは治療よりも攻撃のほうが得意だった。

「ブランカ姉様。僕、勉強頑張るから。帰ったらいろいろ教えて！」

「ジュリアン、貴方に教えたがるお姉様はこれからどんどん増えるから、大丈夫でしてよ」

次々と声をかけられる。

「帰ったら遊ぼうな。リュークの面倒は任せてくれ」

「どちらかというと貴方のほうが面倒をかけてらしたわよ、ライオネル」

「うちの領地は近いから遊びに行くよ。君も勉強頑張って」

「ユーリス、貴方が勉強好きなのは知っているけど、わたくしには求めないで」

そして、最後にリューク。

「お前の顔が明日から見られなくなると思うと寂しいよ。帰ってきたらまた相手をしてやるから、早く戻れよ」

そう言いながら泣きそうな目でこちらを見る。

ずっと一番近くにいたのは彼だったから、思わず私は、もらい泣きをしてしまった。

そしてリュークは、彼の髪の色と同じ水色の薔薇《ばら》を差し出す。

とっさに受け取った私は一瞬固まる。

びっくりした～。リュークが作った『氷の薔薇《ばら》』かと思っちゃった。

『氷の薔薇《ばら》』は、大人になったリュークがマリエッタちゃんに渡す告白用のキーアイテムだ。私はもちろん、そのスチルをバッチリゲットしていた。

そんな大事なものを悪役令嬢の私に渡すはずはないと思ったら、やっぱり違った。

そんなわけで小さな彼らに見送られつつ母と馬車に乗り、この日私は王都を後にした。

心地よい風が吹く穏やかなある夏の午後。丘の上に一本だけ立つ大きな林檎《りんご》の樹の下で、私は一人読書をしていた。樹の根元にはここまで乗ってきたロバを繋いでいる。

私はそのロバ――ロディに話しかけた。

「ねぇロディ、お母様もそんなに神経質にならなくてもいいのにね？　リハビリを少しくらい休んだって大目に見てくだされぱいいのに……」

ロディは耳をピクリと動かし、草を食《は》んでいる。

ここ、ブランジュの村はのんびりしていて、静養するにはもってこいの土地だ。あちこちに湖や大きな林檎《りんご》の樹があって、景色も素晴らしい。特に自室の窓から見えるこの丘の林檎《りんご》の樹が気に入っている。

私は足のリハビリのために、もう二年もこの村に滞在していた。

魔法が扱える医師の治療はほんのわずかの効果しかなく、あとは自分の努力で、少しずつ回復していく外《ほか》ない。

けれどリハビリには苦痛が伴うため、たまには休みたくなるのだ。

視力の回復は、効きの弱い魔法に頼るしかないので、普段は眼鏡をかけている。

幸いブランジュの隣町はガラス工芸が盛んだ。腕のいい眼鏡職人が揃《そろ》う工房がたくさんあるが、小さな子供用の眼鏡はないため、私は特別に注文して作ってもらっていた。

田舎暮らしのよいところは、他にもたくさんある。

新鮮な野菜や卵、麦や蜂蜜などが手に入るので食には困らない上、使用人の数が少ないから、時々は家事を手伝わせてもらえるのだ。

そう、何より嬉しいのが厨房《ちゅうぼう》への出入りを止められないこと！

私は心ゆくまで骨センベイや鶏の唐揚げ、枝豆などの居酒屋メニューを料理人達に再現してもらっている。

あとは国外追放に備《そな》え、日持ちする食材や調理法の研究をしていた。クッキーやパウンドケーキといったお菓子に始まり、香草を使った燻製《くんせい》や瓶詰めのピクルスなどのレシピを料理長と共同で開発中だ。

そんなわけで私は案外、今のこの生活を楽しんでいる。

「ここは国境に近いから、将来の相手となる商人が通るかもしれないしね。リハビリも頑張るけど、エンド後の準備をきちんとしておかなくちゃ」

もちろん、大事な『プリマリ』の世界を諦めたわけではない。

「ゲームのスタートは私とマリエッタちゃんが十二歳の時。それまでには治療とリハビリを終わらせて、王都に戻らなきゃ。そしてハッピーエンドに話を戻すの」

近くにあったユリの花が、白いドレスを着た愛らしい少女の姿と重なる。

「マリエッタちゃんはもう、誰か気になる人ができたかしら？　みんなも今頃どうしているだろう？」

思い出すのは彼らと過ごした楽しい日々。

素敵なカイル王子はもちろんのこと、元気なジュリアン、穏やかなユーリスの微笑みや、ライオネルのいたずらっ子のような笑顔も目に浮かぶ。

それから、リューク。

私は先日、彼にこんな手紙を出した。

――親愛なるリュークへ

お元気ですか？　いつも本ばかり読んで、目を悪くしてはいませんか？　私が言うのも何だけど、目はとても大切です。無理せずいたわってあげてね。

私はもちろん元気です。我が家の別荘は快適でリハビリも順調に進んでいます。帰ったら、貴方と一緒に駆けっこぐらいはできるようになっているはずよ。楽しみにしていてね！

それから、最近ロバに乗るようになったの。大人しくて賢いから、私には合っているみたい。今日も一緒に丘の上の大好きな林檎《りんご》の樹を見に行きました。

村の人達はとても親切で食べ物も美味《おい》しく、毎日楽しく過ごしています。そうそう、自分で料理も作るようになりました。いつかみんなにも食べてもらいたい。

みんなもお変わりありませんか。マリエッタちゃんは誰と親しくなったのかしら？　カイル様とジュリアンは、仲よくしているのでしょうね。ライオネルは相変わらず鍛えているの？　ユーリスも、勉強しすぎて身体を壊さないといいのだけれど。

あ、みんなのことは書いてみただけ。寂しいわけではないから心配しないでね。

リューク、貴方は毎日どう過ごしていますか？　水の魔法は上達した？　没頭し過ぎるのが貴方の悪い癖なので、無理をしないようにね。学園に入れば、貴方はもっとすごくなるんだから。

私も頑張って学園に入るつもりなので、先に行って待っていてね。

あ、違った。訂正します。

私のことは待たなくてもいいから、マリエッタちゃんと仲よくしてあげて。彼女はとても優しくいい子よ。

貴方からもらった水色の薔薇《ばら》の花。乾燥して色が変わってしまったけれど、大事にしています。その時のお礼もなかなか言えずにごめんなさい。帰ったらうちの庭を案内するので、ぜひいらしてください。青い薔薇《ばら》はないけれど、庭師が丹精込めて育てた色とりどりの花が見られるはずよ？

その時を楽しみに。変わらないあなたの友人、ブランカより——


けれど彼から返事はなく、私は悪役令嬢としての自分の立場を思い知らされたのだ。

ねえリューク、もし熱を出さなければ、私は貴方と婚約していたのかな？

あの時の私には、それがつらかった。マリエッタちゃんのルートが貴方に固定しちゃうようなものだもの。

まだ幼い彼に、大人の私が恋をしてしまうなんて思わなかった。前世の記憶があるとはいえ、ブランカの心は子供だということを忘れていたのだ。

リュークに会いたいけれど、会うのが怖い。マリエッタちゃんと仲よくなっている姿を見ても、耐えられるかな？

だけど悪役令嬢の私が退場したままでは、正しいストーリーに進まない。そうなると将来、この国は滅びてしまうかもしれないのだ。

だから早く戻りたい。

リュークを好きだという想いは、ここに置いていこう。そんな弱さを悪役は持ってはいけないから。

王都は遥か遠くにあり、豪奢《ごうしゃ》な王宮や懐《なつ》かしい街並みは見えない。それでも私は、よく見えない瞳で今日も遠くを眺めている。

早く王都に帰らなければ。早く治してみんなに会いたい。

悪役令嬢として頑張ると決めたのだもの。こんなところで立ち止まっているわけにはいかない。

なんとしてでもカルディアーノ学園に入って、マリエッタと攻略対象の恋を邪魔し、世界を元に戻さなければ！

学園が始まるまであと二年。私に残された時間は短かった。

二　悪役令嬢、再び

「久しぶりに王都に帰ってきたのに、休む間もなく編入試験だなんて、お父様は教育には容赦がないのね」

嬉しさを押し殺して呟き、私、ブランカは王立カルディアーノ学園の敷地内を歩いていた。

十二歳になった私は、やっと王都に戻ってきたのだ。ゲームのスタートから遅れること半年、秋が始まったばかりの今日、学園の試験を受けた。

そして、さっきから『プリマリ』に出てきた噴水や校舎、ガゼボといった学園内の施設を見て触って感動に浸《ひた》っている。特にガゼボはオープニングや告白のシーンで使われ、印象的だ。

オープニングでは、逆光となって顔の見えない攻略対象の誰かがマリエッタに手を差し出して優しくガゼボへ誘う。その後、すぐにゲームがスタート。『プリマリ』ファン憧れの情景だ。

しまった、ウットリしている場合ではない。

今日はこの後、魔力と魔法の適性テストがある。もし私にまだ魔力があれば、マリエッタや攻略対象達と同じ『特進魔法科』へ進めるのだ。

結果はわかっているとはいえ、万が一の奇跡が起きるかもしれないと思うと緊張する。

私の身体は田舎暮らしですっかりたくましくなり、足のリハビリは順調。歩くだけでなく木登りもできるし、ダンスも短時間なら優雅に踊れる。

残念ながら目のほうは治らなかった。一度下がってしまった視力は少しは回復したものの、眼鏡がないとほとんど見えない。

「悪役令嬢が眼鏡でブスって話、今まであったかしら？」

首を傾げながら歩く。魔法のテストを受ける魔法塔は、広場の先にあると聞いたからもうすぐだ。

すると突然、何か大きなものが飛んできて顔の横に当たり、私の眼鏡を弾き飛ばした。

「痛っ！　何、もしかしてボール？　眼鏡は、眼鏡はどこ？」

思わず涙目で周りを見るものの、眼鏡がないので何もわからない。

「さーせーん」

声のするほうを向くと、ぼんやりとした人の影が見えた。こちらに近づいてくる足音がする。

「うわっ、スゲッ。君、転入生？　俺が案内してあげようか」

　意外と親切なようだけど、眼鏡を探してくれないかしら。そう思っていると、こちらに近づく別の足音がする。

「こんなところまでボールを飛ばしたら危ないだろうっ。さっさと戻してこい！」

「やべっ、二年の……。お嬢さん、またね～」

　この場から走り去る音が聞こえる。最後まで賑やかな人だ。でも、どうでもいいから眼鏡を探してほしい。

　仕方なく、後から来た人にお願いしてみる。

「あの、すみません。その辺に私の眼鏡が落ちていませんか？　近づかないとよく見えないんです。もしあったら私にください。初対面なのにお願いしてしまって、すみません」

　相手は何も言わない。あれ？　聞こえなかったのかしら。

「あの……」

　その人はゆっくり私の側《そば》まで歩みより、夢でも聞いた憧れのあの声で囁《ささや》いた。

「初対面じゃないだろう？　ブランカ」

「っ！　その声、もしかして……リューク？」

ああっ、帰ってきてよかった！　『プリマリ』のリュークと同じ声だ！

ボンヤリとしか見えないけれど、大きくなったんだねぇ。

ねぇ、もっとよく貴方を見せて？

ボンヤリとした影に近づき、やけに高い位置にある顔っぽいものを持って、自分にグッと近づけた。

あ、サラッとした水色の髪が見える。

懐《なつ》かしくって手が震えた。そのまますらに引き寄せ、瞳を見つめる。優しい……水色の澄んだ瞳だ。

私の目から、涙があふれた。

「リューク、本当にリュークなのね？」

「うん。いや、そうだけど……。でも白昼堂々この体勢は、さすがに俺でもマズイと思うぞ」

「え？　あ、あああっっ」

気がついて、私の顔が熱くなった。そうだ、鼻と鼻がぶつかるくらいの至近距離までリュークの顔を引き寄せている。端《はた》から見れば私が彼を襲っているようだ！

「ご、ごめんなさい。えと、眼鏡を。その、近くに落ちた、はずなんだけど」

しどろもどろになってしまう。

「ああ、これ？　ふーん、これがないと何も見えないのか。じゃあ、ずっとかけとけよ」

手渡された眼鏡はフレームが壊れてしまっているけど、ないよりはマシだ。

レンズ越しのリュークは眼鏡をかけていないけれど、『プリマリ』のリュークそのものだった！　今はニヤリと楽しそうに笑っている。

「結構伸びたね、髪」

「ああ。ブランカは――元気そうだな」

「おかげさまで。ねえ、今から魔法塔に行かないといけないんだけど、どこかわかる？」

「それならそこに見えている。案内してやるよ、おいで」

私に向かって長い手が差し出された。私達は昔のように手を繋いで歩く。でも今はなぜか指が絡められている。これってもしや恋人繋ぎ？　ドキドキして、自分の役目を忘れそうになるのでやめてほしい。

「ねえ、マリエッタちゃんやカイル王子、みんなも元気？」

「ああ、みんなこの学園に通っている。今年から初等部もできたから、ユーリスとジュリアンもいるぞ」

初等部まで！　そっか。いろいろ複雑な思いはあるけれど、みんな一緒でよかった。

これから楽しく悪役令嬢をしよう！

そう決意を新たにした。

魔法塔での検査の結果、なんと私にもまだ魔力があった。だけど、可能な魔法はたった一つだけの上、その魔法を使ってはいけないらしい。だったら『普通科』でもよさそうなのに、嬉しいことに『特進魔法科』に入れてもらえた。

この世界の魔法は地・水・火・風・光・闇のどれか。誰がどの魔法を使えるかは、大体は髪の色でわかる。茶色い髪の人は地の魔法。水色の髪の人は水の魔法。赤は火、緑は風、金と銀は光、黒は闇、といった感じ。ただこの六種類に入らない特殊な魔法もある。私は奇《く》しくもそれに当てはまるらしい。

私は自分の視力と引き換えに、ほんの少しだけ魔法を手に入れたようだ。で、その魔法はいったいなんなのかというと――『魅了《チャーム》』。

発動条件は眼鏡を取り裸眼で相手の目を見て、「お願い！」とイメージすることなんだそう。編入試験でも試験官の爺様《じいさま》を二人悩殺したが、すっごく恥ずかしい。そんなのライバル役の悪役令嬢には必要ないと思う。

そして、無事入学を果たした私は、初めての魔法の実技授業でたそがれていた。クラスメイトはマリエッタとライオネル。上級生のリュークとカイルはいない。

「こんな小っ恥ずかしい魔法いらんわ！　そもそも危ないから使用禁止って言われたし……。その上、リュークには全く効かなかった。取ってって、お願いしたのにすぐに眼鏡をくれなかったじゃない！　せっかくの魔法の授業なのに……暇だわ」

「ブーラーンーカー様ぁ！」

呟いていたらマリエッタが抱きついてきた。今日、何度目だ？

再会以来、彼女は私を見るたびに飛びつく。

美しく成長したマリエッタ。相変わらず美少女だけど、もう「ちゃん」付けはいらない。

「あら貴女、遊んでいらしてよろしいの？　自分の属性の魔法を勉強するはずでしょう。

そんなことだとみんなに置いていかれますわよ？」

「だからブランカ様のところに来ましたの。私の『光』の魔法を見てくださいね！」

マリエッタは癒《いや》しの魔法が得意なエリートだから、私といるより同属性の人と一緒に勉強したほうがいいと思うんだけど。

そんなことを考えていると、なぜか彼女は私の目を手で覆った。

「マリエッタ、何をするつもり？　見てと言いながら隠しているのはなぜ？」

しばらくしてからマリエッタがパッと手を離す。

「どうですか？　ブランカ様。見えますか？」

視界が明るくなり、マリエッタの顔が眼鏡なしではっきりと見える。まるで昔に戻ったみたい。

「すごい、すごいわ！　マリエッタ、貴女、天才ですのね。こんなことができるなんて」

さすがは『プリマリ』の主人公。お医者様でも治せなかったものが治せるなんて！

興奮して大声を出してしまったので、みんなの注目が私に集まる。

「今の、見た？」

「眼鏡外すとこ、初めて見たな」

「目の色がすっげー」

しまった。眼鏡なしの顔を晒《さら》してしまった。でもせっかくだから、鏡で自分の顔を見てみたい。移動しようとすると、すぐ視界がぼやけてくる。

「え!?　あれ？　マリエッタ、今のをもう一度お願いできるかしら？」

「ごめんなさい。数秒の効力しかないし、身体に負担がかかるから、一日一回が限度なの」

マリエッタの魔法はすごいけど、私の魔法は大したことがないらしい。リュークに続いてマリエッタにもお願いを聞いてもらえなかった。

あーあ。自分の眼鏡をかけていない顔が、ゲームと同じかどうか見たかったのに。

さて、魔法の授業が終わると、待ちに待った昼食の時間！　私は早速、カフェテリアへ向かう。

「カイル様よーっ。今日もカッコよくて素敵～‼」

「ライオネル様～、こっちを向いてーっ」

「麗《うるわ》しいーっリューク様～、好きーっ！」

学園内のカフェテリアでは、すでに女生徒達の黄色い声が上がっていた。

学園の広大な敷地の中には男女別の三階建ての寮があって、その中央がカフェテリアになっている。

中等部と高等部の生徒は全員寮生なので、食事の時間はここに集まるのだ。

この学園は男女交際を禁止していないため、有力貴族の子弟がいる時は、我が学園のカフェテリアは女生徒の戦場と化す。

中等部の一番人気はやはり王子のカイル。次いで公爵令息のリューク、伯爵令息のライオネルだ。来年はここにユーリス、その翌年はさらにジュリアンまで加わって、女生徒同士の熾烈《しれつ》なバトルが繰り広げられるのだろう。

でも、食事はゆっくり静かに食べたい。マリエッタの重要なイベントもまだないので、私は攻略対象達から遠く離れた席に陣取ることにした。けれど、なぜかマリエッタまで私についてきてしまう。これでは、彼女が誰を狙っているのかさっぱりわからない。

「マリエッタ。貴女までこちらに来ることはないのよ？　さっさとあちらへ行って、お好きな方と食事を楽しんでらっしゃい」

「もう！　ブランカ様ったら〜。本当は寂しいくせに。大丈夫ですよー。私がずーっとお側《そば》にいますからね」

「いいえ、本当に結構よ。わたくし一人が大好きなの。それよりも貴女は、気になる方の周りに他の女性がいるのを許せるの？」

ほら、積極的な女子がカイルに手紙を渡そうとしている！　貴女のほうが可愛らしいんだから、余裕で勝てるでしょう？　こんなところで、もたもたしている場合じゃないじゃない。

「もちろん、嫌です。だからここにいるんじゃありませんか」

「は？　距離が遠いのでは？　ここからだと人だかりで見えもしませんわよ」

「もう、ブランカ様ったらー。これだけ近くにいれば大丈夫ですよ」

昔と同様、マリエッタとは話が通じない。私はため息をついた。

仕方なく、マリエッタと二人で昼食を堪能《たんのう》していると、人影がぞろぞろと近づいてくる。

「あぁら、誰かと思えばマリエッタじゃない。貴女、この前もカイル様にずーずーしくも馴《な》れ馴《な》れしくしたんですって？　おまけにリューク様にまで話しかけたとか。まったく、貧乏男爵家の小娘は家柄がよければ誰でもいいのかしら？　節操がないわね」

おおおぉぉー。私が療養で遅れて知らなかっただけで、すでに恋のバトルは始まっていたのか。ちょっと感動してしまった。

マリエッタにちょっかいをかけてきたのは茶髪を縦ロールにした、いかにもなご令嬢。

彼女とその取り巻き達を見たマリエッタが、ムッとしながら口を開く。

「あら、セレスティナ様ごきげんよう。みな様も、ごきげんいかが？　見ての通り私達今、食事中ですの。食事は美味《おい》しくいただきたいんです。美しいものだけを見て」

え、あれ？『プリマリ』のマリエッタなら、ここは涙を浮かべてプルプル震える、が正解よ。どうして言い返しちゃってるの。

ヒロインはもうちょっと慎《つつ》ましくなくちゃ。それに、「美しいものだけを」と言うなら、私と一緒にいる時点でアウトだよ。

「まぁぁ、ブスのくせに何を偉そうに！　私をランドール侯爵家の者と知ってのことかしら？」

あ、それ七歳の時に私がやったやつだ。それに美少女にブスと言い放つ彼女、私が言うのもなんだけど、普通の顔だよね。

「それが何か？　私はこの方と一緒に、静かにお昼をいただきたいと申し上げただけですが」

うわー、マリエッタ。何、打たれ強くなってるの。今、攻略対象の誰かが間違って登場したら、引かれちゃうよ。

「まあ、一年のくせに生意気な！　ブスはブス同士、卑屈に仲よくしていればいいんだわっ！」

「そーよ、そーよ」

コトンッと音を立てて、マリエッタが手にしていたカップを机に置く。

「マ、マリエッタ？」

突然、彼女は立ち上がった。ここまで上手にあしらってきたのに、どうして？　ああ、穏やかなランチタイムが。

私は怒るマリエッタを左手で制止した。こんなヒロイン、攻略対象に見せられない。

「ふう。さっきから黙って聞いておりましたけれど、いつからここは動物園になりましたの？　猿みたいでしてよ？　ホホホホホ」

「ハァ？　貴女、失礼なっ！　後から出てきて何を言い出すの？　さっきから言ってるでしょっ！　私を誰だと思って……」

「ランドール家の方でしょう？　何度も言わなくても、あんなに大声を出されれば一度で覚えられますわ。わたくしは先ほどからここにおりましたもの」

「何よ、生意気な！」

「失礼よ、ブスのクセに。セレスティナ様に謝りなさい！」

取り巻き達の援護射撃がやかましい。

「そうでした、猿と比べるなんて失礼いたしましたわ。彼らのほうがよほど躾《しつけ》が行き届いていてお利口ですものね。わたくしはブランカ。バレリー侯爵の娘です。ところで貴女方、食事のマナーはご存じ？　この学園は、マナーを知らない下品な輩《やから》が横行する場所なのかしらね」

肩をすくめて微笑む。ここまでわかりやすく罵倒《ばとう》すれば、マリエッタよりも私に矛先《ほこさき》が向くはずだ。

『プリマリ』の悪役令嬢はブランカ一人だけ。このポジションを誰にも譲る気はない。

「何よ、この眼鏡！」

悔しげに声を上げる彼女の目の前で、私はふふふと笑いながら眼鏡を外す。

「さ、もうあちらへ行って大人しくしてくださいな」

セレスティナと取り巻き達を交互に見つめる。『魅了《チャーム》』の効果がどこまであるのか試したかったのだ。

すると彼女達は一斉に向きを変え、大人しく自分達の席へ戻っていった。

「なるほどね。魔法塔の爺様《じいさま》にしか効かないのかと思っていたけれど、『普通科』の魔法耐性の低い者にはちゃんと効果があるわけね」

これを使えば、マリエッタと攻略対象との間も上手く邪魔できて、ドラマチックないちゃラブを演出できるかもしれない。

「ブランカ様ぁ！」

ぐえっ。マリエッタ、いきなり首に飛びつかないで。

「あのしつこい人達を一気に撃退できるなんて、すごいです〜。さすがはブランカ様、大好きですわ！　私を助けてくださったんですね」

助けたって、そういうことになるのかな？　でも、ゲームの世界での悪役令嬢は私一人のはずだから、ストーリーを乱されては困る。

それとマリエッタ。ヒロインなのにあんな態度をとって、攻略対象が出てきたらどうするの。

そう思って攻略対象達のいるカフェテリアの二階の席を見上げると、こちらを見ながら安心したように頷《うなず》くカイルと目が合った。カップを持ち上げ、食後のお茶を優雅に楽しんでいる。

幼なじみのリュークも、困ったような顔をしてマリエッタを見ていた。彼女のことがよほど心配だったのだろう。あんな姿のヒロインを見られなくてよかった。それなのに胸がズキンと痛む。

一番奥の席のライオネルは肩をすくめている。何気ないフリをしているけれど、きっと気になっていたはずだ。

大丈夫、ヒロインであるマリエッタの魅力には、誰も逆らえない。そう、もちろん私も。この世界がゲームのシナリオ通りになるように、一生懸命邪魔《おうえん》しよう。

昼食後の休み時間は、マリエッタがもう一度私の目の治療をしてくれることになった。

本当は一日に一回が限度の魔法らしかったが、初日の今日だけ特別に二度目の治療だ。

教室の自分の席に座って目を閉じると、マリエッタが私の瞼《まぶた》に手を置いた。

「ブランカ!!」

教室のドアを開ける音に続き、私を呼ぶ声がする。

この声は『プリマリ』のプレイ中、何度も聞いた。

「もしかして、ジュリアン？」

「それ、まだかかりそう？」

別の声が私の疑問と重なる。この声にも覚えがあった。

「ユーリスも一緒ですの？」

「見えてないのにわかるんだ。すごいね！」

「やっぱりユーリスでしたわね！」

私が勢いよく応《こた》えると、クスクス笑う可愛らしい声が聞こえた。

「はい、今日は終わりね」

マリエッタはそう言って、私の瞼《まぶた》から手を離す。彼女は優しい。思わず意地悪するのを忘れてしまいそうだ。

そこへジュリアンが飛びついてくる。

「ブランカ、会いたかったよ！」

銀色の髪に緑色の大きな瞳が愛らしい彼は、相変わらず子犬のようだ。そして、緑の長い髪に茶色の瞳のユーリスは、昔通り穏やかだった。少し心配そうに質問される。

「マリエッタの治療後は、眼鏡がなくても見える？」

「ええ。おかげさまで少しだけ。変わらないのですね、貴方」

「ブランカ、こっちー」

ジュリアンに首をグキッと回された。急に動かすのは痛いから止めて。

「二人共、元気でした？　初等部はどう？」

実は、『プリマリ』の世界に初等部はなかった。ここでもゲームとストーリーが違う。だからこの先、何が起きるかわからない心配がある。

「どうって？　簡単すぎてつまらないけど、近くにブランカがいるなら楽しくなりそう」

ジュリアンがヒロインではなく私の名前を出すなんて、もしかして、バッドエンドに進んでいるのかしら？

マリエッタにはどうにかして好きな人を作ってもらわなくっちゃいけない。

それにしても、彼女は誰かへの恋心にそろそろ気づくはずなのに……

そんなわけで放課後、私はマリエッタに隠れて攻略対象の教室を探っていた。何かヒントになるものでもないかと思ったのだ。

すると突然足音がした。急いで教壇の下にもぐり込むと、白いトラウザーズに包まれたスラリと長い足が見える。

「ブランカ、ここにいるのか？」

いつ聞いてもイイ声だ！

もっと間近で聞きたくて、私は思わず教壇の下から這《は》い出した。

「リューク！　どうしてここに？」

「いや、さっきこの部屋に入っていくのが見えたから……。お前とゆっくり話がしたかった」

「あら、わざわざありがと」

マリエッタのいない今、攻略対象と会っても意味がない。それはわかっているのに、自分の気持ちを抑えられず、私はリュークと離れている間の出来事を話した。

療養のこと、村での生活、丘の上の大きな林檎《りんご》の樹に降る雪など。

「時々降る雪がその樹にかかる様子が大好きだったの。もしも光が当たって夜でも見られるようになっていたら、もっと素敵だったでしょうね」

私の話に頷《うなず》く彼の水色の髪が揺れる。それがとても嬉しい。

「手紙をもらっていたのに、返事を出さなくてすまなかった。何度も書こうとしたんだが、いい文章が思い浮かばなくて」

「私が勝手に書いていただけだから、いいのよ。それよりも貴方がどうしていたか教えて？」

私はリュークにいろいろ聞いてみた。リュークは相変わらず勉強や剣、魔法の練習に励んでいたらしい。

「そういえば、お別れの時に水色の薔薇《ばら》をありがとう。乾燥して色が変わってしまったけれど、今でも大切にしているのよ」

「ああ、あれか。花言葉を知っている？」

「いいえ」

「そうか。水色の薔薇《ばら》の花言葉は『奇跡』。お前が一日でも早く王都に戻れるように、と願って」

胸がドキンと高鳴る。あの時、手渡された薔薇《ばら》にそんな意味があったなんて……

離れている間にリュークは、一層優しくカッコよくなっていた。

マリエッタの攻略対象だと知っているのに、彼を好きな気持ちが消せない。本当に、どうすればいいのだろう。

「ねえ、マリエッタとは上手くいってる？」

「なんでここでマリエッタが出てくるんだ？」

リュークは、きょとんとした顔をした。マリエッタの態度から予想はついていたけれど、どうやらリュークの攻略はあまり進んでいないらしい。そのことにホッとする自分が嫌になる。

「なあ、ブランカ。お前に一つお願いがあるんだけど……」

「何かしら？」

「その眼鏡を外して話してみてくれないか？」

これを取ったらほとんど何も見えなくなる。それにもし、私の魔法が発動されたら、リュークを虜《とりこ》にしてしまうかもしれない。あれ、でも前は効かなかったよね？

迷う私を見たリュークが、言葉を続けた。

「魔法塔の爺様《じいさま》に聞いたから、お前の魔法のことは知っている。心配しなくていい。俺の魔法耐性は高いようだ。何より『魅了《チャーム》』の魔法にかからないくらい、ずっと好きな人がいる……」

突然の告白に驚いたけれど、よく考えたらリュークの想い人はマリエッタだ。なんだ、ヒロインの攻略は上手くいっていなくても、攻略対象の気持ちはシナリオ通りに進んでいるんじゃない……

それなら少しは安心できる。だけど――

胸が苦しいのは貴方のせい。私に優しくしておきながら、マリエッタを好きだと言う貴方の。

私は眼鏡を外し、泣かないように我慢して彼のほうを見る。

視界がぼやけ、リュークがどんな表情をしているのかわからない。懐《なつ》かしそうに、小さな頃の思い出と私のいない間の出来事を語る声が、聞こえるだけ。

私が変な表情をしていたからだろうか、ふいにリュークに両頬を引っ張られた。

痛くて目を閉じると、おでこに柔らかい何かが触れる。

そして、彼は私に眼鏡をかけ直し、「じゃあ」とそのまま教室を出ていってしまった。

その態度はいつもと同じだ。

さっきのアレはいったいなんだったんだろう？

おでこにキスをされたと思ってしまうなんて……

数日後の放課後、私は魔法塔に向かっていた。

この前、カフェテリアで『魅了《チャーム》』を使ったことがバレたのだ。

そもそも学園の規則にも『授業時以外の魔法の使用は禁止』となっている。

あ〜あ、こってり怒られるんだろうなぁ。

魔法塔は、それ自体が独立した石造りの六角塔だ。内部は意外と広くて、角ごとに魔法の六属性を表すオーブが飾ってあり、中央の螺旋《らせん》階段が上階へ続いている。

今日は、高等部の『地』の先生から呼び出しを受けていた。

「ああ、階段上るの面倒くさい。一生懸命リハビリしておいてよかったわ。急な階段は結構、応《こた》えるもの」

ぶつぶつ呟きながら螺旋《らせん》階段を上り、私は『高等部・地』のドアをノックした。

「ブランカ・シェリル・バレリーです。呼び出しに応じ参りました」

「どうぞ」

ドアを開くと、そこにいたのは魔法教師の爺様《じいさま》……じゃなく、若い男性だ。

窓を背にして立つ彼は、昔よりもっと大人びて、一つに編んだ栗色の髪は記憶より伸びている。琥珀色《こはくいろ》の瞳の懐《なつ》かしい彼の名を、私は呼んだ。

「もしかして、ルルー先生？」

「久しぶりだね、ブランカ。元気そうで何よりだ」

この学園と魔法について教えてくれた、カミーユ・フォルム・ルルー先生だ。

「長くなりそうだから、まあ、かけたまえ」

先生は柔らかく微笑むと、私に椅子を勧めてくれた。螺旋《らせん》階段と格闘した後だから、正直助かる。

先生とは、療養のため王都を離れて以来になる。あの時十八歳と言っていた彼は、今は二十二か二十三歳になっているはずだ。

「ええっと、ルルー先生はいつからここの教師に？」

「つい最近、かな？　君のところを辞めた後、しばらく休養していたから。前々から打診はあったんだが、ここにいれば、いつかは君に会えると思ってね」

先生は、私がちゃんとこの学園に入れるかどうか心配して見届けてくださったのね！

「それはそれとして……」

先生は続けた。嫌な予感がする。

「魔法耐性を持たない者にいきなり魔法を使っていいと、教えた覚えはないんだけどね？　しかも君、魔法を使うことを編入試験を担当した老師に禁止されているんじゃなかったっけ」

やっぱり怒っている。ここは素直に謝ろう。

「軽率でしたわ。ごめんなさい」

私はしょんぼり肩を落とした。だけど先生は横に首を振る。

「謝るだけではダメだね。学園のルールにもきちんとあるはずだよ。会議の結果、君には当分『魔封じ』を施《ほどこ》すことになった」

「それだけでいいんですか？」

「それだけ？　あまり理解していないようで残念だよ。まあ、いい。私の専門は魔法防御と耐性だからね。『魔封じ』も得意だ」

そう言うと、先生はおもむろに私に近づいた。何？　痛いのは嫌だ。

「目立たないほうがいいから、肩を出して」

私がブラウスのボタンを外して肩を出すと、ルル一先生は指でそこに何かを書き始めた。どうやら魔法陣のようだ。

「念には念を入れておこう」

先生は私の肩に顔を寄せ、『魔封じ』の印に息を吹きかけると思いきや――

「キ、キスした～!?」

なんと私の肩に口づけたのだ。すると、直径五センチほどの魔法陣が青く発光する。

そして、私の肩に黒い印が刻まれた。

「ど、どどどどーいうことでしょう?」

いっつもこんなやり方なの？　それだとイケメンにキスされたくて、『特進魔法科』の女子の行列ができてしまう。全員が『魔封じ』を希望して、授業にならなくなったらどうするの？

「どういうことって？」

「『魔封じ』の時はみんなこんな、その……えっと、アレというか……」

「ああ肩にキスしたこと？　まさか、全員にするわけではないよ」

「では、なぜ？」

「『魔封じ』は魔法陣があれば十分だけど、君の場合は昔、魔力を放出できずに倒れたことがあるからね。何か問題があれば、すぐに君の居場所がわかるようにしておいた」

そ、そうなんですか。GPS付きの高度な『魔封じ』だったんですね。

それ、マリエッタのために頑張って意地悪することに影響はないよね？

「ああ、それと」

「は、はいっ！」

「その『魔封じ』、魔力を持つ者に直接触れさせないようにね。触ると痛いし、発動されたらすぐに連絡が来るようになっている。服の上からなら平気だけど、気をつけて」

なるほど。危なそうなのは今のところマリエッタくらいだ。後でちゃんと言っておこう。

「最後に確認のため、ちょっと眼鏡を外して念じてみて？」

え？　今すぐここで？

指示通りに眼鏡を外し、強く念じてみる。

『お願い、居場所確認のGPSはなしで』

肩がピリッと痛み、『魔封じ』の印が発光した。

「もういいよ、君の魔法が封じられているのを確認できたから。ありがとう。約束は守ってね」

魔法塔から戻るとすぐに、私はマリエッタを捕まえた。

「肩に『魔封じ』の魔法陣がありますの。触るとそれが発動して痛いので、触るの禁止ですわ！」

マリエッタは不服そうではあるものの、頷《うなず》いた。「チッ」と舌打ちしたような気がしたのは、きっと気のせいだ。だって、『プリマリ』のヒロインがまさかそんなこと！

「ブランカ、マリエッタ、天気もいいし外で乗馬はどうだ？　今なら厩舎《きゅうしゃ》が開いているぞ」

タイミングよく、同じクラスのライオネルに乗馬に誘われる。

赤い髪に茶色い瞳を持つ背の高いライオネルは、健康的で体格のいい少年になっていた。

「素敵！　じゃあ、マリエッタがライオネルと一緒に乗ってよくってよ！　わたくしは一人でも大丈夫」

「馬きらーい。だって噛《か》むもの。どうしてもって言うなら私は近くで見ているわ」

あれ？　馬って人を噛《か》むっけ？

「大丈夫よ、マリエッタ。ライオネルは馬の扱いが上手いし、乗馬も得意でしてよ！

特に黒鹿毛《くろかげ》の馬とは相性がよろしいみたい」

私がそう言うと、ライオネルがびっくりしている。

しまった。これは、ゲームの知識だった！　どうやってごまかそう。

焦《あせ》っておろおろする私をよそに、二人は何も聞いてこなかった。特にマリエッタは興味がなさそうだ。

「ふーん、そんなに言うなら、二人で仲よく乗ってくれば」

「俺は別にどっちでもいいけど」

うーん。でも、ライオネルとマリエッタが一緒でないとスチルは見られないのよね。

ただ、ライオネルお気に入りの馬には乗ってみたい。

「どうする？」

攻略対象の一人であるライオネルとの乗馬。うわー、かなり気になる！

「行きますわ！　マリエッタもいらっしゃいな！」

結局、マリエッタが激しく抵抗したため、馬には私だけが乗せてもらうことになった。

おかしいわね、『プリマリ』のマリエッタはライオネルと乗馬をしていたはずなのに……

代わりに悪役令嬢の私が乗ってどうするんだと思ったけれど、ストーリーを追体験できるという誘惑には勝てない。

「お手をどうぞ」

力強いライオネルの腕に引き上げられて、彼の前に座る。最初は馬をゆっくり歩かせて馴《な》らしてくれた。最後には駆け足にしてくれたから、周りの景色が飛ぶように流れる。

「すごいわ！　これが、ライオネルが見ていた景色なのね」

思わず興奮してしまう。柵の向こうで見ているマリエッタに手を振る余裕が出てくる。

ライオネルは同い年とはいえ頼り甲斐《がい》があり、マリエッタにはピッタリだ。マリエッタの好みがカイルでもリュークでもないというのなら、ライオネルはどうだろう。

私は馬の背に揺られながら、そんなことを考えた。

とは言ったものの、悪役令嬢として私は何もしていない。恋を盛り上げるどころか、一度も邪魔できていないのだ。

そんなわけで私は、三年生のセレスティナに弟子入りすることにした。

先日、カフェテリアでマリエッタをいじめたご令嬢だ。あの悪役っぷり、ぜひ見習わなければ！

逃げるセレスティナをどこまでも追いかけ、声をかけ続ける。

三年の教室に通ったり、トイレの前で待ち伏せたり。カフェテリアでは隣に座り、寮の部屋にも忍び込んだ。当然嫌がられたし、文句を言われる。けれど、つきまとい続けて十日間、手巾《ハンカチ》を拾って届けてあげたことで、とうとう承諾がもらえた。その手巾《ハンカチ》は、以前怪我をした時にカイルが『使って』と言ってくれたものだという。

親しく話してみれば、彼女とはイケメン好きという共通点があり、気が合った。最近は一緒に高笑いの練習をしたり、誰の声が一番素敵か議論したりして盛り上がっている。そして、休日の今日、私はセレスティナと彼女の取り巻き達と一緒に緑の庭でお茶会をしていた。

陽気がよく、風も心地いい。

実はカイルからも誘われていたけど、こちらが先約なので丁重にお断りした。今日はガールズトークで盛り上がるつもりだ。

「えええぇ〜！　カイル様のお誘いを断るなんてありえない！　ブランカ、貴女バカじゃなくって？」

「リューク様やライオネル様だけでなく、初等部のアイドル達まで出席されるんでしょ？」

「もうあんたそれ、女じゃないわ。脳みそ沸いているんだわ！」

なんだか散々な言われよう。でも、そもそも悪役令嬢が攻略対象と仲がよいのがおかしいのだ。軌道修正できるように、マリエッタに頑張ってもらわないと！

けれど、いつの間にか銀色ワンコ――ジュリアンが私に忍び寄っていた。

「あ、ブランカだ～！　こんにちは。他のお姉様も綺麗な方達ばかりだね」

「あら、ジュリアン久しぶりね。カイル様のお茶会に誘われているんじゃないの？　それならここではなくてよ？　確かもっと奥でお茶を楽しんでいらしたはず」

「うん。カイル従兄《にい》様から声がかかっていたけど、こっちのほうが楽しそうだから別にいいや！」

「はい？」

いいや、じゃないわよ。ヒロインと仲よくなるチャンスでしょう？　貴方はそっちに行かなきゃダメじゃない！

注意しようと口を開く前に、セレスティナが歓迎してしまう。

「キャ～ッッ!!　ジュリアンくんなら大歓迎よ～！」

「ホント？　僕も嬉しいな！　お姉様達ありがとう」

「え？　でもジュリアン……」

「お姉様達は思った通りとても優しいね。綺麗で優しい人って僕、大好き！」

にっこり笑うジュリアンの笑顔は相変わらず可愛らしい。上目遣いも殺し文句もバッチリだし、これでは誰も断れない。

やれやれ、と私はジュリアンのために席を用意した。

すると、間を置かずに軽い足音がして、よく知る人物が近づいてくる。

「ブランカ様～。私もこっちがいいー」

「マリエッタ、貴女まさかカイル様やリューク、ライオネル、ユーリスを置き去りにしてきたんじゃあないでしょうね？」

「えへへ。だって、こっちにはブランカ様がいらして楽しそうなんですもの！」

「は？　貴女、何を言って……」

「ブランカ様達だけ楽しそうでずるーい。仲間に入れてくれないと、私泣いちゃうから」

「泣くって、そんな……」

「あら、いいじゃないの。マリエッタ、歓迎するわ。自らカイル様とリューク様の側《そば》を離れるだなんて、いい心がけね」

「でしょ？　セレスティナ様もそう言ってくださってるし」

ちょっと待って、マリエッタ。ねえ、どうして？　私が悪役令嬢になろうと一生懸命頑張っているのに、どうしてヒロインの貴女が邪魔をするの？

三　カルディアーノ学園競技会

「ブランカ様～！　競技会のお知らせ、ご覧になりました？」

マリエッタが今日も元気に抱きついてくる。あれから数ヶ月、マリエッタと攻略対象の仲は大して進んでいるように見えず、悪役令嬢としての私の出番は結局、一度もない。

「あら、もちろんよ。先ほど『風』の魔法で通達が来たでしょう？」

この学園では通信用に『風』の魔法を使っている。風魔法の高位術者は手紙を一斉に届けたり、離れたところに声を送ることができるのだ。先ほどその魔法で、カルディアーノ学園名物『競技会』の案内が学内の生徒へ告知された。

競技会は参加も見学も自由で、出場競技も選べる。そして、各学部の総合優勝者と準優勝者は監督生となり、様々な特権が与えられるのだ。そのせいか生徒から非常に人気がある。

「中等部は魔法、剣術、馬術とあるのですけれど、ブランカ様はどれかにご出場されますか？」

「まさか。もう結果は大体わかって……いえ、わたくしは『魔封じ』されているので、出場は無理ですわ。それに、希望者が多いから予選会もあって大変ですもの」

「え？　さっきお知らせが来たばかりなのに、もう希望者が多いってわかったんですか？」

「あら。いえ、多分そうなるんじゃないかしら」

競技会はゲームでもあったイベントだ。彼女が高等部に進学するまで都合三回あり、総合優勝するのは、その時点のマリエッタへの好感度が第一位の人物と決まっている。これである程度、マリエッタの攻略具合がわかるので、私にとっては大切なイベントだ。

そして、競技会はちょうど白銀の月――この世界での十二月の二十四日に行われる。

この世界にクリスマスはないけれど、ちょうどクリスマスイブだ。多分このイベントはクリスマスの代わりで、その証拠に競技会の後には後夜祭があり、意中の人を誘ってダンスをしたり恋人同士が一緒に過ごしたりする。

その競技会で大活躍するのが、『特製弁当』と『ときめきチョーカー』という二つのイベント限定アイテムだった。

競技会の前や最中に意中の人物に渡せば、マリエッタへの好感度が格段にアップするというお役立ちアイテム。どうにかして手に入れたいものだけれど、さて、どうしよう？

「チョーカーは実家に頼んで作ってもらうとしても、お弁当は？　ダメ元でカフェテリアの方にお願いしてみようかしら」

急がなければ。チョーカーは形がわかっているためオーダーにしよう。

ただ、攻略対象によって色が違うから、マリエッタが好感度を上げたいと思っている人物が早めにわかると助かるんだけど。

「ねえ、マリエッタは誰を応援するつもりなのかしら？　勝って監督生になった方は専用の個室がもらえるんですもの、貴女が本当に大好きな人を応援なさらないとね」

そう、そして校舎内にあるその個室でデートをするのだ。

「え？　私は自分で出るつもりですけど。だって、ブランカ様は出られないのでしょう？」

「は？　貴女ちゃんと競技種目をご覧になったの？　剣術か馬術が得意ならともかく、どう考えても女子には不利な内容でしょう？」

優勝するのは攻略対象の誰かと決まっているのだし、ヒロインが自分で優勝目指しちゃったら意味ないじゃない！

「あら、私が出るのは魔法部門だけですよ。それに、参加することこそ意義があるって言いますし。結果はどうあれ、出場することに価値があると思うんですよね！」

えー、それだとヒロインが攻略対象を潰す可能性が出てきてしまう。

「あのね、マリエッタ。この競技会はね……」

「おう、マリー。お前の分もエントリーしといてやったぞ！　ブランカは別によかったんだよな？　俺は全部出るけど、カイルやリュークが出るんじゃ自信がないな」

マリエッタを止めようとしたのに、ライオネルがさっさと参加申し込みをしてしまった。

「ありがとう、ライオネル。私は魔法部門だけであっているわ。自信はないけど、単純な勝ち負けではないものを得られると思うの」

えっと、あの～。お二人さん、いつの間にそんなに仲よくなったの？　何かおかしな気もするけれど、ライオネル攻略中でいいのかしら。

「……だったらライオネル用のアイテムを急いで作らせなくっちゃ！　確かライオネル用のチョーカーの色は赤と黒でよかったわよね？」

「え？　ブランカ様、何かおっしゃいました？」

「いいえ、なんでもありませんわ。こちらの話。それより二人で仲よく頑張りなさいね！」

私は競技会の話で盛り上がる二人を残して、通信用の魔道具を使うために、魔法塔へ移動した。

魔法塔の一階はいつ来ても薄暗い。六色のオーブがポウッと光っていて幻想的で綺麗だけれど、暗くてよく見えないために転びやすい。現に今も躓《つまず》いてしまった。

「あっ」

転ぶ瞬間、パッと抱きとめてくれた人がいる。

「すみません、ありがとうございます」

お礼を言って、その人の腕の中で振り仰ぎ顔を確認した。

「……カイル様？」

「ああ、ブランカか。大丈夫？　何しにここへ？」

一年上のカイルはにっこり笑うと甘い声で話しかけてきた。

「はい、通信用の魔道具をお借りしに。カイル様はなぜこちらへ？」

「今度の競技会のことで、ちょっとね。去年は優勝がリュークで私が準優勝だったから、推薦出場枠がもらえるんだよ。担当教官にその申請をしてきたところだ。もうすぐリュークも来るんじゃないかな？」

やっぱり二人共、すごいんだ。ライオネルが警戒していたのもわかる。

ただ、どうでもいいけど私の腰を持つ手をそろそろ離してほしい。密着しすぎで恥ずかしい。

「ええっと、すごいですね」

言いながらやんわりとカイルの腕を外そうとしたのに、逆に力を込められた。

なんで？

それならば、と彼の胸に手を置いて離れようとする。そこに、聞き覚えのある声がした。

「お前達、そこで何をしている？」

「ひゃっ！」

カイルが私からパッと手を離す。その反動でまた転びそうになった私を、今度はリュークが支えてくれた。

「ご、ごめん。ありがと」

振り向くと、リュークは私を見ておらず、表情を消してカイルを見ている。カイルもリュークをじっと見つめ、全く笑っていない。

あれあれ？　この二人って親友同士じゃなかったっけ。もしかして今、喧嘩《けんか》中？　それとも競技会で戦うために臨戦態勢とか？

「こんなところに二人きりで、何をしていたんだ？」

頭の上から響く低く抑えたリュークの声。こういう時の彼は怒っている。

「くく。嫌だな、私を疑っている？　偶然だよ。彼女もここに用事があったみたいだからね」

カイルは喉の奥で笑い、からかうような甘い声で返した。

「そうなのか？　ブランカ」

「えっと、あの、実家に頼み事があって通信するから魔道具をお借りしに……」

何も悪いことをしていないはずなのに、なぜかしどろもどろになってしまう。

「なんで今の時期に。もうホームシックなのか？　まさか寮だと寂しいので、帰りたいと実家に泣きつくんじゃないだろうな？」

訝《いぶか》しげに目を細めたリュークが聞いてくる。

うわ～何それ。リュークってば私のことバカにしてるでしょ？

三食付きで休憩あり、残業なしの寮生活が嫌なわけがないじゃない。一人暮らしよりよっぽど楽。

「あら、そんな情けないことをわたくしがすると思って？　違うに決まっているじゃない。わたくしがマリエッタとばかりいるから拗《す》ねているの？　大丈夫よ。競技会を頑張れば、好きな子から好きだと言ってもらえるから」

後ろを向き、リュークの目を真っ直ぐに見て言い返す。

胸が少し痛むけど、これが正しい道なのだ。競技会で彼が優勝するようならば、マリエッタはほぼリュークのルートに入るはずだ。

リュークが珍しく狼狽《うろた》えて赤くなった。口元に手を当てて目を逸《そ》らす。

そうかそうか、そんなにマリエッタに好きだと言ってもらいたいのか。そう思うと泣きそうになる。でも私は、マリエッタとリュークの仲を盛り上げる役だ。それが正しいルートになるなら、どんなに悲しくても彼の恋を応援しなくちゃ。

そんな私達をじっと見ていたカイルが口を開く。

「ブランカ、私は？　望みはないのかな？」

「大丈夫でしてよ。リュークと同じで競技会を頑張ってください。あとはお茶会へまめにお誘いになって。いきなりや強引ですと引かれてしまいますので、最初は優しく接してあげてくださいね」

つい、リュークに言った時よりも力を入れて答えてしまった。マリエッタがカイルを選んだからといって、リュークが商人になるわけじゃないけれど。

カイルルートもやり込んでいたから、ほとんど完璧なはずだ。

マリエッタは、カイルに誘われるお茶会で選択肢の中から彼の好みの話題を選べばいい。学園内のガゼボで告白されたら、カイルのルート確定だ。

「なんだか他の人の話をしているようだけど……」

「他の方って？　マリエッタ以外にどなたがいるとおっしゃるの？」

『プリマリ』で一番人気の攻略対象のくせに、変なことは聞かないでほしい。

「あら、だいぶ時間が経ってしまいましたわ。『風の部屋』で魔道具を使ってきますわね！」

急にシュンとなった二人と別れ、私は二階にある『風の部屋』へ向かった。

好感度が一番高い人物はライオネルかと思ったが、あの様子じゃわからない。競技会イベント限定の好感度アップアイテム『ときめきチョーカー』はライオネルだけでなく、カイルにも用意しておいたほうがよさそうだ。……それと、リュークの分も。

私は目当ての品物をオーダーしようと通信器具を手に取った。


競技会の一週間前、出場希望者多数のため予選会が行われることとなった。

ライオネルは優勝を狙っているらしく、時間が空けばそこかしこで素振りをしている。素振りのたびに上半身をはだけるのはどうかと思うけど……

今は高等部の魔法の予選会が行われていた。外が気になって誰一人真面目に授業を受ける気がないのが先生にも伝わり、『特進魔法科』の午後の講義は自習となっている。

私はこの隙にイベントアイテムの製作状況を確認することにした。急いで魔法塔に向かう。

途中、予選会が行われている広場の横を通りすぎた。水しぶきや炎、遠くにはぼんやりと光の奔流《ほんりゅう》も見える。

さすがは高等部の魔法！　かなりレベルが高いようだ。

「早く用事を済ませて見に行かなくっちゃ」

魔法塔の二階にある『風の部屋』に辿《たど》りつき、魔道具で実家と通話した。

いつマリエッタの気が変わってもいいように、結局、『ときめきチョーカー』は攻略対象とマリエッタの分、ついでに自分の分も作ってもらった。

自分の分まで作っちゃったのは、微妙なファン心理が働いたから。ゲームのイケメンキャラクター達と同じグッズを持ってみたかったのだ。

どうやら順調にいっているようで、前日には寮に送ってくれるということだった。用事が済んだので予選会を見に行こうと慌てて部屋を出る。

すると、本を抱えた誰かとすれ違った。

「あ、ブランカ。元気？」

穏やかに微笑む緑の髪のユーリスは、初等部という年の割には相変わらず落ちついている。

「あらユーリス、ごきげんよう。貴方もここに用事がありましたの？」

いつも図書館にいるとばかり思っていたけど、彼は魔法塔にも出入りしているようだ。

「うん。図書館が混んでいたり気分転換したい時に来てるんだ。奥だと通信用スペースからも離れていて静かだし」

「そう。貴方は昔から静かなほうがお好きですものね。でもユーリス、競技会に参加なさるのなら、好成績を残すために高等部の予選会を見ておいたほうがよろしいのでは？」

「僕が参加するってよく知ってるね。一応は出るけれど、馬術も剣術も苦手だし自信がないからいいんだよ。初等部に魔法競技はないし」

そうだ。元々、ゲームには初等部なんか存在しなかったためうっかりしていたけど、初等部の競技種目に魔法はまだないんだった。馬術と剣術の二種目だけ。ユーリスが得意そうな競技ではない。そして本番まではあと二週間。一から鍛えるのはとてもじゃないけど間に合わない気がする。

「ねえ、突然こんなことを聞いたら変に思われるかもしれませんけれど……。ユーリスってマリエッタをどう思ってらっしゃるの？」

ユーリスは珍しく頰を染《そ》め、素直に答えた。

「話し方も仕草も可愛いと思っているよ。誰に対しても明るくて優しいし。ずっと前からいいと思ってた。だから僕は、彼女のために一生懸命勉強してるんだ」

おおおぉぉ〜。これって紛れもなく純愛だよね？

私は彼を応援したくなった。決して自分の都合ではなく、彼の想いに感動したのだ。初等部がある以上、そちらの部で優勝しても、きっとルートに近づくはずだ。馬術なら、得意なあの人に頼めばコツを教えてくれるかもしれない。

「馬術の指導なら、お願いできる人に心当たりがありますわ。明日の昼休みにまたこちらで、ね？」

私はユーリスに約束すると、広場へ向かう。高等部の予選会はとっくに終わっていた。

翌日、私はユーリスの馬術のコーチをお願いするためにリュークを探し回っていた。外にリュークの姿はなく、ガゼボや図書館にもいない。今日の中等部は予選会のため授業がないので、教室ということもなさそうだ。残すところは監督生のみが使用できるという監督室。私はゲームでおなじみだった監督室の扉を叩く。

「どうぞ」

このいい声はリュークだ！　よかった。

「あ、やっぱりここにいたの。忙しいところ、ごめんね。ちょっといいかしら？」

ひょこっとドアから覗くと、水色の髪の彼が近づいてくる。前世で集めていたスチルそのままの姿に、今日もドキドキだ。

「なんだ、ブランカ。マリエッタやライオネルの応援はいいのか？」

「ライオネルのは見てきたわ。馬術の腕は断トツだったし、剣術も毎日これでもかってくらい素振りをしているから心配してないの！　マリエッタの魔法の予選は午後からよ」

「そうだな。俺も二人の心配は全くしていない。心配なのはお前のほうだ。魔法塔に何度も出入りして、いったい何を企《たくら》んでいる？」

「え？　ええーっと、競技会の準備？　マリエッタのために正々堂々とみんなに頑張ってほしいし……」

「マリエッタのため？　競技会で力を尽くすのは自分のためだろう。それに目が泳いでいるぞ。まあ、悪さをしようとしたら、監督生として俺が全力で阻止するけどな」

失礼な、私がいつ悪さをした？

「なんてな、冗談だ。お前のことは俺が一番よくわかっている。ちょうどお茶にしようと思っていたところだ。ソファにかけて待っていてくれ」

そう言いながら、リュークがすっごくいい笑顔で髪をワシャワシャと撫《な》でてくるので、またしてもときめいてしまった。

いけない！　相手はマリエッタの攻略対象だ。彼女のことを昔からずっと好きだと聞いたじゃない。冷静に冷静に——

「ありがとう。それよりも、今日は貴方にお願いがあって……」

私はユーリスの馬術のコーチをリュークに頼もうと思っている。そのカッコよく指導している姿をマリエッタにも見せて、『ときめきチョーカー』を彼女から直接渡してもらうようにしよう。

我ながらなんていい作戦なんだろう！　これならリュークは絶対に引き受けてくれるはず！

そうこうしているうちにお茶の用意が整った。リュークは香り高い紅茶に私の大好きなアーモンドの焼き菓子を添えてくれる。

「わあー、ありがとう。この部屋に入るのは初めてだけど、ちゃんとあったのね。薔薇《ばら》の絵付きのティーセット！」

「この部屋の中のことをどうして知っていた？　誰かから聞いたのか？」

しまった。散々プレイ中に見ていたので当然のように言っちゃったけど、監督生以外の生徒はほとんど入室できないんだった。

「ええっと、この前カイル様から伺ったの。今、リュークが監督生だってことと一緒に」

リュークが複雑な顔をしている。怪しまれる前に、さっさと話題を変えよう。

「あ、そうそう。お願いしたいのは競技会のことなんだけど――」

リュークは軽く頷《うなず》いて、先を促《うなが》した。

「悪いけどこの後、ユーリスの馬術の練習を見てくれない？」

「は？」

彼はすごく驚いた顔をしている。私が何か企《たくら》んでいると考えているのかもしれない。

「突然で悪いと思うけど、一生懸命頑張っているユーリスを勝たせてあげたいの。今日は予選会だからライオネルは忙しいんですって。放課後、時間に余裕がありそうなのは、貴方かカイル様しかいなくって」

リュークはジロリと私を睨《にら》んだ。あれ、何か怒ってる？

「ほおぉ。つまりお前はユーリスを応援していて、彼を勝たせるために俺の助力が欲しいと？　しかも、ライオネルに断られたからここに来たんだな？」

目を細めて聞き返された。もしかして、図々《ずうずう》しいお願いだった？

「あれ？　そういうことになるのかな？　だってユーリスは昔から一途に想ってくれているから放っておけなくて。中等部とは対戦しないので、ダメかしら？」

私はユーリスのマリエッタへの想いを説明した。

するとガタンッと向かいの席を立ち、リュークがこちらにやってきた。椅子の背とデスクに手をつき私を囲い込むと、耳元に唇を寄せ、低く掠《かす》れた声で囁《ささや》く。

「協力してもいいけど、見返りは？」

な、ななな、なんなの〜！　この色気は!!

転生前から聞き慣れている私でさえもこれだから、他の女生徒が聞いたらどうなるかわからない。しかも、そのまま私の顎《あご》を持ち上げて目を覗き込んでくる。

ハッ、まさか眼鏡？　女性用の眼鏡がそんなに珍しいの？

「ええっと、多分、競技会前にマリエッタから素敵なプレゼントがもらえるかと。あと、なんだったら練習を見にマリエッタを連れていってあげるし……」

ドギマギしながら答えた。ち、近いよ、顔。そんなに近づかなくても見えてるし。

「マリエッタは関係ない。俺はお前からの報酬が欲しい」

「で、でもリュークの家のほうがお金持ちだから、私にはあげられるものなんて……。リュークは私から何か欲しいものでもあるの？」

そう尋ねると、リュークは妖艶に微笑んだ。動揺中の私には、その口元が「全部」と動いたように見える。悪役令嬢の私があげるものなんて、一円にもならないのに。

この場をどう乗り切ろうか必死になって考えていると、水色の目がふっと優しく細められた。そして、眼鏡を外される。

「なんだ、リュークったら、そんなに眼鏡が欲しかったんだ。だったらそう言えばいいのに。私のではなくて、自分用に合わせて作ってもらうっていうのはどう？」

そしたらとうとう眼鏡男子デビューね！　そもそもリュークは眼鏡キャラだ。自ら軌道修正しているのかも。

「眼鏡が要るほど目は悪くないけど？　俺はモノじゃなくて時間が欲しい。競技会の後のお前の時間を空《あ》けておいてくれ」

「え、そんなものでいいの？　それは報酬とは言わないわよ」

それとも、その時間でマリエッタとの仲を上手く取り持ってほしいのかしら？

それならわかる。幼なじみの私には、全部言わなくても理解してもらえると思っているのだろう。

ただ、今の私にできるかどうかは不安だ。できればマリエッタにはリューク以外の人と仲よくなってもらいたい。

自分の考えに浸《ひた》っていたら、髪を一房取られた。ぼやけた視界の中、リュークはそれを口元へ持ってきて口づける……ように見えた。

「えっ？」

待って！　それは『プリマリ』の中でリュークがマリエッタと絡むシーン。

リュークは彼女の金色の髪を一房取って口づけた後、切なく真剣な表情で『優勝したら、君の時間を全部俺にくれ』と言うのだ。

それとすごく似ている。

まさかリューク、うっかり間違えちゃった？　それとも予行演習？

リュークのルートはたくさんプレイしたから完璧だと思っていたけれど、悪役令嬢に自ら手助けを頼んでいたなんて――

混乱した私は、「わかったわ」と急いで了承し、さっさと監督室を出る。

そのままユーリスにリュークのことを報告し、予選会を見学することにした。


次の日の放課後、珍しくマリエッタにつきまとわれなかった私は、学園の渡り廊下を歩いていた。目の端に見知った姿を捉える。

「あ、リュー……」

呼びかけようとして気がついた。彼は楽しそうに誰かと話している。

茜色《あかねいろ》に染《そ》まった空から光が差し込み、相手の金髪が輝く。

柱に手をつき屈《かが》むような姿勢で話すリュークと、彼を嬉しそうに見上げるマリエッタ。

こんなシーン、ゲームにはなかったのに、二人きりで何を話しているのだろう？

マリエッタが声を上げて可愛らしく笑っている。リュークの顔は少し赤くなっているみたい。夕陽のせいかもしれないけれど、マリエッタの話に照れているようにも見えた。

名画と見紛うほどお似合いの二人に、胸が掴《つか》まれたように苦しくなる。

これは私が望んだ、いちゃラブシーン。それなのにいざとなったら近づくのが怖い……

似たような状況が小さい頃にもあった。二人でピクニックに行ったあの時も、マリエッタに何かを囁《ささや》かれ、リュークは顔を赤く染《そ》めていた。

今はまだマリエッタのほうはリュークをそこまで好きではないのかもしれない。たとえそうだとしても、恋に落ちるのはきっと時間の問題だ。

彼女の話を嬉しそうに聞き、細める彼の目は優しい。リュークのあんな愛《いと》おしそうな表情を私は見たことがなかった。

私はくるりと踵《きびす》を返す。息を大きく吸い込んで、泣くのを堪《こら》えた。

初めからわかっていたことだ。リュークは攻略対象で、私は悪役令嬢。ヒロインはマリエッタ！

私は彼らの恋を邪魔《おうえん》するための存在なのだ……


競技会前日。私はバレリー侯爵家の馬車が着いたと、連絡を受けた。

今日の授業は自習だったので、すぐにイベント限定アイテムを取りに行く。我が家の執事から長方形の箱を七つと空《から》の重箱の入った包みを受け取った。

そこに、たまたまジュリアンが通りかかる。

「あれ？　ブランカ。なんでこんなところにいるの？」

「あらジュリアン、久しぶりですわね。初等部も今日は授業がないのかしら？」

「明日競技会だから僕達はもう終わりだよ。ねえ、それよりもその荷物どうしたの？　誰かからのプレゼント？」

銀のワンコは私の手元のものが気になるようで、中をずいと覗き込む。

「これはわたくしへのプレゼントではないの。お利口にしてたら後からマリエッタが……って、ジュリアンは今日はもう帰ってしまいますのね？　じゃあ、特別に先に」

チョーカーの包みを開けて、私はびっくりした。

「えええええ～～!!」

メチャクチャ高価そうな宝石が燦然《さんぜん》と輝いている。さすがは侯爵家、全員分が見事な宝石だ。男爵家のマリエッタにはとても用意できない代物《しろもの》だし、学生が持つものでもないと思う。

「どうしたの？　先になぁに？　何か僕にくれるの？」

あーでも今から作り直している時間はないや。競技会は明日だし、どうにかごまかそう。

「コホン、お待たせしてごめんなさいね。はい、これ。ジュリアンに。競技会頑張ってってマリエッタから」

ジュリアン用のチョーカーを渡す。その輝きはアメジストとエメラルドだ。

「わあい、ブランカから僕にプレゼントだー。明日はこれつけて頑張るよ！　ブランカ、ありがとう」

ジュリアンは私にギュッと抱きつくと、胸に頭をスリスリしてきた。

「いいえ、ですからそれはマリエッタからですのよ？　それとジュリアン、貴方の可愛らしいお顔を擦りつけているところは、ちょうどわたくしの胸の部分なのですけれど……」

プレゼントはあくまでもマリエッタからということにしなくっちゃ。

「ごめん、全然気づかなかった！　ブランカ、本当にありがとう。マリエッタにもお礼を言えばいいんだね？」

ジュリアンは大して悪びれもせず、舌を出す。その表情はやっぱり愛らしい。数年後には肉食系のキャラになるのが信じられないくらいだ。

「え？　ええ、そうしてちょうだい。明日は頑張ってね、ジュリアン」

「うん。僕、頑張るよ。ブランカ、じゃあまた明日ね！」

元気よく言い、ジュリアンは迎えの馬車で帰っていった。初等部は通学のみなのだ。

こうしちゃいられない。急いでユーリスにマリエッタから渡してもらわなければ！

私はすぐに教室に戻ると、マリエッタのもとへダッシュした。

「マリエッタ！　今からすぐにこれを貴女からだと言ってみんなに渡しなさい！」

攻略対象用の残り四つの箱を見せながら言うと、マリエッタは不思議そうな顔をする。

「ブランカ様、どうなさったの？　この箱を渡すってどういうこと？」

「時間がないので詳しくは歩きながら説明しますわ。まずはユーリスのところに行きますわよ！」

「えぇぇー。なんでー？　めんどくさーい。ぶーぶー」

「ほら、いいから！」

「えー、どうしよっかな～」

せっかくマリエッタのために作った好感度アップのアイテムだから、ぜひ使ってほしい。

念願のいちゃラブシーンを見たって、楽しくないかもしれないことは知ってしまった。

けれど私は悪役令嬢だ。役目を果たしてバッドエンドを回避する。

「まったく、相変わらずのろいわね！　もちろん貴女の分もきちんと用意してありますわよ。全部配り終えたらプレゼントしてあげますわ」

「本当？　ブランカ様が私のために……」

「ええ。全部配り終えたらね、小娘」

悪役令嬢っぽく一言つけ加えておく。

「わかったわ！　任せといて‼」

本当に時間がないので、私は歩きながら説明した。

「貴女が用意したことにして、『私から。明日の競技会用です。よかったら使ってください』と言って渡すのですわよ？　くれぐれも、わたくしの名前は出さないように」

「大丈夫！　で、これをまずユーリスに渡せばいいのね？」

ユーリスは上手く正門前で捕まえられた。

エメラルドとサファイアのチョーカーをマリエッタからもらえて喜んでいる。

それから彼は、私に向かってペコリとお辞儀をした。

え、なんで？　隠れてるのに、もしかしてバレている？　私にお辞儀するってどういうこと？

まあいいわ。あとは中等部の三人ね！　ゲームではボタン一つで渡せたから楽だったのに。

「とりあえず上のクラスに行ってみましょうか？　カイル様かリュークがいるかもしれ

ませんわ。あ、それと渡す時にみんなにも配ってますって言ったらダメでしてよ。『貴方だけに』って感じでお願いしますわね！」

好感度に響いてくるし……というより、本当に誰か特別な想いを寄せている人はいないの？

「ねぇ、マリエッタは本当に、どなたのこともお好きではないのかしら。誰か気になる人はいらっしゃいませんの？」

「え、私？　ブランカ様が好きですよ」

「ちーがーうー！　言い方を間違えましたかしら。誰か好きな男の方はいませんの？」

「えー、またそれ～。うーん、別に今のままで十分です。ブランカ様こそ、どなたか好きな方がいらっしゃるんですか？」

「え、なんでわたくし？　わたくしはそのうち出会うから……」

私の好きな人はマリエッタが好き。それに、間違っても商人にはならない。この気持ちは絶対に隠さなければ。

「ブランカ様～。どうでもいいけど、私お腹が空《す》きました～～」

どうでもいいって……。そうか、今はお昼の時間だから、みんなはカフェテリアにいるかもしれない。

「マリエッタ、ランチに行きますわよ！」

目当ての人物達は二階の窓際、ちょうど一階が眺められるテーブルにいた。三人揃《そろ》うと、そこだけキラキラしていて別世界みたいだ。

「ブランカ様〜。ラーンーチー！」

「お待ちなさいマリエッタ。みんなに配り終えたら、わたくしの奢《おご》りで好きなだけ食べてよろしくてよ！」

さて、みんな揃《そろ》っているのはいいけれど、どうやって一人ずつ呼び出そうか？

頭を悩ませていると、マリエッタが私の手から残りの箱をがしっと掴《つか》み取り、そのまつかつかと三人に近づいた。

「ちょ、ちょっとマリエッタ！」

ここに来ていることは知られたくないので、大きな柱の陰から小声で必死に呼んでみる。

「私から、明日の競技会用です。よかったら使ってください（棒）」

マリエッタがそのまま箱をポイッとまとめてテーブルに置く。

突然の出来事とあまりに棒読みの彼女のセリフに、みんなは驚いて固まった。

一度に渡しちゃダメじゃない！

（マリエッタ、違う、違う！）

　私は柱の陰から手をバタバタして、必死に訴えた。

「あ、そっか。ええっと、貴方だけよ？（棒）」

　終わった……なんだかすべてが。疲労感が半端ない。

　どうりでさっき、ユーリスがこちらに向かってお辞儀をしたはずだ。『ときめきチョーカー』は、攻略対象に個別に渡して好感度を上げるアイテム。それをばら撒いてどうするの！

　その上、渡したらすぐにこっちに戻ってきた。

「あぁぁぁぁ。マリエッタ、私は貴女のために張り切ったのに～」


　夕食後、私は特別に許可をもらい、カフェテリアの厨房《ちゅうぼう》で明日の昼食の下ごしらえをしている。

　競技会当日のカフェテリアは休業のため、他の生徒は予《あらかじ》め業者に頼んだり外部から出前を取ったりするらしい。かくいう私も自分の分はしっかり頼んでおいた。

　じゃあこれは誰の分かというと、マリエッタと一緒にお弁当を食べる攻略対象の誰かの分。『ときめきチョーカー』は失敗したから、『特製弁当』で挽回《ばんかい》するのだ！

こちらの世界にガチャはないので、自分で作る。

最初、カフェテリアのシェフとおばちゃん達に競技会用のランチを作らせてほしいと頼んだら、ドン引かれた。料理のことを何も知らない貴族のお嬢様が突然何を言い出すのか、と思われたのだ。

何日も通って彼らを説得し、お弁当の下書き案まで提出して必死にお願いしたところで、ようやく許可が下りた。しかも、必要な食材まで買い揃《そろ》えてくれるという。

火の取り扱いだけはくれぐれも注意してくださいと言われたけれど、調理器具は火の魔鉱石——魔力を込めた石を使っているので、使い方は簡単だ。

サンドウィッチ用の具材は氷室《ひむろ》へ。鶏肉や野菜も下味をつけて準備した。出汁《だし》を使った甘めの卵焼きは明日の朝に作ろう。

骨せんべいや枝豆もどきはすでに作ってスタンバイしてあるし、デザートにはチョコとベリーがたっぷり入ったカップケーキを焼いた。

あ、ちょうど今、サンドウィッチ用のパンが焼き上がった！

石窯《いしがま》から焼き立てパンの香ばしい香りが漂《ただよ》ってくる。

前世の私はパンが大好きだったので、パン教室に通っていたことがある。商人のおかみさんになった後は、趣味と実益を兼ねてパン屋を開いてもいいかもしれない。

そして、オーブンからパンを取り出そうとしていた時、声をかけられた。

「あれ？　なんだかすごくいい香りがするけど、誰かいるの？」

このイイ声は、カイル？　どうしてこんな時間にこんなところへ⁉

明日のお弁当は、マリエッタが作ったことにしないといけないのに！

幸い食材や具材は片付けた後だったので、私の目の前には汚れた調理器具と味見がてら摘《つま》み食いしようと残しておいたおかず、焼き立ての山型パンだけだ。

「あれ？　ブランカ。遅くにこんなところで何しているの？」

「い、いいえ。と、特には。マリエッタのお手伝いですの」

「え？　彼女ならさっき女子寮から大きな声が聞こえた気がしたけど……」

「カイル様の気のせいではないでしょうか。カイル様こそ、こんな時間までどちらに？」

「ふふ、私がどこにいたか気になる？」

さすがは『プリマリ』人気ナンバーワンの王子様。腕を組んでさり気なくカウンターにもたれる姿が絵になっている。

「いいえ、そういうわけでは……」

「なんだ、つれないな。それはそうと、これ、もらっていいよね？」

言うなり彼は骨せんべいを摘《つま》み、ヒョイと口に放り込んだ。

「うわゎゎ〜、それって堅いし初めての食感でしょう？　王家の方が素人《しろうと》の料理を毒味もせずに食べていいのですか？　もしお腹でも壊されたら、卒業を待たずに国外追放されてしまう……」

「いや、そんなことないよ？　堅くてびっくりしたけど、すごく美味《おい》しい。ブランカの作ったものに毒が入っているわけはないし。そもそもお腹を壊したぐらいで国外追放しないから」

ひぇぇぇぇー。私、思ってたこと声に出してた？

「ねぇ、そのパンは？　それもブランカが作ったの？」

「いいえ、これは元々ここにある……わけありませんわね。焼いたのはわたくしですけれど、マリエッタが作っていたものです」

「わかったわかった。このことは君と私の秘密、にすればいいんだね。それじゃあもちろん、パンも味見させてくれる？」

嬉しそうに頼まれたので、仕方なく耳の部分を切り取って渡すことにした。

それにしても、我が国の王子様にパンの耳って……

パン用のナイフで切り取った耳をお皿に入れようとすると、カイルは正面のカウンターに肘をついて「あーん」と口を開ける。

何それ。食べさせてってこと？

誰にも見られていないことを確認し、私はパンの耳をその麗《うるわ》しい口に放り込んだ。

「うん、やっぱり思っていた通り、焼き立てはすごく美味《おい》しいね」

カイルは咀嚼《そしゃく》しながら目を細めて嬉しそうな表情になる。

全国の『カイル推し』はきっとキュン死にしてしまいます！

食べ終わった後の唇を舐める仕草も妖艶だ。思わず鼻血を出さなかった自分を褒めてあげたい。

ただ、カイルのこの仕草、本当はマリエッタの『特製弁当』を食べた後のスチルだったと思うけど……

やっぱり腑《ふ》に落ちないものを感じながら、私はお弁当の下ごしらえを終えた。

白銀の月二十四日、いよいよ競技会が開催された。スッキリした青空にも恵まれ、待機している選手からは緊張や意気込みが感じられる。

私は前日の『ときめきチョーカー』配りと夜からの『特製弁当』作りで疲労困憊《ひろうこんぱい》。すでに何かやり終えた感があった。

『朝、早めに起きて一緒にお弁当作りますわよ！』と約束していたにもかかわらず、マリエッタには華麗にスルーされている。まあ、彼女は競技にも出るから寝かせてあげないといけないしね。それに、お料理をしたことがないから、かえって邪魔になっていたかも。

おかげさまで『特製弁当』はゲーム通りに色とりどりで豪華にできた！　三段重ねのお重で、五、六人分はある。

私は満足して、可愛いマリエッタに悪役令嬢らしく悪態《あくたい》をつきに行く。

「ちょっと貴女。こんな時間までゴロゴロしていて、どこにも応援に行かない気ですの？　邪魔ですわよ。貴女はどうせ午後からでしょう？　さっさと剣術でも馬術でも見に行きなさいな！」

「え～、一人じゃつまんなーい。ブランカ様も一緒じゃなきゃ、ヤダ」

いったいなんなの？　このワガママ娘は。そんなところもやっぱり可愛いんだけど。

「でしたら、初等部の馬術を見に行った後、剣術に出場している方を応援して、時間があればまた馬術競技を見に行きますわよ！」

マリエッタにやる気がないなら、私が仕切るしかない！

馬場ではすでに初等部の競技が始まっていた。初等部は参加人数が少ないので、予選会はなく、馬に乗れてそこそこ形になっていれば、上位に食い込めるものと思われる。

「ほら、マリエッタ。次はユーリスの番よ！　ちゃんと応援してあげなさいね？」

「あ、本当だ。ユーリス～。頑張れ～！」

大きな声を出して美少女が、それも一番可愛いマリエッタが応援しているのだ。ユーリスが気がつかないわけがない。彼はこくんと頷《うなず》いた。

なんだか私まで緊張してくる。頑張れ、ユーリス！

開始の合図で始まったけれど……あれ？　なんだかこの子って……

「めちゃくちゃ上手！」

もしかして、リュークの手助け要らなかったんじゃ。

「――ああ。彼は辺境伯の息子だから、当然乗馬は得意だ。ユーリスの基準では苦手だったみたいだけど、呑み込みも早いし、細かいコツを教えただけであっさり覚えたよ」

いつの間にか隣に来ていたリュークが、ユーリスから目を離さずに解説してくれる。

やはり指導していた身としては、彼のことが気になるのだろう。

「そう、ありがとう。貴方のおかげね」

「いや、ユーリスはよく頑張っていた。今日の成果は彼の努力の賜物《たまもの》だ」

それにしても、白手袋を嵌《は》めた黒と白の乗馬服姿のリュークはいつもよりさらにカッコいい。

私が見惚《みと》れていたせいか、嫉妬《しっと》したマリエッタが間に割り込んできた。初めて悪役令嬢として役割を果たせたかも！　もっとも嬉しいだけの感情ではなく複雑な気分だ。

はいはい、ごめんね。だけど、ユーリスのことも最後まできちんと応援してあげてね。

「ワァァァァーーー!!」

ユーリスが鹿毛《かげ》の馬とゴールした瞬間、ひと際大きな歓声が上がる。初等部らしからぬテクニックで、今のところトップだ。あとは一人を残すのみ。

嬉しそうに手を振ってこちらに猛アピールしてくる最後の選手は、ジュリアンだった。

「「「ジュリアンく～ん、頑張ってー!!」」」

すかさずセレスティナとその仲間達が声援を送る。

「あぁら、そこにいらっしゃるのはブランカと腰巾着《こしぎんちゃく》のマリエッタじゃなくて？　カイル様とリューク様では飽き足らず、ジュリアン君にまで手を出そうとしているの？」

セレスティナがちらっとこちらを見た。少し仲よくなったつもりでいるのに、それとこれとは別みたい。この態度、見習ったほうがいいのかな？

リュークの反応を確認したくてマリエッタの隣を見ると、彼はもういなかった。

せっかくだからひと言「頑張って」って言っておけばよかったな。

「もう！　邪魔しないでください。真面目に競技を見ない人は帰って！」

マリエッタが反撃している。

確かにヒロインとしては、さっさと追い払ってジュリアンを応援したいところだもんね！

ジュリアンが鋭い目でその様子を見ていたような気がした。けれど、多分気のせいよね？　だって、手を振ったらまた満面の笑みで振り返してくれたもの。

スタートの合図で飛び出した。ジュリアンもユーリスに負けず、なかなか上手。ただ、最後に少しだけ馬がよろける。

そして初等部の馬術は、ユーリスが一位、ジュリアンが二位で終了した。さすがは攻略対象、二人共すごく上手で見ていて楽しかった。

この後は、いよいよ中等部の馬術競技だ。

「あら、マリエッタ。カイル様やリューク見なかった？　ライオネルもまだいないようですけど」

「さっき時間変更で、馬術競技の順番が後の人は先に剣術をするって言ってましたよ？　見に行きます？」

「当たり前ですわ！　ヒロインの貴女が応援してこそ、彼らは頑張れますのよ」

そう答えると、マリエッタが「そんなことないと思う。それを言うならブランカ様でしょ」とか、意味不明なことをブツブツ呟いた。

どうでもいいけど、次は訓練場よ！

馬術競技の出場者を優先する関係で、辿《たど》りついた時にはすでにライオネルが対戦していた。

普段から鍛えているせいか、三年生相手にあっさり勝つ。

次はカイル。意外にも激しい剣で、剣戟《けんげき》がここまでよく聞こえてきた。当然勝ち進む。

その後の試合に出たリュークは対照的に静かな剣で、無駄な動きがない。相手がかかって来るのを待ってタイミングよくカウンターで倒した。

三人共、すごく強いし目立っているので、ギャラリーからは黄色い声が飛ぶ。

集中を妨げないかと心配したものの、慣れているらしく、彼らは全く気にしていない。

順当にライオネル、カイル、リュークは勝ち上がり、三年生のジーク様を入れての準決勝戦となった。ジーク様はかなり体格のいい男子だ。

もし彼が優勝した場合、マリエッタのルートはどうなっているのだろう？　やっぱり、ユーリス？

まず対戦するのは、ジーク様とリュークだ。開始の合図があった後、しばらく二人は動かない。

固唾《かたず》を呑んで見守る中、突然、リュークが間を詰める。絶え間なく斬り込み、相手に迫ると、急に元の位置まで下がった。その隙に慌てたジーク様が真っ直ぐ突っ込んでいく。

リュークはジーク様の剣を躱《かわ》すと、そのまま彼の背後に回って剣を叩き落とした。

あまりに素早かったので、対戦相手のジーク様も周りの人達もシーンとしている。

唯一、カイルだけが肩をすくめてため息をついた。

「そこまで。勝者、バルディス！」

結果はもちろんリュークの勝利！

次は、カイルとライオネルの番だ。

ライオネルはその性格通り真っ直ぐ向かっていった。正統派の清々《すがすが》しい剣筋だけど、カイルには読まれている。先ほどの試合で攻撃型だったカイルは、省エネ型に方針転換し、受け流していた。

しばらくすると、動き続けていたライオネルの息が上がってくる。対して、カイルはほとんど汗をかいていない。

一旦退《しりぞ》き、体勢を立て直してシャツのボタンを外すライオネルに、彼のファンから「キャ〜ッ！」と声が上がる。その首元には昨日贈ったチョーカーが光っていた。きちんとつけてくれているらしい。

その様子を見るなりなぜか突進していったカイルと、今度は互角の打ち合いになる。カイルは笑みを浮かべながら、「もう休ませないぞ」とでもいうように、絶え間なく攻撃した。

永遠に続くかと思われた打ち合いは、ライオネルの一瞬の隙をついて剣を突き出したカイルの勝利となる。

決勝戦はリューク対カイルだ。

「で、ブランカ様。決勝戦はカイル様とリューク様のどちらを応援しますか?」

マリエッタが聞いてくる。

「マリエッタの応援したいほうでよろしくてよ。どちら?」

「もう、ブランカ様ったら！　素直じゃないんだから」

マリエッタはそう言うけれど、幾《いく》ら私がリュークを好きでも、彼は私のことなどなんとも思っていない。

休憩を挟むようなので、私はその間にお手洗いに行ってくることにした。

校舎の陰に入ったところで、涼しい顔のリュークに会う。彼は第二ボタンまで開けてくつろいでいた。首元にはもちろん『ときめきチョーカー』をつけている。

「マリエッタとずっと見てくれていただろう?　これ、ありがとう。みんなもつけているみたいだし、散財させて悪かったな」

「いえ、それはマリエッタからで……ごにょごにょ」

昨日のあの渡し方では、苦しい嘘にしかならない。

「今日終わったら、リュークの声をさえぎって、約束通りお前の時間を――」

その時、リュークの声をさえぎって、別の誰かの声がした。

「ああ、リューク。こんなところにいたんだ」

壁に片手をついて、カイルがこっちを見ている。

「あれ？　ブランカも。昨日はどうもありがとう。チョーカーはお守り代わりに大事にするよ。それと昨日の夜のことは、誰にも言ってないから安心してね」

あぁ、カイル、そんな変な言い方すると、いかがわしく聞こえるよ。

それとも私が元大人だから？　普通のセリフが変に聞こえてしまうのかしら……

「なっ！」

リュークが途端に顔色を変える。

結局話が途切れてしまい、リュークが何を言いたかったかわからないまま二人と別れた。

そして、その後の剣術の決勝戦では、なぜか集中力を欠いていたリュークが最後の最後で負ける。その瞬間マリエッタが「残念ですわねー」と言ってきたので、もしかしたら彼女もリュークを応援していたのかもしれない。

私はリュークを元気づけたくて、馬場に移動する彼にマリエッタの言葉を伝える。

「マリエッタと応援しているから、次も頑張ってね！」

すると彼は私の腕をガシッと掴《つか》んで、切羽詰まった顔をする。

「昨日の夜、カイルと何があったんだ？」

「えっと、今日のお昼ごはんの下ごしらえをしていた時に会っただけ。お腹が空《す》いてたみたいで、少し摘《つま》み食いされちゃった」

あまりの勢いに、私はつい本当のことを言ってしまう。『特製弁当』はマリエッタのアイテムなのに。

「摘《つま》み食いされたのは、食べ物だけ？」

真剣な顔をして、リュークは何を言いたいのだろう？

「ええ。余り物だとかパンの耳とかだったけど、ちゃんと食べられるものだったわよ？」

するとリュークはなぜかホッとしたように、「あのカイルが余り物を口にするとは……」と呟く。その後急に元気になり、私の頭をポンポンと軽く叩いて、「じゃあ、馬術競技に行ってくる。今度は勝つから応援していてくれ！」と、片手を上げて行ってしまった。変なの。

私はリュークの手が触れたところに自分の手を置いた。

イケメンの頭ポンポン、嬉しいけれど相手が私じゃあ、ね。切ない想いで彼の背中を見送る。

こんな気持ち、邪魔になるだけなのに……

馬術競技は剣術の雪辱《せつじょく》を晴らすべく、リュークが最初からすごい勢いで攻める。最後はカイルとリュークの同点による再競技となった。ライオネルは僅差《きんさ》で三位確定だ。

この三人の人気と技術が格段にすごいから、他の出場者が霞《かす》んで見える。

マリエッタはライオネルが負けたというのに「ま、あのお二人が相手なら仕方がないんじゃないですか？」と冷静だ。

ということは、現時点でマリエッタの好きな相手はライオネルではないみたい。

で、中等部の馬術競技の結果はというと、今度はリュークが優勝でカイルが準優勝、剣術とは全く逆の結果となった。

素人目《しろうとめ》にはほぼ互角と感じたけれど、競技を先に終えたライオネルによると、馬の様子に違いがあったそうだ。確かに、ユーリスに教える時に今乗っている黒い馬と接していたからか、リュークのほうがよく懐《なつ》かれているように見えた。

そんなところまで見られるなんて、私が知らないだけだとはいえ馬術は奥が深いなぁ。

初等部は人数が少なかったせいかすでに結果が出ていて、ユーリスが総合一位でジュリアンが二位と『風』の魔法で放送されていた。

結局、ユーリスの苦手は自分の基準で、他からすると大得意ってことね。頑張ったから後で思いっきり褒めてあげるようにと、マリエッタにお願いしておかなくちゃ。

でも、中等部の好感度ナンバーワンは、結局カイルなのかリュークなのかわからない。

今日は暖かいし、お昼はガゼボ辺りを狙って、好感度ナンバーワン相手に『特製弁当』でマリエッタが猛アピール！　というのが、私の筋書きだったのに。

ユーリスはジュリアンを連れて寄ってきたし、マリエッタの側《そば》にはライオネル。競技を終えたカイルとリュークまで、こちらに向かって歩いてくる。

どどど、どーしよう～？

いいえ、朝四時起きで作った『特製弁当』は作りすぎて、量なら十分足りている。でも、せっかくのイベントアイテム、今度こそマリエッタの気になる人物の好感度アップに使ってもらいたい。

「マリエッタ、今からお弁当を用意してきますので、貴女はこの中の気になる誰かとお庭で待っていらしてね」

そう言って、私はお弁当を取りに行った。

丸投げ感があるけれど、マリエッタが誰を選ぶのか少し楽しみでもある。

大きな『特製弁当』を抱え、急いで戻ってきた私を待っていたのは……待っていたのは……

「な、なんでみんないるの⁉」

私はマリエッタに、非難の目を向けた。

「あら、だって。みなさん気になるんですって！　ブランカ様のお手製ランチが」

どーしてそうなる？

ねぇマリエッタ、もしかしてわざと？　わざと私を困らせてるの？

確かに『気になる誰か』とは言ったけど、貴女のを付けるのを忘れたかもしれないけれど。でもそこはほら、今までの流れで察してよ。

まさか、「お弁当が気になる誰か」を全員誘うなんて……

しかも貴女、私の手作りランチって、今みんなにバラしてなかった？

本当はガチャで出るの。でも、この世界にはガチャがないから仕方なく私が作っただけで、これは元々、貴女の恋愛必勝アイテムなのよ？

「ねぇ、ブランカ。お昼まだぁ？　僕、頑張ったからお腹が空《す》いてきちゃった」

ジュリアンが可愛らしい声を出す。きゅるるんとした上目遣いは効果絶大だ。

「さあさあ、みな様お待ちかねですよー」

マリエッタが罪のない笑顔でお弁当を受け取り、その場に広げる。

「お、スゲー美味《うま》そう！　見たことない箱料理だけど楽しみだな」

ライオネル、これはお弁当と言います。日本の伝統文化です。

「君が一生懸命頑張っていたのはこれだったんだね。シェフの出張料理を断った甲斐《かい》があったよ」

いいえ、カイル。ウィンクしながら言われても、絶対シェフのほうが美味《おい》しいです。

「あぁ、とっても美味《おい》しそう！　ブランカってお料理上手なんだね」

ユーリスは純粋にお弁当を褒めてくれる。

「チョーカーに箱料理、競技に出ないお前のほうが忙しくしてたんじゃないのか？　今度はいったい何が出てくるんだ？」

残念リューク、もう何もありません。だけど、忙しくしていたのはおっしゃる通り。

それなのにマリエッタのおかげで、全部が徒労に終わった……

仕方なく木漏《こも》れ日の中、みんなでワイワイお弁当を食べた。

私の作った料理をみんなが美味《おい》しそうに頬ばってくれるのを見るのは悪くない。豪華な食事に慣れている彼らにとって、お惣菜や唐揚げなどは素朴で珍しい味わいだろう。

攻略対象のお貴族様や天使のようなマリエッタが、まさか骨せんべいや枝豆もどきを食べて喜んでいるだなんて、いったい誰が想像しただろうか？

競技会用イベントアイテムは両方共、失敗に終わってしまったけれど、これはこれで楽しいから、まあいっか。

朝四時起床はさすがに応《こた》えたらしく、お弁当を食べ終わる前に私はいつのまにか寝てしまっていた。間もなく中等部の魔法競技が始まるというので起こされ、会場となる広場へユーリスとジュリアンと共に急ぐ。

広場に着くと、もうとっくに競技は始まっていた。本選なので二ヶ所で同時に行われている。ベスト四からは一組ずつだと聞いているから、もっと派手になるかもしれない。

あ、マリエッタだ！

マリエッタは、『風』の魔法を使う三年男子と闘っていた。強風がまともに当たるから、彼女は立っているだけで精一杯。風で黄色いローブごとスカートが捲《めく》れ上がるたび、周りの男子生徒が大喜び。

「いいぞ～、もっとやれ～！」

「マリエッタ～、綺麗な足だぞ～。気にするな～」

こいつらなんてこと！　優しく可愛いヒロインに対して揶揄《やゆ》するなんて。

思わず声がしたほうに行こうとした私を、冷静なユーリスが止めた。

「ほら、マリエッタの反撃が始まるよ？」

マリエッタは光の球体をポンポンと相手に投げつけている。綺麗な光に当たったら、戦意喪失してしまうのだ。

頑張れ、マリエッタ。あとちょっと右！　違う、左！

相手もさすがに予選を通過しただけあって強かった。

突然かまいたちのような風を何本も発生させると、マリエッタに向けて一斉に放出する。

「マリエッタ、危ない!!」

予選と違って魔法のスピードが速いので、かまいたちは彼女のローブを切り裂く。マリエッタは、顔を防ぐことしかできない。

「そんな！」

ユーリスが声を上げる。

マリエッタはかろうじて立ち上がったけれど、所々かすり傷と埃《ほこり》にまみれた姿が痛々しい。

マリエッタは一番得意な癒《いや》しの魔法であっという間に自分を治し、先輩へ向き直った。

彼は再び右手を上げて先ほどのかまいたちを出すポーズをする。

マリエッタ、どうするの？

「は～い、私、降参しまーす！」

マリエッタが元気よく手を上げる。

「戦意喪失、そこまで！」

ユーリスが隣で、ほっとため息をついたのがわかった。

マリエッタの判断は正しく、彼女は相手の力量を正確に見極めたことになる。

だって、ベスト四に残ったのは、その風使いのニコラ先輩とカイル、リューク、ライオネルの四人だったから。

対戦はニコラ先輩とカイル、リュークとライオネルという組み合わせになった。

マリエッタに対しては優勢を誇っていた三年生のニコラ先輩。彼の得意技の『三連かまいたち』はカイルの作り出した光の壁にあっさり弾かれる。カイルの攻撃の前に先輩は為《な》す術《すべ》もなかった。

カイルは、ニコラ先輩を破って見事決勝戦へ駒《こま》を進める。

次は、ライオネル対リューク。彼らの魔法の属性は火と水なので、ライオネルが圧倒的に不利だ。

始めの合図と共に、攻撃型のライオネルが先に仕掛けた。連続した炎が上下に渦《うず》を巻きながら、リュークに向かって伸びていく。

「スパイラルフレイム！」

私は思わず叫んでいた。もちろん勝手につけた名前だ。こちらの人達は、特撮ヒーローみたいに必殺技を叫ばないのがちょっともったいない気がしていたのだ。せっかくすごい魔法なのに。

周りからは残念な子を見る目で見られている。

「あはは、ブランカって面白いね！　貴女が変なこと言ったら、昔、僕が注意されたように今度は僕が注意してもいい？」

ああ、ジュリアン。やっぱり貴方、お茶会のことを根に持っていたのね？　でも、私は悪役令嬢だもの。嫌味を言うのは当たり前。そして、貴方は攻略対象。マリエッタのために優しく凛《りん》とした存在でいなければね。

「ダメ」

「えええ、なんで～。ブランカのけち」

私がジュリアンとふざけていられるのは、ライオネルの炎をリュークが必ず防ぐとわかっているから。去年の優勝は伊達《だて》ではない。

リュークは同じように渦巻《うずま》きの水流を出すと、それをそのままライオネルの出した炎にぶつけて消火していた。白い煙を上げて消える炎の代わりに今度はリュークが仕掛ける。サーファーが喜びそうな大波が、ライオネルに向かって押し寄せた。

「メガトンウェーブ‼」

ライオネルは自分の周りに炎の壁を作るけれど、残念ながら質量の違いで防ぎきれない。

流された彼は一瞬姿が消えたものの、水が引くと同時に立ち上がる。全身から水滴が落ち真紅《しんく》のローブもびしょ濡れで、これぞまさに水も滴《したた》るいい男！

赤く短い髪を整える仕草が様《さま》になっている。

すぐに黄色い声が上がった。

「「キャーッ！」」

「男らしい～～！」

ファンの声に後押しされたのか、ライオネルは大きな炎の龍を出現させた。髭《ひげ》や鱗《うろこ》まで炎でできていて、広場の外の私達まで熱を感じる。

対するリュークは、水の龍を作った。水神様のような精巧で美しい龍の鱗《うろこ》は、水というより氷のよう。夕方の陽を反射してキラキラと輝いている。

向かい合う二人と二匹の大きな龍。

ビリビリとした気迫と魔力が感じられて、さっきから少しだけ『魔封じ』された右肩が痛い。

ライオネルとリュークが右手を伸ばして、図ったように同時に相手を指差した。

二匹の龍が咆哮《ほうこう》を上げながらぶつかり、絡み合う。横に伸びた赤と青の螺旋《らせん》が激しく相手を締めつけ、火の粉と水しぶきを飛ばす。今までの魔法が子供騙《だま》しだったと思えるほどの圧倒的な力とスピードで、龍は何度もぶつかり合い、互いを消耗させていった。

しばらくそれが続き炎の龍が弱ったところに、水の龍が大きな口を耳まで開いて氷の粒を撃ち込む。ライオネルは炎の龍を消すと、自分の前に炎の壁を作った。

「ファイヤーウォール！」

私は三度、勝手に叫ぶ。

氷の弾丸は炎の壁に当たって、ジュッと溶けた。それでも勢いよく通過した氷がライオネルの頬に当たり、ピッと赤い筋をつける。

リュークが間髪《かんはつ》を容《い》れずに水の龍を操《あやつ》り、ライオネルに向かって突進させた。

水龍が咆哮《ほうこう》を上げ、遥か頭上からライオネルに襲いかかる。

「参った！」

ライオネルが両手を上げた。

「戦意喪失、そこまで！」

こうして大方の予想通り、決勝戦はカイルとリュークに決まった。

陽が暮れてきて時間がないのか、休憩を入れずそのまま決勝戦となる。

ふと見るとカイルとリュークが歩み寄り、二人で仲よく何か話をしていた。肩を組む二人があまりにも絵になっているので、観客席は興奮のるつぼだ。

「お二人がご一緒よ〜!! 笑ってらっしゃるわ！」

「麗《うるわ》しいわ〜絵になるわー美しすぎるわー」

「死ねる。どちらかにプロポーズされたら、私は今すぐ昇天できる！」

一部不穏な言葉が聞こえた気がしたけれど、二人共、マリエッタのだからダメよ。特に優勝したほうは、これからマリエッタとラブラブになる予定だ。

そこに審判に申請するカイルの甘い声が響く。

「競技変更をお願いします。武力ではなく芸術力で」

本来魔法競技は、芸術力か武力のどちらを競うか選べる。けれど芸術は優劣がつけづらいし武力に比べて地味なため、本戦で選択されることはほとんどない。

決勝であえて芸術力を競うことにしたのは、連戦のリュークにカイルが気を遣ったから?

総合優勝もかかっている決勝戦での前例のない選択に、観客席もざわつく。

「競技開始!」

合図と共に、カイルがまずポウッとサッカーボールくらいの光の球を幾《いく》つも作り出した。光の球は上下にバウンドし、だんだん分裂しながら少しずつ小さくなって輝く星が何個もできる。

対してリュークは観客席を正面に、無数の水の柱を出しては消し、噴水のように見せていた。噴き上げたり止まったり、徐々に高さを変えたりして、まるでショーみたい。

リュークの噴水にカイルの星が近づいて、一体化する。

光を噴水が反射してキラキラ輝き、私はクリスマスのイルミネーションを思い出した。

「クリスマスみたい」

ポソッと呟く。

「くりすます? 何、それ?」

目の前の光と水の共演を見ながら、ジュリアンが聞いてくる。

「大切な人と過ごす日のことよ」

この国にそんな習慣はないけれど。冬のこんな一日は、誰もが家族や愛する人と一緒に過ごし、温かな気持ちになればいい。

「そう。僕はブランカと一緒に過ごせて嬉しいよ」

小さくてもジュリアンはさすが攻略対象、女性への口説き文句は忘れない。でもそれは、マリエッタに言ってあげてね。

空が暗くなってきて、光と水のファンタジーはますます美しく見えた。

突然、光と水が消える。と思ったら、カイルの魔法で広場にある一番大きな木にポツポツと光が灯り、色とりどりに輝き出した。

クリスマスツリーだ！

私は思わず目を瞠《みは》る。周りからも歓声が上がった。

そうかと思えば今度はリュークが広場一帯に雪を降らせる。

輝くツリーに雪の結晶が舞い落ちる幻想的な光景を、この世界でも見られるとは思っていなかった。感動のあまり涙がこぼれる。

――リューク、覚えていてくれたんだ……

この学園に編入してすぐ、教室でリュークと二人で語り合った時、私は別荘から見える丘の上の林檎《りんご》の樹の話をした。『時々降る雪がその樹にかかる様子が大好きだったの。

もしも光が当たって夜でも見られるようになっていたら、もっと素敵だったでしょうね』と。

まさかそれをカイルと二人で叶えてくれるとは思わなかった。嬉しい気持ちと感謝の気持ちと、言葉に言い表せないような苦しい気持ちで、すごく胸が痛い。

光と雪が涙でぼやける。美しい景色に瞬《まばた》きも忘れて見入った。

学園のみんなも夢のような光景に、ため息をつきながら見惚《みと》れている。

魔法は癒《いや》しや攻撃だけでなく、人を温かく幸せな気持ちにする力も持っている。それを彼らが教えてくれたのだ。

——私はとても愚かだった。

せっかく授かった『魅了《チャーム》』の魔法を、かつて自分の興味のためだけに使ってしまった。

明日もう一度、ルルー先生に謝りに行こう。そして、反省していることを伝えなければ。

最後にカイルの魔法による花火が上がり、リュークが発生させた細かい氷の粒子に反射される。ダイヤモンドダストのように辺り一帯がキラキラと輝いた。

こうして、幻想的な光景をもって今年の競技会は終了となり、魔法競技はカイルとリュークの同点一位が決まった。総合優勝はカイルで準優勝がリューク。

馬術が僅差《きんさ》だったため、剣術のポイントが勝負の決め手となったそうだ。

そうか。それなら、マリエッタが好きなのはユーリスかカイル？

マリエッタの選ぶ相手――優勝したのがリュークじゃなくて喜ぶべきか悲しむべきか。

彼が勝たなかったのだから、マリエッタの選ぶルートはおそらくリュークではないだろう。リュークのルート以外のブランカは、彼と婚約などしない。

そこにはホッとする半面、彼と婚約できないことを残念に思う自分がいた。

四　悪役令嬢の好きな人

「昨日はみんな、お疲れ様」

競技会の翌日、自然とカフェテリアに集まった面々を前に、カイルが言った。

昨日は予定より競技が長引いたため、後夜祭が今日に持ち越しとなっている。後夜祭は、学内にある講堂でダンスとちょっとしたパーティーをするのだ。

多くの生徒がこの時間に一年のすべてをかけていると言っても過言ではない。

だって、大っぴらに好きな人をダンスのパートナーに誘えたり、さりげなく意中の人に告白したり、接近し放題だから。

男女交際が推奨《すいしょう》されるこの学園では、すでにパートナーの争奪バトルが始まっている。

マリエッタはもう、どちらかに決めたのかしら？

ねぇリューク。優勝しなかった貴方は誘っても断られる可能性が高そうだけど、それでもマリエッタといたいでしょう。声をかけてみる？

チラチラとリュークのほうを見るが、澄ました顔の彼の気持ちはわからない。

「ところで、今日に延期された後夜祭のことだけど」

ほら、来た。カイルったらマリエッタを誘いたくてうずうずしていたのね。

「俺とブランカは、もう約束しているから」

リュークがすかさず口を挟む。同意を求めるように水色の瞳を向けられた。まあ確かにユーリスの馬術のコーチを引き受ける代わりに、時間を空《あ》けておくようにと言われている。

「え？　ああそうね。マリエッタはカイル様かユーリスのだし……」

でも、リューク。ダメ元でマリエッタを誘ってみなくてもいいの？

表情をうかがってみたけれど、彼は相変わらず涼しい顔でお茶を飲んでいる。

優勝者に華を持たせるってことかしら？　それならそれで、私は今は動かなくてもいいわね。

「ブランカ様が羨《うらや》ましいですわ。幼なじみっていう信頼できるパートナーがいらして。私はいつも一人ですもの。寂しいです～」

マリエッタが嘆くけれど、そんなはずはない。だって、攻略対象のみんながマリエッタを誘いたくてたまらないのだから。

そう思ってカイルを凝視する。目の端に一瞬、リュークのイラッとした顔が映った。

カイルはにっこり笑いながら口にする。

「じゃあ、マリエッタは私とでいい？　きちんとエスコートすると約束するよ」

わあぁ、よかった。『プリマリ』通りの世界だわ！　今日を境にマリエッタはカイルと、どんどん親密度を高めていくのね。

「身にあまる光栄ですわ。喜んで」

マリエッタが綺麗に微笑んだ。

そんな朝食の後、私は魔法塔にルルー先生に会いに行った。面白半分で『魅了《チャーム》』の魔法を使ったことを、改めて謝ろうと思ったのだ。

先生の部屋のすぐ前で、出てきた人物とすれ違う。

「あら？　カイル様。今日はよくお会いしますわね。カイル様もルルー先生に用事が？」

「……ブランカか。そう、昨日の報告をしにね」

「まあ、優勝するのも大変ですわね」

思わずクスリと笑ってしまう。カイルは一瞬緑の目を細め、次いで苦笑する。

「そうだね。でも優勝しても欲しいものが手に入らないのなら、意味がなかったな」

「欲しいもの？」

なんでも持っていそうな王子様が欲しいものってなんだろう？　監督生の権利はもらったはずだし、パーティーではマリエッタとパートナーだし……

「いいんだ、気にしなくて。それよりブランカも用事があったんじゃないの？」

そうだった。ルルー先生に会わなくちゃ。

私はカイルに一礼するとルルー先生の部屋をノックした。中に招き入れられるなり、謝る。

「今日は先生に、反省の気持ちを伝えに参りました」

「反省？」

「ええ。自分のために『魅了《チャーム》』の魔法を使ったことを謝りたくて。先生がおっしゃっていた通り、わたくしはルールを守らず、周りの迷惑を考えずに行動しました。『魔封じ』されても仕方がありません」

「そう。でもなぜ今？」

「昨日の競技会で、中等部の魔法の最終演技を見たからです。魔法には人を幸せにする力があるとわかりました」

「カイルとリュークの試合だね？　あれには私も驚いた。会場のみんなも楽しんでいたと思うよ。しかし、私が君に『魔封じ』を施《ほどこ》したのはもっと別の理由だ。だから君もそこまで気にすることはない」

「でも……」

「謝罪は受け入れよう。ただブランカ、覚えておいて。真面目で素直なところは評価するけれど、そのせいで君はとても危うい。もう少し自分のことを考えて動いてもよいと思うけどね」

どういう意味だろう？

「先生こそ、ご自分のことを考えるのなら、王宮で働かなくていいのですか？　ずっと学園にいらっしゃるおつもりなの？」

ゲームのシナリオ通りだと、彼は今頃王宮で学者になっているはずだ。シナリオと外れているのも怖いが、何よりせっかくの才能を、貴族が苦手という理由だけで埋もれさせてしまってもいいのだろうか？

「私のことは心配しなくていい。もう大人だし自分の面倒は自分でみられるから。君こそいいのかい？　もうそろそろ後夜祭が始まるよ」

「……わかりました」

なんだか釈然《しゃくぜん》としないながらも、後夜祭に遅れないよう私は魔法塔を後にした。

後夜祭の会場はダンスホールにもなる学園の講堂で、馬車が横づけできるように正門入り口のすぐ右手にある。着飾った初等部から高等部までの紳士淑女が列をなしホールの中へ入っていく。

今日はマリエッタのための祭典だ。魔法塔から戻った私は、彼女と一緒にドレスを選んだり、お互いに髪型を考えたり、薄くお化粧までしたりしてパーティーに備《そな》えた。

「わざとひどいメイクにしたら、誰も寄ってこないかしら……」

私を見ながらそんな不穏なことを呟いていたマリエッタ。

そんなことをしなくても、今日は仲よくできるのに。だって、イベント終了後のボーナスステージである後夜祭に、悪役令嬢の出番はない。好感度ナンバーワンの甘いセリフが、ひたすら続くだけ。

カイルとマリエッタなら絶対にお似合いだから、すごーく楽しみ。

そんなマリエッタの今日の衣装は、プリンセスラインのピンクのドレス。腰から下はふわっとした濃いピンクのオーガンジーのレースと薄いピンクの絹の二重の生地で、歩くたびにふわふわと揺れる。まるで妖精の王女様みたい！　輝く金色の髪は両サイドでそれぞれ編み込み、耳のところでくるんと巻いて、可愛い小花の髪飾りをつけている。

ちなみに私は淡い水色と白が基調のAラインのドレス。肩の刻印が目立つといけないので、ドレスとお揃《そろ》いの生地のボレロを羽織っている。白に近い紫の髪は後ろで一つにまとめて高く結った。今日はドレスに合わせて青いフレームの眼鏡にしているけれど、大人っぽい髪型に眼鏡だと保護者だと間違われないかしら？

その格好で講堂の前にいると、攻略対象達が揃《そろ》って登場した。

カイルは白に緑色がアクセントの上着に金の房飾り、リュークは黒の上着に同じく金のステッチと房飾り、ライオネルは赤と黒の軍服のようなデザインの上着で、全員白いシャツを着て白いトラウザーズに長い足を包んでいる。

ジュリアンは青い上着で下は半ズボン、ユーリスはグレーの上着に白いトラウザーズと地味な装《よそお》いだけれど、緑の髪が映《は》えて目立っている。

高等部の色気ムンムンのお姉様方や中等部の女生徒の猛アピールがすごすぎる。マリエッタと二人で遠慮していたら、向こうから探しに来てくれた。

「もうカイル様ったら、そんなに焦《あせ》らなくてもマリエッタは逃げませんわよ？」

ただそう言うと、変な顔をされてしまう。

リュークはリュークで、私をぐいっと自分のほうに引き寄せてしっかり腰を支えた。

マリエッタを誘えなかったからって私に当たらないでほしい。

大丈夫、ちゃんとわかっているから。後でこっそりマリエッタとの時間を作ればいいんでしょう？

ホールに入ると、ダンスの準備ができていた。まずは優勝者達が進み出る。

私はカイルとパートナーのマリエッタとを微笑ましく見守った。ユーリスは同じ初等部でパートナーを見つけたらしく、恥ずかしそうに進み出ている。

準優勝のリュークに「そろそろ俺達も行こう」と手を差し出された。

彼の手のひらに、そっと自分の手を重ね中央へと進み出る。彼にエスコートをされるのは本当に久しぶりで、思わず笑みがこぼれた。

と、突然、何を思ったのか、マリエッタが私達のところにやってくる。

「もう、今日だけ！　ほんとにおまけなんですからね!!」

そう言うと、私の眼鏡を外して瞼《まぶた》の上に手のひらを当てた。

彼女の手から優しく温かい光が漏れ出し、いつものように私の眼に浸透してくる。

曲が流れ出すまでマリエッタはそうしていてくれて、ワルツの調べが始まった途端、持っていた眼鏡をボスッと私の胸に突っ込み、慌ててカイルのもとへ戻った。

もう、マリエッタったら。今日は貴女のボーナスステージなのに、私のことまで心配してくれるだなんて……。貴女ってなんていい子なのかしら！

彼女のおかげで眼鏡がなくても、パートナーのリュークの顔がハッキリ見える。

効果は十分ほどだから、一曲目だけなのだろう。それでもこうしていると、眼鏡の要らない昔に戻ったようで、懐《なつ》かしくって嬉しくなった。

以前に比べて背が高くカッコよくなった今のリューク。彼の腕の中で、水色の瞳を見つめてニッコリする。転生後すぐに抱いた『ゲームの美麗スチルを間近で観察する』という夢が叶ったようだ。マリエッタからの癒《いや》し魔法のプレゼントに、胸がほわっと温かくなる。

隣を見ると、マリエッタはカイルと滑るように優雅に踊っていた。楽しそうな二人の様子にうっとりとため息をつく。甘い愛の囁《ささや》きはまだなのかしら？

「お前のパートナーは俺だろ？　カイルを見て何を考えている？」

リュークが不機嫌な低い声を出した。

「へ？　カイル様？　マリエッタしか見ていないけど……。それよりもリュークとこうして踊るのって、本当に久しぶり。前はおままごとみたいだったものね」

お互いに身長が伸び、腕を置くポジションも違ってきた。それでも彼は小さな頃からリードが上手で、今もそれは変わらない。少し機嫌が直ったのか、リュークが踊りながら話しかけてきた。

「駆けっこはできなくても、ワルツは踊れるようになったんだな」

「ふふ、療養先から出した手紙のこと？　覚えていてくれたのね。今は駆けっこもできるわよ。でも、リュークの長い足にはすぐに追いつかれてしまうかもね」

笑顔でリュークを見つめ返すと、切ない瞳と目が合った。

いったいどういうこと？　それはヒロインだけに見せる顔でしょ？

「すごく綺麗だ、ブランカ。お前とまたこうして踊ることを、ずっと夢見ていたんだ――」

ちょっと待って。それはヒロインに囁《ささや》くセリフのはず。貴方が好きなのはマリエッタでしょう？

考えただけで胸がキュッと締めつけられるように痛む。

その顔でその声で、そんなセリフを言わないで!!　マリエッタになりきってゲームをしていたあの頃みたいに、私が本気になったらどうするの？

――切なくて苦しくて、ただ胸が痛くて、思わず涙が滲《にじ》んだ。

「どうした、ブランカ。具合が悪いのか？」

リュークが私の頬に手を当て、優しく聞いてくる。私の名を呼ぶ、大好きな彼の声。

私を見つめる眼差《まなざ》しと心配そうなその表情が愛《いと》しい。

どうして私は、悪役令嬢なんかに生まれ変わってしまったんだろう？

どうして貴方は、私にまでそんなに優しいの？

身体が覚えているステップをどうにか踏みながら、私は俯《うつむ》き首を横に振る。どうしたんだと問われても、なんと言えばいいのかわからない。

『リューク、貴方が好きなの』

そう口に出したら、どういう反応をするのだろう？

一曲目が終わるとダンスが大勢に解禁となった。ホールに人があふれ、同時に私はリュークの腕の中から抜け出し人混みに紛れる。

「ブランカッ」

私を呼ぶ声が聞こえた。何がどうなっているのか混乱して、自分がしなければいけないことがわからない。

魔法の力が消えて視力が落ちた。ボヤけてきた目を細め、どうにか人混みをすり抜ける。渡されたはずの眼鏡がどこにも見当たらず、よろよろしながらどこへともなく進む。

何かに躓《つまず》き転びそうになった私を、誰かが優しく抱き留めてくれた。

「ブランカ、どうしたのかな？　誰かに傷つけられた？」

この声は、ルルー先生だ。

そして、心配して追いかけてきた優しいリュークも私を見つけたようだ。

「大丈夫なのか、ブランカ。急にどうしたんだ？」

リュークはルルー先生を認識すると驚いた声を上げる。

「王宮にいるはずの貴方が、なぜここに？」

彼の言葉に私は動揺する。

「え？　ルルー先生は昔の私の家庭教師で学園の先生よ。今は学園の研究職で魔法塔にいらっしゃるんですって。知らなかったの？」

リュークはルルー先生を見すえたまま答える。

「いや、彼は魔法学者で王家の魔法教師だ。第一王子のラウル様やカイル、ジュリアンの指導をしている」

え？　確かにリュークの言う通り『プリマリ』のストーリーでは彼は王宮で働いているはずだ。これはどういうことなのだろうか。やっぱり、バッドエンドに進んでいるの？

先生はローブの中に私を囲い込んだまま、囁《ささや》いた。

「君を泣かせたのはリュークかな？　彼は君には合わなかった？　君を守るはずの『魔封じ』は、役に立たなかったようだね」

「どういうことだ、貴方が勝手にブランカの魔法を封じたのか？　いったいなんのために……」

「そんなに怖い顔をしていると、ブランカが余計に怯《おび》えてしまうよ？　君の言う通り、私は王家の飼い犬だ。王から彼女に関する全権を任されている」

「王はまだ、諦めていないのか！」

「そう。カイルは君には何も言っていなかった？　友達だと思っていたのに残念だったね」

「あいつも知っているのか！」

ルルー先生とリュークとの言い合いを聞いているうちに、私の涙はすっかり引っ込んだ。

さっきまで、動揺していたのはなんだったのかというくらい、今は頭がスッキリとしている。そして彼らの会話を聞いて、あることに気がついた。

目が悪くなる以前、私は王家からも婚約を打診されていた。それは、カイルルートに必要なこと。

私の病気のためにストーリーが大幅に歪んだから、その反動が来ているのだ。

王家がルルー先生を派遣して私に『魔封じ』の印を刻むくらいだから、私の魔力は意外と価値があるのかもしれない。再び婚約を、と望むほどに。

今のマリエッタの好感度ナンバーワンは、カイルで間違いないようだ。

――それなら、私のすべきことは何？

当初の予定通り悪役令嬢として活躍するためには、カイルと一旦婚約しなければならない。

カイルから婚約解消を告げられるまで、マリエッタに意地悪の限りを尽くす。二人の気持ちを盛り上げるだけ盛り上げて、ハッピーエンドに導かなければいけないはずだ。

「ルルー先生。もしかしてわたくしとカイル様との婚約の話、また出ていますか？」

「なっ！　ブランカ、何を言い出すんだっ」

リュークが驚いて息を呑む。

「よくわかったね。君の魔力と君のお父さんの力は王家にとっても魅力的だ。でも、嫌なら無理をしなくていいんだよ？」

「いいえ、前向きに考えます。誰に返事をすればいいんですか？」

リュークの顔色が心なしか青く変わっているような気がする。

「そんな、嘘だろ？　ブランカ、早まるな。やめてくれ!!」

「退路を自ら断つの？　逃げ道を用意してあげてもいいんだよ。私はそのためにここに来たようなものだから」

これは元のストーリーに戻るチャンスなのだ。ここで選択を誤れば、ハッピーエンドは来ず、みんなが不幸になってしまうかもしれない。

「いえ、もう逃げるわけにはいかないので。相手はカイル様ですか？」

「ブランカ！　自分の言っていることがわかっているのか？　なぜ今さらカイルを選ぶんだ。あいつが好きなのか？　俺はどうなる！　俺の気持ちにお前はとっくに気がついているんだろう！」

リュークが悲痛な声を出す。信じられないことだけど、彼は私をカイルに渡したくないみたい。それがどういう意味かはわからないが、嬉しくなった。

「君の大事な幼なじみがこう言っているけど、いいのかい？　相手はカイルでもジュリアンでも、なんなら第一王子のラウルだって構わないそうだ。ラウルはかなり遊び人だけどね」

「いえ、確認しただけな……」

最後まで言えなかったのは、リュークが私に突進してきたからだ。ルルー先生から引き剥《は》がし、私の両肩を掴《つか》んでガクガク揺さぶりつつ叫ぶ。

「ブランカ、急にどうしたんだ。何があった、何を考えている。もう気づいているだろう？　俺はお前が好きなんだ！　これからもお前とずっと一緒に……」

揺さぶられている間にボレロが外れて、刻印が剥《む》き出しになってしまった。偶然リュークの手が当たって『魔封じ』が発動し、大きな火花が上がる。

彼の魔力量は多いので、痛みも桁違いだ。気を失う前の薄れゆく意識の中で私は考える。

『好きなんだ』という言葉も『ずっと一緒に』という言葉も、貴方からは聞きたくない。

貴方を困らせながら、私の心は張り裂けそう。

——だって私は悪役令嬢ブランカ。

貴方のような攻略対象をヒロインと結びつけるために、この世界に生まれ変わった。

それなのに、なぜ？

目を開けるとそこはベッドの上だった。白い無機質な天井が見え、少しだけクスリの匂いがする。どうやら医務室にいるみたい。

まだボーッとしている頭を押さえて私は起き上がった。今まで誰かがいたような、優しく慈《いつく》しんでくれたようなそんな感じがする。

もしかしてリューク？　貴方がここにいてくれたの？

彼のことを考えるだけで胸が痛くなった。ゲームの彼も好みだったけれど、今の彼は声一つで私の胸をキュッと苦しくさせる。

カイルとの婚約を止めてくれた彼は、本気で私を好きだという感じがした。そんなこと、考えてもいなかった私は困惑する。

だったら以前『魅了《チャーム》の魔法にかからないくらい、ずっと好きな人がいる』って言っていたのは嘘？　それともマリエッタの次に好きだ、という意味なの？

いろいろな思いが頭を巡《めぐ》る。

悪役令嬢に生まれ変わった私。けれどもし、夢見ることが許されるなら！

——リューク、貴方に大好きだと伝えたい。

だって、この世界は何かがおかしい。何もかもがシナリオ通りに進まないのだ。

ヒロインはやる気がなく、悪役令嬢の私に出番がない。攻略対象はヒロインに愛を囁《ささや》かないし、好感度アップのアイテムはすべて失敗に終わる。

——もしもゲームの世界でないのなら！

悪役令嬢ではなく、ただのブランカとして生きてもいい？

怖がらずに一歩前に踏み出て、リュークに好きだと伝えてもいいのかな？

すべては明日。シナリオではない新しいストーリーに踏み出そう。

翌朝、まだ暗いうちに医務室まで私を迎えに来たのはルルー先生だった。彼は一つアドバイスをくれる。

「君とリュークは、しばらく冷却期間を置いたほうがいいと思う。君には考える時間が必要だ。彼さえ君の側《そば》にいなければ、王家がすぐに口を出すことはない。幸い、彼は明日から隣国へ留学するからね」

突然のことで、私は言葉が出なかった。リュークが競技会の後で私の時間を空《あ》けておくように頼んだのは、もしかしてそのことを私に伝えるため？

「留学期間は一年、出立は明日の朝だ。準備もあるだろうし彼に話があるのなら、急いで行っておいで」

私は慌てて起き上がった。考えることなんかない。私は心を決めたのだ。リュークと話をしないと！

寮に戻って急いで着替え、まずはカフェテリアの中を探す。

休みの日の早朝、人影はまばらで中にリュークの姿はない。

広場や馬場、訓練場にもいなかった。講堂や魔法塔はまだ閉まっているし、休日は教室には入れない。では、緑の庭はどうだろう？

早朝の庭には誰もいなかった。彼はどこにいるの？　どこに行けば会える？

会えないままサヨナラをするのではないかと、嫌な考えが頭をよぎってゾッとする。

まだ探していないところはどこだっけ？　何かを忘れているような気がする。

私は緑の庭の先にある小さな橋を渡り、薔薇《ばら》のアーチをくぐった。

少し先に行くと、お城にあるのと似たようなガゼボが現れる。冬薔薇《ふゆばら》の蕾《つぼみ》が朝露を受けて、みずみずしく輝いていた。

そのガゼボの中、白鳥の浮かぶ池を眺める寂しそうな後ろ姿は――

「リューク！」

見間違えるはずのない水色の髪のその人の名を、私は呼んだ。

「ブランカか。こんな朝早くに、どうした？」

彼は振り向くと、私に問いかける。その目は水面のように穏やかで、なんの感情も映していない。

昨日気まずい別れ方をしたままだったから、なんと言えばいいのかわからない。

いざとなると戸惑い、何も言えずにもじもじしている私に向かって、彼はその手を差し出した。

ちょうどうっすら霧がかかり、彼の顔は少し霞《かす》んでいる。

「おいで」

彼の手にしっかり掴《つか》まって石段を上がった。私達は、身体を寄せ合いガゼボの中に並んで腰かける。

「それで？　聞いたんだろう、留学のこと」

わずかに掠《かす》れた声でリュークが聞いてきた。

私は俯《うつむ》きながら頷《うなず》く。泣いてはいけない、涙をこぼす時ではない。

「俺がいないと少しは寂しい？」

再び頷《うなず》く。少しどころではない。すごく寂しい。

頬に両手を添えられて顔を持ち上げられた。切ない表情で私を見る、水色の瞳とちょうど目が合う。

「ブランカ、お前は何を考えている？　そんな顔をしながら、カイルが好きだというのか？」

黙って首を横に振った。私はもう、悪役令嬢ではいられない。

マリエッタのためとはいえ、リュークが好きなこの気持ちのまま、カイルと婚約することなどできない。

私の好きな顔と声。ぶっきらぼうにも見えるけれど、本当は優しいその性格。

気づくのが遅すぎた。私はゲームのキャラではなく、生身のリュークが大好きなんだと。

あふれる涙を止められない。

彼はいつかのように私の眼鏡を自然に外し、親指で涙を拭《ぬぐ》ってくれた。そのままそっと唇にキスを落とす。

この世界で初めてのキスは、少しだけ涙の味がする。

「ブランカ、小さい時からずっと好きだったよ。俺の気持ちはわかっていただろう？ずっと一緒に、側《そば》にいたいと願ったのは本当だ」

眼鏡を外すとよく見えない私のために、彼が至近距離で囁《ささや》く。私の大好きなあの声で。

「マリエッタはいいの？」

「私も！」という前に、思わず口から出てしまった。

「なぜいつもマリエッタの名前が出るのか不思議なんだけど。まさかマリエッタに、俺を押しつけようとしているわけではないよな？」

リュークは本当に理解できない、というふうに眉をひそめる。

「違うの。あんなに可愛いマリエッタが近くにいるのに、私を好きだと言うのが納得できないだけ」

今まで悪役令嬢だった私は、その仮面を外すとどうしていいのかわからない。

「なんでそう思う？　俺からすればお前のほうが断然可愛い」

好きな人に大好きな声でそんなことを言われ、顔が一気に熱くなる。

「じゃあ以前、『魅了《チャーム》の魔法にかからないくらい、ずっと好きな人がいる』って言っていたのは？　好きな人ってマリエッタのことでしょう？」

「いや。言葉通り、今さら魔法にかからないくらい、俺はお前のことがずっと好きって意味だったんだけど……」

「え？　でも一週間ほど前、渡り廊下でマリエッタと二人きりで会っていたわよね。夕陽が二人を照らしてとてもお似合いで、まるで絵画のようだったから、てっきり」

照れるリュークと微笑むマリエッタ。あの光景は、ゲームのスチルよりも綺麗だった。

「あれを見られていたのか……」

赤くなるリュークは、やっぱりマリエッタが好きなのかもしれない。さっき浮上した心が、一気に沈んでしまった。

ところが、リュークはギュッと私を抱きしめる。

「ああ、そんな悲しそうな顔をするな。たまらなくなる」

だってしょうがないじゃない。マリエッタを想う貴方を見るのはつらいもの。

リュークは私の両肩を掴《つか》むと、水色の瞳で見つめた。

「多分、考えているのとは違うよ。あの時はマリエッタとお前の話をしていたんだ。俺がニヤけていたのだとしたら、お前のことを考えてしまったからだと思う」

「え？　そうなの？」

「ああ。『愛《いと》しのブランカ様と上手くいってます？』と聞かれたから、つい監督室で会ったことを話してしまったんだ。それからの追及がしつこくて、焦《あせ》りまくった。彼女も彼女で教室での可愛らしいお前の様子を話してくれるものだから、想像してニヤついてしまったんだ」

　もしそれが本当だとしたら、あの時見せた表情は私のせいなの？

　それならリュークは、本当に私のことが好き？

「……たしも」

「え？」

「私も、大好き！」

　リュークは目を丸くして次いで破顔すると、私を再び抱きしめる。

　誰もいない朝のガゼボで、私達はそのまま抱き合いお互いの体温を感じていた。

　しばらく経ってリュークが口を開く。

「はあぁ。やっぱり留学の話、受けたのまずかったよな〜」

　彼は私を囲い込んだまま、大きなため息をついた。

「どうして？　将来のために頑張るんでしょう？」

「せっかく両想いになれたんだ。俺はお前の側《そば》で頑張りたい」

「ふふ、リュークったら子供みたい」

いや、子供だった。イケボで顔面偏差値高いから忘れていたけれど、まだ未成年。

「俺がいなくても、浮気するなよ？」

「リュークこそ、私を忘れないでね？」

「忘れるなんて、どうやったって無理だろ」

互いの想いを確かめ合った私達は、お昼になるのを待ってすぐ、みんなに報告することにした。

「恥ずかしいから、わざわざ交際宣言なんてしなくても……」

「俺のいない間に、他の誰かにお前をとられたらどうする！」

渋る私に大真面目な顔でリュークが言った。どう考えてもバカみたいだけど、真剣な彼の声を聞くと、それ以上何も言えなくなってしまう。

可愛いマリエッタがいるから、そんな心配は皆無《かいむ》なのに。

「俺とブランカは付き合うことにした。俺の留学中、手は出すなよ」

わざわざみんなを集めたリュークが、こっ恥《ぱ》ずかしいセリフを堂々と言う。

ゲームのクールなイメージとは正反対!!

特に親友のカイルから視線を外さない。カイルは驚きで顔色をなくし、珍しく固まっていた。

本当にもう！　これじゃあただのバカップルだし、とっても恥ずかしい。

「えええええぇ～!?」

マリエッタ、リアクションありがとう。やっぱり貴女は可愛らしいだけでなく優しいわね。

「ヤダ。ブランカは僕のだ。リュークこそとらないでよ！」

ジュリアンは拗《す》ね方まで愛らしい。

大丈夫よ。別に私が学園からいなくなるわけではないんだから。そう考えて、ふと気づく。

「あ!?」

「どうかしたのか？」

リュークが怪訝《けげん》な顔で私を見る。

「ちょっとリューク！　貴方は明日からいなくなるからいいけれど、恥ずかしいことを言って変な空気のまま私だけここに放置ってどういうことよ！　手を出すとか出さないとか、そんなくっだらないこと心配しないでも、あるわけないでしょ!!」

「はぁ？　お前こそ無自覚もいい加減にしろよ？　このメンバーだけじゃない、お前を狙っている奴がこの学園に何人いると思っているんだ！」

「バッカじゃないの？　そんなのゼロに決まっているじゃない。もしいたとしても、うっかりミスか罰ゲームか何かよ。本当にもう、恥ずかしいことばっかり言うのはやめてよね！」

「なんだと？　お前は全然わかってない！」

言い合いをする私達に、頭の後ろで手を組んだライオネルがボソッと呟く。

「何かさあ、全然カップルに見えないんだけど……」

「確かに。今までとあんまり変わってないよね」

ユーリスの言葉にカチンときたのか、リュークは突然、私の顎《あご》を掴《つか》んで持ち上げると超絶美形を近づけてきた。私は慌てて自分の口元を両手で塞《ふさ》ぐ。

「ダメ」

「なんでだよ」

「こんな公開処刑みたいなの、許せるわけないでしょ～!!」

マリエッタのを見るのはいいけど、自分のは恥ずかしいから絶対ヤダ。ただでさえバカみたいだし。留学前で焦《あせ》っているのはわかるけど、ダメなものはダメなのだ。

「見たくなかったわ！　ブランカ様にデレデレしてるリューク様を、見たくなかった」

マリエッタがカタカタしている。うん、わかるよ。ごめんね？　私も今、全く同じ気持ちだ。

「帰ったら絶対に続きをするからな！」

あぁ、私、もしかしたら早まったかもしれない。こんなにリュークが変わってしまうなんて。

呆れているみんなの視線がすごく痛い。

そんなリュークは次の日の朝早く、留学生として他の生徒と共に隣国の首都イデアへ旅立った。


それから二年後――

久しぶりにリュークから手紙が届いた。

そこには、秘密裏《ひみつり》に進めていた私達の婚約の申請と両親への報告が上手くいったこと、もうすぐ帰ってくるという嬉しい報《しら》せが書いてある。

一年の予定の留学は、なぜか二年に延びていた。

留学先の都市イデアは『学問の都』と言われているから、彼の好みに合ったのかもしれない。

手紙の中でリュークは、中央図書館や博物館、美術館などにも触れていた。貴重な書物や珍しい美術品が数多くあるという。身分差別があまりなく、広場では活発に議論が交わされているらしい。

離れていてもいつも愛情が感じられる手紙が届くので、私は彼の心変わりを不思議なくらい心配していない。それよりも、身体に気をつけて無事にこの国へ、私のもとへ帰ってほしいと願っている。

彼がいつも「早く婚約したい」と伝えてくるから、私も一日も早い帰国と婚約を待ちわびているのだ。

悪役令嬢であろうと努力していた頃は、自分のために婚約するなんて思ってもみなかった。けれど『プリマリ』そっくりのこの世界は、どうやらゲームとは違うみたい。マリエッタがいまだに誰とも付き合っていなくても、国は落ちついている。

『バッドエンドでは登場人物全員が不幸になる』というのは、単なる噂だったようだ。

だから私は遠慮なく、想いのたけを綴《つづ》った手紙を何度もリュークに出した。「直接持っていこうか」と、職務で国外に出向く機会の多いお父様を苦笑いさせている。

それにしてもリュークったら、『もうすぐそちらに帰るから、離れていた分も覚悟しろよ』なんて臆面もなく書いてくるから困る。覚悟っていったいなんの覚悟なの？

自然と顔に熱が集まる。冷却期間どころかヒートアップしてどうするの！　帰ってきたらぜひツッコミを入れたいところだ。

「ブーラーンーカー様ぁ～!!」

教室で手紙を読んでいた私に、マリエッタが飛びついてきた。彼女は相変わらずだけど、背中や腰に負担が来るからやめてほしい。

「聞きましたよ～。今週中には戻ってくるんですって？　リューク様！」

「ええ。今届いた手紙にも、そう書いてあったわ」

私のほうはリュークのいない間に背が少しだけ伸び、出るとこが出て引っ込むところが引っ込むというゲームのブランカのような女らしい体型となった。

自分で言うのもおかしいけれど、肌は白く唇は赤い。淡いラベンダー色の髪は長くツヤツヤとして、手足もすらっと長い。マリエッタの魔法で視力がよくなり、眼鏡も必要なくなった。

あと一ヶ月で私とマリエッタ、ライオネルは高等部へ上がる予定だ。リュークは帰るなり高等部へ編入することが決まっているから、多分そのまま二年生になるのだろう。

いつものようにカフェテリアに集まり、みんなで昼食をとった。話題はもちろんリュークのこと。

「私も聞いたよ。もう留学生達の馬車はイデアをとっくに出たそうだ。順調にいけば今週末にはこの学園に戻ってくるんじゃないかな？」

カイルはさすが王子様。情報が一番早い。

留学生達が戻る頃、学園はちょうど学年末の長期休暇に入る。

ゲームでは、マリエッタは新学期から攻略対象との独自のルートに入るんだけど……。私にベッタリのマリエッタを見る限り、ルート分岐はなさそうだ。

ゲームの世界が体験できずにちょっとだけ残念な気もするけれど、ストーリー通りでないからこそ、リュークとの未来があるのだ。悪役令嬢はとっくに辞めちゃってるし……。

びっくりさせたくてみんなにはまだ内緒だけれど、リュークが戻ってすぐに私達は婚約する。貴族同士の婚約としてはむしろ遅すぎるくらいだし、この学園は魔力保持者同士の交際や婚約、結婚を推奨《すいしょう》しているから退学にはならない。

リュークの馬車は今頃どの辺だろう？

私はもちろん彼の帰りを心待ちにしている。

今の私の姿を見たら、彼はなんて言うのかな？　可愛いと、また言ってくれるかしら？

それから五日後――

「ブランカ、いるかっ⁉」

カイルが私達の教室に飛び込んできた。休み時間とはいえわざわざ中等部に来るなんて珍しい。すごく嫌な予感がする。

「私とすぐに来てくれ。リュークが……」

彼は言い終わらないうちに、私の腕を掴《つか》んで強く引っ張った。カイルに呼ばれ、マリエッタとライオネルが一緒についてくる。長い足で大股に歩くカイルに腕を引っ張られながら、小走りで学園長室へ向かった。

リュークに何が起こったの？　緊張と不安で、胸が押し潰されそうだ。

バンッと学園長室のドアを開けたカイルは挨拶もなく入室し、私達もそれに続く。窓を背に立っていた学園長は咎《とが》め立てもせず、こちらを見つめた。

「君達に言うべきことがある。ショックを受けるといけないから、まずはそこにかけなさい」

学園長は部屋の応接セットのソファを指し示した。

嫌な予感はますます強くなり、黒く重いものが身体の中からせり上がってくる。聞くのが怖いけれど、聞かなければいけない。

カイルは私の隣に腰かけ、向かい側にマリエッタとライオネルが座った。

学園長は私達が座ったのを確認すると、話し始める。

「留学生としてイデアに行っていたリューク・クロード・バルディス君達だが、帰郷中の馬車が事故にあったと、連絡を受けた。山道で暴漢に襲われ、馬車ごと崖から転落したらしい。救出はされたものの、生死は不明。現在近くの村に運び込まれているという。無事を祈っているが、覚悟はしておいてほしい。君達は特に親しくしていたというから、内密にここに来てもらったのだ」

アナタハ、ナニヲイッテルノ？

受けた衝撃があまりにも大きいと、脳が理解を拒むというのは本当だった。現実だとはとても思えず、かといって気絶することもできなくて、聞こえた言葉を否定する。

息を呑むマリエッタと顔を引きつらせるライオネルが視界に映る。隣に目を向けると、カイルが手で顔を覆っていた。

自分が今、どういう表情をしていてどういう反応を示せばいいのか全くわからない。

「……ブランカ様？」

綺麗な青い瞳に涙を溜めたマリエッタが、心配そうにこちらをうかがってくる。

「おい、お前おかしいぞ！」

身を乗り出しライオネルが怒鳴った。

「ブランカ、しっかり。せめて息をしろ!!」

カイルが私の両肩を掴《つか》み、ガクガクと揺さぶる。

「――くっ、ハアッ、ハアッ、ハッ、ハッ」

私は口を開けて思い切り空気を取り込む。胸が苦しい。言われて初めて気がついた。

私は息をするのを忘れていたようだ。

今聞いたことは、紛れもない現実。幾《いく》ら理解し難《がた》くても、刺すような胸の痛みと冷たくなっていく自分の指先が、それを証明している。

でもリュークは、この前まで確かに元気だった。帰ったらすぐに婚約しようと、手紙をくれたもの。彼はきっと戻ってくる。私の大好きなリュークが、いなくなるわけないじゃない!!

だけど……頭にある思いが浮かぶ。

ゲーム通りの世界なら、リュークが突然留学することも、生死の境を彷徨《さまよ》うこともなかった。

ゲーム通りの世界なら、ヒロインに選ばれても選ばれなくてもリュークは元気な姿で登場する。

これは、バッドエンドに突き進んでいるという証《あかし》？

私が彼を好きになって勝手に悪役令嬢を辞めてしまったせい？

考えれば考えるほど、胸が苦しくなる。

ふいに目の前が暗くなり、私は意識を閉ざした。

——数時間後、誰かに話しかけられている気配がする。

『ブランカ、聞こえる？』

ユーリスの声だ。私の意識に『風』の魔法で語りかけている。もうそんな高度な魔法を使いこなせるようになったんだね。

ぼんやりとそんなことを思う。

『君の声は聞こえないから勝手に話すね。カイルからリュークのことを聞いた。たった今、学園長宛の通信を傍受したけど、リュークは無事だよ！ 他の留学生達も怪我はしているけれど、そこまでひどくはない。落ちついたら王都の自宅へ帰ってくるって！』

——よかった。リューク、助かったのね！

今はただ、貴方に逢いたい。無事を確認して、喜びたい。

私は声を出して思い切り泣いた。

リュークを含めた留学生達は、事故から数日後には全員無事に王都に戻ってきたそうだ。

ただし、怪我のため、当分安静が必要とのことだった。

彼を心配するあまり何も手につかなかったけれど、自宅に戻ったと聞いて私は少しだけ安心する。明日からちょうど学年末の休暇が始まるから、お見舞いに行ってもいいかしら？

仲間達とリュークのいる公爵家で落ち合おうと約束した。

怪我はひどくないと聞いているとはいえ、バラバラに押しかけたら疲れさせてしまうだろうから。

お見舞い当日、私は自宅で念入りにドレスを選んだ。二年ぶりにリュークに会えるので、仕度にも熱が入る。少しでも綺麗になったと思われたい。

髪よりも濃いラベンダー色のエンパイアドレスに、ショールを合わせた。髪は結い上げ、左右に少しだけ垂らしている。髪留めは彼の好きな水色と白をモチーフにしたシルクの薔薇《ばら》。メイクは控えめにしてみた。

あまり気合を入れすぎると、リュークに引かれてしまうかもしれないから。

ドキドキしながら馬車に乗り、お見舞いの品を持ってリュークの家へ早めに向かう。

バルディス公爵家は重厚な門構えの威風堂々《いふうどうどう》とした佇《たたず》まいの邸宅だ。男性的な造りの大きな屋敷のいたるところに高価な美術品が飾られ、堅苦しい雰囲気を和らげている。

昔と変わらない顔見知りの執事に、私は応接間へ案内された。

ここに来たのは私が療養に行く前以来。学園に入ってからは初めてのことだ。当然、リュークのご両親である公爵ご夫妻にお会いするのも久しぶり。

部屋に入っていらしたリュークのご両親に挨拶し、見舞いの品を手渡す。

父の親友でもある宰相のエドアルド様――リュークのお父様は見舞いの品の礼を言うと、それらすべてをメイドに託し夫人と共に私に向き直った。彼らはとても真剣な目をしている。

私の心臓がドクンと嫌な音を立てた。

「まさか、リュークに何か？」

失礼だとは知りながら、先に言葉を発してしまう。

リュークは、思っていたよりもひどい状態なの？

「いえ。身体の回復は順調よ。でも……」

リュークによく似た綺麗な水色の瞳を持つ夫人が言い淀《よど》み、視線をつと逸《そ》らす。

幼い頃に何度かここに来たけれど、こんなことは初めてだ。

代わりに公爵が口を開く。

「怪我自体は大したことがない。一時的に視力が落ちているとはいえ、傷の治りは順調だ。学業や魔法に支障が出ることもないと思われる。ただ……実際に会ったほうが早いかもしれないな。そして、君達自身で決めてほしい。私も妻も、何も言えない」

元気で回復も順調なら、他に何があるのだろう？　公爵の今の口ぶりからすると事故の後遺症も心配なさそうだ。

そのまま、リュークが休んでいる部屋へ案内された。

彼の部屋には壁一面に本棚があり、いろいろなジャンルの本が並んでいる。深い色味のマホガニーの家具、シンプルだけど高級な調度品。その奥に大きなベッドがあって、リュークはそこに起き上がっていた。

よかった。思っていたより元気そう。

上半身に巻かれた包帯は痛々しいけれど、二年ぶりに会う彼のサラサラした水色の髪と、眼鏡をかけて本を読む水色の瞳は変わっていなかった。

私は久々に会えた感動のあまり、涙の滲《にじ》む目でベッドに近づき彼の名を呼ぶ。

「リューク……」

ところが、彼はその端整な顔を上げて私をしっかり見つめると、顔をしかめた。

「――誰？」

「え？」

「君は？　どうしてここに通された？」

なぜ？　私を見ながらなぜそんなことを言うの？

彼の言葉に頭の中が真っ白になり、信じられずに目を見開く。

彼は、私の大好きな幼なじみのリュークは、私のことがわからなくなっているらしい。

それなのに、続けて入ってきた人物を見ると、嬉しそうに目を細める。

「ああ、カイル。久しぶり、元気そうだな。先に来たこの娘は？　もしかしてカイルの恋人か？」

私の背後でカイルが息を呑むのがわかった。彼もまたリュークの言葉に驚いているようだ。

クラッとして思わず後ろに倒れそうになった私の両肩を支えながら、カイルが答える。

「リューク、お前、覚えていないのか？」

「何を？」

リュークが眉を寄せ、水色の目を訝《いぶか》しげに細める。

「ブランカは君の……」

「ダメッ!!」

私は言いかけるカイルを、慌てて制した。

「ブランカ……？」

名前を聞いても、リュークはピンと来ていないようだ。私のことがわからないのは、成長したからだとか、眼鏡をかけていないからだとか、そんなことではない。

『記憶喪失』

脳裏にふと、その言葉が浮かんだ。

確か、無理に思い出させてはいけないのだった。自然に思い出すのを待つかそのまま忘れさせてしまうほうがいいと、前世で何かの本を読んだような気がする。

記憶喪失はお話の中にしかない出来事だと思っていた。でもここは、ゲームの世界？だとすれば、ストーリーを元に戻そうと、見えない力が働いている可能性がある。

「ブランカ、君はそれでいいのか。なぜ？」

言いながらカイルが不思議そうな表情でこちらを見つめてきた。

無理に思い出させてはいけない。ゲームの意思が働いているのなら、なおさら。

私はただ、無言で首を横に振る。公爵ご夫妻が言っていらしたのは、多分このことだ。直前まで婚約の話が進んでいたのに、リュークはそれも忘れてしまっているのだろう。これはリュークの意思？　それとも『プリマリ』のせいかしら？

公爵に『君達自身で決めてほしい』と言われても、リュークがまるっきり私を覚えていないのでは、話し合いすらできない。

それにストーリーを正常に戻すのならば、リュークのルートでない限り、婚約は白紙に戻すのが正解だ。

ヒロインが攻略対象とくっつきさえすれば、これ以上、誰かが傷つくことはない。……私の心以外は。

私は今日を楽しみにしていた。

無事に帰ってきたリュークにやっと会えるんだと、彼とまた想いを伝え合って幸せになれるのだと、のん気に浮かれていたのだ。

予想もしなかったリュークの反応に、自分でも青ざめているのがわかる。けれどあまりにもショックで、涙が出てこない。幸せな未来がすべて、手のひらからこぼれ落ちてしまったよう。

彼は私を思い出せない。何度話しかけてみても、私のことは全く覚えていないと言う。

彼はもう私に関心がない。

まるでゲームの悪役令嬢、ブランカに対するように……

リュークは後から来たライオネルやユーリス、マリエッタ、ジュリアンのことは覚えていて、みんなと過ごした日々も忘れてはいない。彼はただ、私自身と私と過ごした日々のみを、そこだけポッカリ穴が開いたように忘れてしまっていたのだ。

みんなもとても驚いていた。

「なんで？　なんでリューク様に本当のことを言ってはいけないの？」

別室に下がった後、マリエッタが私の代わりに泣いてくれる。

「お前はそれでいいのかよ。あいつに忘れられたままで耐えられるのか！」

ライオネルが私の代わりに憤《いきどお》ってくれる。

「後遺症がそれだけならよかったのかもね」

私は肩をすくめて、努めて冷静に答えた。ただの『記憶喪失』なら、時が解決してくれる。

でも、この場合は……

「本当はリュークを、そんなに好きじゃなかったってこと？」

ジュリアンが無邪気に言う。そう見えているのなら、私が見せたい今の表情は成功している。

「僕にはよくわからないけど……。もう少し様子を見てもいいんじゃないかな？」

ユーリスが励ましてくれる。

「君が望むなら従うよ。でも私には、つらい気持ちを隠さないで」

カイルは、こんな時でも優しい言葉をかけてくれた。

そして私は休暇中、何かと理由をつけて公爵家に通った。どこかで諦めきれなかったのだ。

公爵ご夫妻の許しを得てリュークの近くにいようとしたけれど、彼は会おうとするどころか、私を見ようともしない。それなら勝手に視界に入ろうと、近くをうろつく。

公爵夫人とお茶をしたり、私の療養中に生まれていたリュークの双子の弟、カルロやニコロと遊んでみたり、図書室をうろうろしたり、メイドの真似事だってしてみた。

けれど、リュークに「私のことを覚えてる？」と聞いてみても、「何も覚えていない」と冷たくあしらわれるだけだった。彼の押しかけファンだと思われてしまったようだ。

医師の診断は予想通り。

「無理に思い出させないほうがいいでしょう。自然に記憶が戻るのを待ちましょう」

片想いがこんなに苦しく切ないなんて……

私は何年も、貴方にこんな想いをさせていたの？　だから貴方は私を忘れてしまったの？

水色の瞳は、私を映さない。私が彼を見つめても、彼は私を見もしない。

リュークは私達の小さな頃からの思い出も記憶もすべて、手放してしまっていた――

五　悪役令嬢、復活する

春、暖かで穏やかな朝。今日から私は、マリエッタとライオネルと共に高等部へ進学する。新しい臙脂色《えんじいろ》の制服に身を包むと気持ちも新たになり、頑張らなければと自分に誓った。

といってもエスカレーター式の上、前から寮生活なので、通う校舎が変わるだけで環境に変化はない。

ただ私は今日から悪役令嬢に戻ると決めた。悪役に戻り、『プリマリ』のストーリーを元に戻す。

リュークが私を忘れた事実は、私の心を押し潰した。

私はやはり悪役令嬢なのだ。みんなや彼のために、もう二度と恋なんてしない。

高等部での魔法の授業はより実践的な内容になった。私達一年生は時々上級生と一緒に組まされる。その中で、魔法が封じられて使えない私は、『特進魔法科』のお荷物だ。

私を全く覚えていないリュークは「魔法を使えないクセになんだこいつは？」と、思っていそうな雰囲気で見てくる。

そんな私を気遣ってか、二年生との授業の時はいつもカイルが組んでくれた。

「ブランカは私の魔法を見て、どこを直せばいいのかアドバイスしてね」

「カイル様の光魔法は攻撃特化型なので、変に直さないほうが……」

「ああ、もちろんそれはわかっているよ。これは君といるための口実だ。私といれば誰も何も言わないだろう？　授業中くらい君を独占させて」

カイルは優しい。リュークに忘れられてしまった私を気にかけて、わざと軽口を叩く。

ヒロインのマリエッタよりも私を優先させているようで、非常に申し訳ない。

それなのに、ゲームの時にはあんなにときめいていたカイルの言葉がちっとも心に響かない。綺麗な顔をアップで見て、近くで甘い声を聞いているのに、全くドキドキしないのだ。

リュークを忘れられないからだろうか。これではいけない。

悪役令嬢としてきちんと振る舞い、私の意地悪でマリエッタを誰かとの劇的な恋に落とすのだ。そうすれば、シナリオ通りに進むはず。

「なんだ、授業中に考え事か？　随分余裕だな。カイルの足だけは引っ張るなよ」

「……っ！」

通りすがりに低い声で注意をされた。私の好きな声で……

リュークの言う通り、魔法の授業中にボーッとしている私が悪いんだけど、容赦のないそのひと言に傷つく。

気がつくとカイルはもちろん、ライオネルやマリエッタまで心配そうにこちらを見ていた。

いけない、集中、集中！

魔法を封じられていても、私の魔法耐性はそのまま残っている。だから、ちょっとやそっとの攻撃魔法で怪我をすることはない。でもカイルやリューク、ライオネルクラスの魔法の威力はすごいから、組んだ相手に命の危険が出てきてしまう。そのため彼らに限っては、的《まと》や人形《ひとがた》を用意していた。

やることがなく暇な私が、カイルの分はもちろん、リュークと組んでいるマリエッタの分も準備する。

「ブーラーンーカー様ぁ。ありがとうございます～」

金色の弾丸、マリエッタが元気に突進してくる。

「一生感謝しなさいよ！　オーホッホッホ」

授業の後でお礼を言うマリエッタに、悪役令嬢らしく高笑いを決めた。

マリエッタが私に過度なスキンシップをするのを見て、リュークは何か思うのだろうか？

目を向けると彼はこちらを見ようともせずに、長い足でスタスタと広場を後にした。

あれ？　そこまでマリエッタに関心があるわけではないの？

マリエッタを邪魔《おうえん》すると決めたはずなのに、彼女がリュークのルートに入っていないらしいことにホッとしている自分がいる。

私の視線はいつでもリュークを追っていた。最初から彼はマリエッタのものだとわかっていたのに、一度心が近づいてしまったせいで未練が残ってしまったようだ。

でも、大丈夫。脇に下ろした両手をギュッと握り締め、哀しみを堪《こら》える。

私は悪役令嬢ブランカ。悲劇のヒロインになんてならない。

以来、私は悪役令嬢業に本腰を入れることにした。

マリエッタとも仲よくならないように気をつけている。教室で話しかけられても冷たく接した。

「ブランカ様、先ほどの薬学の問題おわかりになりまして？」

「ああ～ら、マリエッタったら。可愛い顔して脳みそにはおがくずが詰まっているのかしら？　まあ、綺麗な貴女に勉強なんて関係ないわね。その魅力でさっさと誰かを虜《とりこ》にして、一生養ってもらえば～」

顔をしかめるマリエッタ。

私が徹底的に冷たくしているせいか、最近マリエッタは他の誰かと過ごすことが多くなってきた。

初めからこうすればよかった。なまじ『プリマリ』のヒロインのマリエッタに憧れていたせいで、上手に意地悪ができていなかったことを反省する。

そんな私を見て、ライオネルが心配してくれた。

「ブランカ、お前おかしいぞ！　やっぱりリュークが原因か？」

「あら、ライオネルったら。そんな変なことを言うなんておかしな人ね。わたくしのことすら覚えていないおバカさんに、いつまでもこだわると思って？」

「……なあ、ブランカ。遠乗りでも行かないか？」

突然、ライオネルが誘ってきた。リュークに拒絶されっぱなしで落ち込む私のことを気遣っているみたい。

「外の空気を吸えば元気になるんじゃないか？」

彼の気持ちがありがたくて、思わず首を縦に振る。

悪役令嬢に戻ると決めているのに……

二人で馬に乗り、前日の雨で少しだけぬかるんだ湖までの小道を進む。雨の後の生き生きとした木々の青さや薫《かお》る草の匂い、ところどころに光る水溜まりの美しさを、私は忘れていた。

ライオネルの黒鹿毛《くろかげ》の愛馬はぬかるみを器用に避けて進んでいく。

久しぶりの乗馬は気分爽快だったから、思わず笑顔で彼を見た。

「ブランカはやっぱり、笑った顔のほうがいいな」

少年のような笑顔でライオネルが言う。

さすが『プリマリ』の攻略対象、褒め言葉が自然に出てくるのね。

だけど、これ以上なれ合うわけにはいかない。気分転換がしたくてつい誘いに乗ってしまったけれど、悪役令嬢を辞めたわけではないのだ。

「あら、わたくしはどんな顔でもいいはずよ？」

自分で自分のことを褒めるのもどうかと思うけど、悪役っぽくしなくてはいけない。

「ん？　まあ、確かに。どれも最高だ」

さらっと返すライオネル。幾《いく》ら私を元気づけるためとはいえ、このセリフはぜひマリエッタに言ってほしいところだ。

口元が緩《ゆる》むのをこらえてわざとムッとした表情で後ろを振り返ると、ライオネルは全く違う方向を見ていた。少しだけ耳が赤い気がするのはきっと気のせい。

なんだ、やっぱり無理して言ってたんだ。

真っ直ぐで優しい性格のライオネル。彼に無理をさせる私は悪役が似合っているのだと思う。天使のように愛らしいマリエッタこそ、彼には相応《ふさわ》しい。

せっかくだけど、次からは絶対に誘いを受けないようにしよう。まあ今後、誘われるかどうかもわからないんだけどね。

湖は綺麗だった。林の道も『プリマリ』通り。

私が無愛想だったためか、遠乗りはあっという間に終わる。ライオネルには最後まで気を遣わせてしまって申し訳ない。

けれど、楽しく有意義な時間だった。素直にお礼を言えないのが残念だ。

「貴方のおかげで時間を潰せたわ。まあまあだった」

せっかく誘ってくれたのに、そんなことしか口にできない自分がつらい。案の定、ライオネルは少し傷ついたような顔をしている。

ごめんんね。でもありがとう、ライオネル。

私、明日からまた、悪役を頑張れそうな気がする。

それから私は、みんなを避けて過ごしていた。ただ、ゲーム通りのバカにはなりたくないから勉強の手は抜かず、一人で図書館に通っている。

今日も図書館に行く途中、遠くにガゼボがちらっと見えた。

「気分転換にちょっと寄ってみようかしら？」

なぜそう思ったのかはわからない。ひょっとしたら、昔のことが懐《なつ》かしかったのかもしれなかった。

図書館に続く道を逸《そ》れ、小さな橋を渡る。

薔薇《ばら》のアーチの向こうに、ガゼボから池を眺める背の高い男性が見えた。佇《たたず》む姿がとても様《さま》になっている。

髪は水色で、均整の取れた体型。たった一人でなぜか寂しそうに見えるその背中。

大好きな彼の大好きな姿を私が見間違えるはずがない。

「リューク……」

彼の名を唇にのせ、そっと呟く。繋がりが断たれた今はもう、気安く呼べないとわかっているから。彼が気づいていないのをいいことに、私はしばらくその後ろ姿をじっと見つめた。

でも——

迂闊《うかつ》に近づいてはいけない。かかわりを持とうとしてはいけない。ここでのことも告白も、早くすべてを忘れよう。

私はくるりと方向転換すると、ギュッと目を閉じ図書館へ移動した。

次の日の放課後、カイルからお茶に誘われた。

場所は、高等部の監督室。去年の競技会は彼が優勝していたのだ。

カイルは、日に日に意地悪になる私の態度を注意しようとしているのだろう。

訪ねていくと、優しい彼は手ずからお茶を用意してくれる。私はつい余計なことを思い出した。

「あら、こちらのティーセットは百合の絵柄ですのね」

「そうか。君は中等部の時、監督室でリュークとデートをしていたのか」

カイルに突っ込まれた。

「いいえ、用事があって、一度押しかけただけです」

懐《なつ》かしくって少し悲しくなってきた。俯《うつむ》くと、カイルがお菓子を勧めてくる。

「薔薇《ばら》の紅茶は君も好きだろう？」

「ありがとうございます。えっと、カイル様、それでお話って……」

隣に座るカイルから失礼のない程度に距離を空《あ》けた。

「話というのはね。リュークのせいで君がおかしくなった、と苦情が来ているんだ」

「謝りませんわ！　本来のわたくしはこんな人間ですもの」

そう。本物の悪役令嬢は底意地が悪くなければならない。そうでないとヒロインの優しさがみんなに伝わらないかもしれないじゃない。私が手を抜いたせいでバッドエンドになるのは嫌だ。

「ああ、謝れとかそういうわけではないんだ。苦情というのはね、君にではなくリュークに対して。そして、君の苦しそうな様子を知りながら何もしてあげられない私に対してなんだ」

「そんな！」

「まあ、みんなの勝手な願いなんだけどね。ジュリアンは君の胸に飛び込めないと嘆くし、ユーリスは本の感想を話す相手がいなくなったと言っている。ライオネルは気軽には乗馬に誘えないと悩むし、マリエッタも近寄りづらいと言う。私も、君から笑顔が消えて寂しい」

みんなと一緒にいられないのは私も悲しい。だけど悪役は、攻略対象やヒロインから距離をおかなければならないのだ。

「大丈夫。今は少し不安定でも、君が優しい人だということはみんなもよくわかっている。もし仮にリュークがずっと君を思い出せなくても、私達が君を支えるから」

「違います！」

それでは困るし、支えてなんてほしくない。むしろ悪役令嬢としての使命を全《まっと》うさせてほしいのだ。それなのに……

カイルはなぐさめようというのか、私の頭をポンポンと叩いた。それが妙に悲しくて、ツキンと胸が痛む。泣いてしまいそうだから今は優しくされたくない。

「ねぇ、ブランカ。つらかったら無理しなくてもいいんだよ？　泣きたい時は思いっきり泣けばいいんだ。つらい気持ちを吐き出すための肩なら貸すから、遠慮なくどうぞ」

優しいセリフに、今まで我慢してきたものが一気に押し寄せ、涙腺が決壊する。私はカイルの胸を借りて、悲しみを吐き出した。

ねぇリューク、私の大好きな人。

貴方は私を好きだと言った。可愛いと言った。

ずっと一緒にいようと、帰ったらすぐに婚約しようと、そう言ってくれた。

だから私も信じて待っていた。ずっと逢いたかったのに、ずっと好きでいたのに。

なのにどうして？　ゲームのせいかもしれないけれど、それでもどうして、私を忘れてしまえたの？

リューク、貴方を想うと私はいまだに胸が痛い。

涙が止まらず泣き続ける私。

その間カイルはずっと、何も言わずに私の髪を撫《な》でてくれていた。


私がリュークに冷たくされ、他の攻略対象とも距離をおいているからか、最近何かと他の男子に構われるようになった。自分史上最大のモテ期に突入している。

自意識過剰の勘違いではない。マリエッタのおかげで眼鏡が必要なくなったブランカの顔は、ゲーム通り可愛いと思う。

さすがは『プリマリ』の世界！　悪役令嬢の私にまでこんな特典があるなんて、恐るべし！

そんなわけで今、私は男子から一生懸命逃げ回っている。そろそろ足が痛くなってきた。

「あぁ、こんなところにいたのか。逃げ足が速いね、可愛い人」

ギャーーーー！　見つかってしまった。ところで貴方、誰でしたっけ？

そこそこ整った顔の上級生に、壁際まで追い詰められた。

「つれないね。私のことを知らないのかい？」

私は激しく首を縦に振る。

……っていうか、壁に手をつくの止めて～。知らない人からの壁ドン、怖い！

「アルス・グラン・ルナールだ。公爵家のね。で、どう、決意は固まった？」

「はい？」

急に何を言い出すんだこの人は？

「君は見映《みば》えがするようになったし、家柄もいいから私の伴侶に相応《ふさわ》しい。そろそろ相手を見つけないと、父上がうるさいからね。次の休暇に婚約、卒業後に結婚、でどうかな？」

その急展開はどういうこと？　私達、先ほどまで赤の他人でしたよね。

「いいえ、もったいないお話ですがご遠慮いたします」

刺激しないよう丁寧な言い方にしつつも、即答する。

「ははっ、そんなに緊張することはないよ。愛妾は少なめにして、君もちゃんと可愛がると約束する」

「無理無理無理無理無理。結構でございます。もっといい相手を見つけてください」

幾《いく》ら自分に自信があるからって、そんなに顔を近づけて言わないで！

「……っ！　侯爵家ふぜいが偉そうに！」

アルスと名乗った上級生が突然キレた。ダンッと壁を叩くといきなり顔を近づけてくる。

「イヤッ!!」

とっさに口を両手で覆ってガードした。怖い……怖くてたまらない。

「リューク・バルディスに相手にされていないくせにお前、生意気なんだよ！　同じ公爵家だし俺のほうがあいつより条件いいだろっ」

リュークのことを引き合いに出され、思わず身体が固まった。彼に冷たくされていることが、こんな人にまで広がっているなんて――

あまりのショックに身体がガタガタ震える。

いつまで経っても私が言うことを聞かないと見るや、先輩は手を振り上げた。私は覚悟してギュッと目をつぶる。

ガッッ。

いつまで経っても衝撃が来ないため、目を開けると、振り下ろされそうな手を誰かが横から掴《つか》んでいる。

「なんだバルディス、邪魔だぞ。お前ら仲が悪いんだろ？」

「関係ない。女性を襲うのは身分を問わず犯罪だし、彼女はカイルの相手だ。お前は王家を敵に回すのか？」

私を助けたリュークが、感情のない声を出す。

「なっ！　それならそうと早く言えよ～。やだなぁ～、うわっ」

アルスはリュークの肩に手を置こうとする。それを嫌そうに避けられ、足を蹴られて転ばされた。

「カイルに報告しておく。処分は追って伝えるので、覚悟しておけよ」

リュークが強い口調で告げる。アルスは去っていった。私はまだ震えが治まらず、ぼう然とつっ立っている。リュークはそんな私を一瞥《いちべつ》して、言い放つ。

「誰もいない場所に逃げ込む君が悪い。どうぞ狙ってください、と言っているようなものだぞ」

久しぶりにかける言葉がそれなの？

わかってはいたけれど、我慢しようと決めたはずの涙が、次々と浮かんでくる。

リュークは変わってしまった。水色の髪も瞳もその声も、何一つ変わっていないのに……

「くっ！」

リュークが急に、私に背を向ける。

私は自分が、顔も見たくないほどリュークに嫌われたのだと悟った。

「どうしたの？　ブランカ。まさかまた、リュークに泣かされた？」

後ろからカイルが現れ、リュークと私の間に入る。リュークは無言でカイルの肩を叩き、スタスタと去ってしまった。その態度が悲しくて再び涙をこぼしてしまう。

首を傾げるカイル。誤解だけはしっかり訂正しておかないと。

「違うんです。リュークは絡まれているわたくしを助けてくれただけで……」

「そう。つらいのに偉かったね。事情はリュークに聞いておくよ。さ、送っていくからおいで」

緑の瞳の王子様はにっこり微笑むと、校舎まで付き添ってくれた。

それから二週間後のこと。私は『魔封じ』の効力を確認しにルルー先生の部屋に行った。ふと、急なモテ期が『魅了《チャーム》』のせいかもしれないと思ったのだ。そこで世間話のついでに意外な話を聞かされる。

「え？　マリエッタが図書館通い？」

マリエッタは読書が嫌いなのに。

「ああ、知らなかったんだね。結構有名な話だと思っていたけれど。ここ一週間でかなり噂になっているし、時々ユーリスと一緒に図書館に向かう姿を見かけるよ」

え？　えええー！　マリエッタ、ユーリスルートだったんだ!!

確かにユーリスは、一昨々年《さきおととし》の初等部と去年の中等部の競技会でも優勝していた。練習しすぎで骨折し、本番欠場のライオネルがめちゃくちゃ悔しがっていたもの。

ようやく『悪役令嬢』の出番だ。それならそれで、早速邪魔《おうえん》する方法を考えないと！

でも、実はユーリスルートはそれほど覚えていない。あまり邪魔《おうえん》する自信がなかった。それに残りの攻略対象が可哀想。どんなに想っても振り向いてもらえないつらさなら、私が一番よく知っている。

とはいえルートが確定したのなら、全力で邪魔《おうえん》しなければいけない。

ユーリスルートって図書館が重要だったような。まずは二人が本当に付き合っているかどうかを確認するため、学園の図書館に急がなくっちゃ。

『魔封じ』の効力は切れていないということだったので、先生にお礼を言うと、私はその足で図書館に向かう。

ユーリスルートのブランカは、確かこうだ。

──マリエッタとユーリスの図書館での逢引きを助けると見せかけて、二人の仲を壊す機会をうかがっていたブランカ。ある日、噴水の前にマリエッタを呼び出し、持出厳禁の希少本を押しつけると、図書館に返却するように迫った。

持出厳禁の貴重な本は持っているだけで怒られるので、マリエッタは断る。するとブランカはタイミングを見計らって、本を持ったまま噴水に飛び込んだ。マリエッタがブランカに本を押しつけ、突き落としたかに見えるように。

そしてブランカは、ずぶ濡れで立ち上がり、「わたくしからユーリスを奪っておきながら、嫌がらせがまだ足りないというの？」と、ギャラリーに聞こえるようマリエッタを大声で罵《ののし》る──

これなら私にもできそうだ。

図書館に着いた私は、室内をくまなく探す。けれど二人共、どこにも見当たらない。

図書館は調べ物や考え事をするには最適で、私は大好きだ。でも、マリエッタの姿は今まで一度も見かけたことがなかったような。

私は半信半疑で大きなガラスの壁から中庭を覗く。

「本当にいた！」

中庭のベンチに腰かけ、マリエッタとユーリスが笑い合い何か話している。

ガラスにベタッと張りついて、私は外を凝視した。うん、なんだかとってもいい感じ。これを邪魔するのかぁ。必要ないような気がしてくるんだけど。

「こんなところで何をしている？」

「やあ、ブランカもここにいたんだ。マリエッタに何か用事？」

ふいにリュークとカイルが現れる。

二人共、なぜここに？　やっぱりマリエッタのことが諦めきれないの？

「し、調べ物をしに来たら偶然二人を見かけましたの。カイル様は？」

リュークを無視して、優しいカイルに話しかけた。

「あぁ、授業の課題をリュークと共同でこなそうと思ってね。ここ数日通っているんだ。ユーリス達も毎日来ているけど、あれはどう見ても勉強しに来たようではないみたいだね」

カイルがクスッと笑う。その笑顔に悲しみの色は見えない。

「カイル様……無理なさらないでくださいね。今度はわたくしがなぐさめますから」

「えっ？」

なぜか、カイルとリュークが同時に固まった。変なの。

「頭が痛いから先に行く。早めに戻ってこいよ」

カイルにそう言うと、リュークは奥に行ってしまった。

麗《うるわ》しの王子様はその姿を見送り、金色の髪をかき上げながら困ったような顔をする。

「あのね、ブランカ。変な期待を持たせてしまうから、そういうことは気軽に言うものではないよ。それより、最近君への告白と、フラれた奴からの嫌がらせが後を絶たないんだって？　ひどいようなら私が盾になろうか」

「そんな、とんでもございません！　マリエッタがどなたかとくっつけば、解決するはずですので」

「どういうことかな？　関係あるとは思えないけど。でもまあ、困った時には私の名前を出すといい。第二王子の相手なら、誰も手出しはできないからね」

「え？　本気でおっしゃっているのですか？　カイル様のお名前を出したが最後、女生徒達から命を狙われてしまいそうなんですけれど……」

「くくっ。ブランカは本当に面白いね。そんなところも大好きだよ」

口元に手を当てて笑いながら、カイルは反対の手で私の髪をクシャッと撫《な》でた。その仕草は前にリュークにもされたことがある。

「ブランカ様！　いらっしゃるなら声をかけてくだされればよかったのに」

中庭から初々《ういうい》しいカップルが戻ってきた。気がつけば、マリエッタとユーリスが目の前に立っている。

「あら、気がつかなかったわ。二人でお楽しみだったの？　まったくいい気なものよね。こんなところで堂々といちゃつくだなんて。それとも……もがっ……」

悪口の途中でカイルに口を塞《ふさ》がれ、ずるずると引きずられる。マリエッタとユーリスは、そんな私を呆気に取られて見ていた。

ちょっと待って！　これからが悪役令嬢の見せ場なのに。

「カイル様、なんで！　なんで邪魔をするんですか！」

「二人の邪魔をしたのは君のほうだろう？　君に悪口は似合わないよ。リュークがまだ好きなのではないの？　それとも本命はユーリス？」

はあ？　どうしてそういう話になるんだろう。私は『悪役令嬢』がしたかっただけなのに。

「リュークのことで自暴自棄《じぼうじき》になっているんだね。でも大丈夫、私がいるから。君の言葉を借りるわけではないけれど、寂しかったら私がなぐさめてあげるよ」

そう言うなりギューッとハグしてくる。どうしちゃったんだ？　カイル。

「カイル、いい加減にしろ！　いつまで待たせるんだ！」

突如、リュークのいい声が飛ぶ。つかつかとこちらに歩いてきて、私からカイルを引き剥《は》がす。

「君もだ。図書館に何しに来てるんだ？　フラフラしたいだけなら、よそでやれ！」

リュークにそんなことを言われる日が来るとは思わなかった。でも、泣かない。

「ごめんね、ブランカ。この埋め合わせは必ず……」

今度はカイルがリュークに引きずられていった。

私はため息をつき、ユーリスルートをよく思い出す。ユーリスとマリエッタは悪役令嬢などいらないくらい盛り上がっている気がするが、油断は禁物だ。

ユーリスルートでは、持出厳禁の希少本『魔法大全』が必要になる。

私は一度寮に戻り、夜を待って、図書館に忍び込むことにした。


夜、計画通り図書館に忍び込んだ私は、持出厳禁の希少本『魔法大全』を探す。残念ながら、なかなか見つからない。そんな中、ふと『記憶喪失』の表紙が目に留まった。リュークのことが少しでもわかればいいと思って読んでいるうちに、つい時間を忘れてしまう。

気がつくともう夜中だ。

収穫もないし、本もなかったので、私は退室しようと出口に向かった。けれど、忍び込んだ時には開いていたはずの扉が押しても引いても開かない。

「嘘でしょう？　さっきは開いたのに」

どうやら、中からは開かない仕掛けになっていたらしい。唯一の脱出方法は魔法による解除だけれど、『魔封じ』されている私では無理だ。

「私、この部屋に閉じ込められた？」

春とはいえ、夜の図書館は冷える。

大声で叫んだり、窓や他の出入り口を探したり、いろいろしてみたけれどすべて無駄に終わった。窓は天井近くにあって届かず、出口は扉一つだけ。

「わざと『魔封じ』を光らせて、ルルー先生に助けてもらおうかしら？　でも、なんでこんなことになったのか説明できないし、先生が優しいからって頼りすぎるのはよくないよね」

朝になれば誰かが来るだろうから、それまで待とう。

どんどん寒くなる室内で、膝をかかえ縮こまって寒さに耐えた。頭がだんだん朦朧《もうろう》として、おまけに眠くなってくる。

「死んでしまう……っていうのは、雪山限定だったよね」

このままだと本格的に眠りそう。ゲームをプレイしていた時は、悪役令嬢ブランカの中途半端な嫌がらせに腹を立てていたけれど、ガチャなしで実践するとなると結構きつい。

頑張っていたんだね、ブランカ……

はっきり言って私、『悪役令嬢』舐めてました！

——気がつくと室内が明るかった。いつの間にか眠っていたらしい。寒さに震えていたわりには意外と元気だ。私ってすごい。

部屋の扉も開いていたので、時間式のオートロック錠だったのかもしれない。

「誰かが来る前に、急いで部屋を出なくちゃ」

私は慌てて部屋を出た。出口付近に本をたくさん積んだカゴがある。もう選んでいるような余裕はないため、そこから適当な本を抜き取った。

外に出ると、空は白み始めている。私はふらふらしながら寮の自分の部屋に戻り、本を抱えたままベッドに倒れ込む。そして、そのまま寝てしまった。

昼過ぎに起きた私は、ちょっと熱っぽかったものの、戦利品を確認する。

「えぇぇ～！　これ、まさか本物～!!」

なんと私が持ってきたのは、見つからなかった『魔法大全』だ。『持出厳禁』の印がしっかり付いている。けれど、よく確認してみると、それは革表紙だけのレプリカだった。中身は空っぽだ。

まあ、レプリカだろうと本物だろうと怒られることには変わりはないが、本物を持ち出してしまうよりは気が咎《とが》めない。

「本物でなくてよかった……」

呟いた時、ちょうど同室の子が戻ってきた。私が起きているのを見て、嬉しそうに近寄ってくる。

「うふふ。ブランカったら、朝帰り？　昨夜は誰と一緒だったの？」

みんなには言わないであげたわ、偉いでしょうというような目で私を見る。だけど、私としては誰かに報告して探しに来てほしかった。

「誰とも。一人だった」

「ええ？　なんのために男子寮は一人部屋が多いと思っているのよ。ま、もちろん内緒だし、責任は取ってもらわなくちゃいけないけど」

なんですって？　前から思っていたけれど、この学園は乱れきっている！

ぐったりとして気分が悪くなってきたものの、どうせなので彼女に頼み事をする。

「ねぇ、悪いんだけど、マリエッタを噴水前に呼び出してくれない？　多分、図書館にいると思うから」

「別にいいけど……。それより貴女、少し顔が赤いけれど大丈夫？」

「わたくしなら大丈夫！　じゃあ、お願いね」

私は噴水前でドキドキしながらマリエッタを待っていた。背には盗んだレプリカを隠し持っている。

すぐに石畳みを走る足音がしてマリエッタがやってきた。

「ブランカ様、お待たせしました。今日はどうされたんですか？」

「あら、マリエッタ。ねえ貴女、この本知ってる？」

私がレプリカを取り出すと、マリエッタは可愛らしく首を傾げた。

知らないようだ。マリエッタ、ユーリスのおかげで本好きになったって噂は嘘なの？

「ブランカ様。なんですか、それ。ぼろっちい……いえ、年代物のような。『持出厳禁』とありますけれど、大丈夫なんですか？」

マリエッタのセリフがゲームとは違う。

まあいいわ、私がちゃんと悪役令嬢すればいいんだし。

「あら、そうだったかしら。じゃあ貴女、コレ見つからないように返しておいてくださる？　どうせ図書館には毎日行っているんでしょう？」

「えぇぇー、やだ〜！」

「やだ？」

「だってそんなの無理！　借りた本人が返さなきゃって図書館のルールにありますよ」

ああ、マリエッタ。ろくに通ったこともない貴女に図書館のルールを説明されるとは……

もちろんそんなことはよく知っている。でも、ゲームのシナリオ通りに進めるためには、これを押しつけ合わないといけないの。

私はマリエッタにレプリカを押しつけようとしたけれど、案の定全力で拒否される。

いよいよここからが大詰めだ。

ギャラリーが増えてきたことを確認すると、私は噴水に……ううっ、水は綺麗とはいえまだ冷たそう。ブルッと震え、下を見る。

いけない、頭もボーっとしてきた。えっとなんだったっけ？　この後はマリエッタと私とで本を押しつけ合って……

バッシャーン。

クラッとした瞬間、私は自ら噴水に落っこちた。刺すように冷たい水が口から入り、息ができない!!

すぐに起き上がって悪態《あくたい》をつかなければ！

けれど、力が入らなかった。

く、苦しい。私まさか、このまま死んでしまうんじゃ……

冷たい水の中で、私は何もわからなくなった。


ここは、どこだろう？

途切れ途切れの意識で私は考える。熱のせいで目が潤《うる》み周りがボヤけてよく見えない。

小さな時も、似たようなことがあった。あの頃は、熱にうなされた私の隣に家族や侍女、そして水色の小さな塊《かたまり》がいた。水色の髪の彼が心配そうにずっと私の手を握っていたのだ。

彼の隣はいつでも居心地がよかったから、一緒にいるのが当たり前だと思っていた。

離れている間は寂しくて、人知れず涙を拭《ぬぐ》ったこともある。

熱に浮かされた目で隣を見るが、そこにはもちろん誰もいない。

私の好きな水色はもう見えない。

私を忘れた彼は、本当に離れていってしまったのね。

その事実を私はそろそろ、受け入れなければいけないようだ。

もうこれ以上悩むのは止めようと決め、私は再び眠りに落ちた。

目を開けると、近くにカイルがいた。サラサラした金色の髪、澄んだ緑色の瞳、鼻筋の通った端整な顔は心配そうにしかめられている。

「ブランカ、気分はどう？　熱は少し下がったようだし、丸一日寝て顔色もだいぶよくなったみたいだ」

「ええっと……わたくし、噴水に落ちた後の記憶がありませんの……。もしかしてずっとここで寝ておりましたかしら？」

カイルが微笑んで頷《うなず》く。いい笑顔だ。

「では、助けてくださったのは、カイル様？」

「そうだと言ったら？」

緑の瞳がキラリと光った。

「あの、ありがとうございました。おかげで助かりましたわ」

慌てて頭を下げた途端、自分の格好が気になった。

ずぶ濡れになっていたと思うのだけれど、着替えさせられてもおらず、制服のままだ。

それに、本は？　レプリカとはいえあの本は、結局どうなったんだろう？

「どうしたの、ブランカ？」

「いえ、本が……」

「ああ、君が持っていた本の表紙か……」

やっぱり、あれはダメになってしまったのか。ついでにイベントも失敗だと、血の気が引く。

「あれは君が持ち出したのか。でも、ユーリスがマリエッタと一緒に返しておいてくれたと思うよ。たっぷり怒られただろうけどね」

「そんな！」

私の責任なのに……

しかも噴水イベントを失敗してしまった今、二人の仲も気になる。

「持ち出した状態のままだったからいいものの、今後は勝手な行動は控えてね」

え、今なんて？　持ち出した状態のまま？

おかしいわ。だって手から離した覚えはないもの。

本も私も、どうして濡れた跡がないのかしら……？

＊＊＊＊

ブランカが水に倒れ込んだ瞬間、俺――リュークは人垣をかきわけ、サッと進み出た。迷わず噴水に入り、彼女を抱え上げる。

「お前はバカか。こんなところで何やってるんだ、死にたいのか！　また高熱を出したらどうする!!」

――また？

自分の言葉に驚くと同時に俺はすべてを思い出した。

そして、怒鳴っても反応しないブランカの異常に気がつき、心臓が止まりそうになった。

グッタリしている彼女を石畳に下ろして頬を叩き、意識を確認する。

呼吸をしていない様子を見て、唇を合わせ、躊躇《ちゅうちょ》せずに人工呼吸を開始した。

近くにいたユーリスが叫ぶ。

「マリエッタ、誰か先生を呼んできて！　僕は医務室に連絡してくる」

「わかったわ。ブランカ様、頑張って！」

「うぐっ……ゴホッ……ゴホッ……」

処置が早かったので、ブランカはすぐに水を吐き出した。

「よかった……ブランカ」

意識のないブランカを起こして名を呟き、自分が濡れるのも構わずにかき抱いた。手をしっかりと、彼女の後頭部と腰に回して、頬をすり寄せる。

心の底から彼女の無事を喜んだ。

もう二度と離したくない。ブランカ——

久々の抱擁は離れ難《がた》く、俺はしばらくそうしていた。

ブランカが噴水に落ちて意識をなくした日の夜、俺はみんなを自分の部屋に集めた。

カイル、ライオネル、ユーリス、ジュリアンと、全員揃《そろ》ったところで話し始める。

「まずは今まで迷惑をかけていてすまない。心配もかけたがもう大丈夫だ。すべて思い出した」

一度そこで言葉を切り、みんなの顔を見る。

「ただ、もうしばらく秘密にしてほしい。そして、力を貸してくれ」

そこまで言うと、カイルが続けてくれた。

「私から話そう。初めに謝らないといけない。君達を巻き込みたくなくて話すのが遅くなったが、そうも言っていられなくなったようだ。危険が迫っている。どうか私の味方をしてほしい」

カイルにいつもの柔和な表情は欠片《かけら》もない。厳しい顔で、みんなにこう説明した。

——四方を他国に囲まれたカレント王国は、常に隣国の脅威に晒《さら》されている。

そのため、現在の国王は息子達二人に課題を出していた。

『不穏な動きがある隣国、メガイラとの関係の打開策を打ち出せ。よりよい結果を出した者を王太子と定めることにする』

カイルは兄の第一王子が王太子になればよいと思っていたから、何もしなかった。

けれど五歳上の兄、ラウルは焦《あせ》り、メガイラの反政府組織と通じた。隣国を内側から滅ぼそうと考え、我が国から武器を届けているのだ。

隣国に武器が増えれば、カレント王国の脅威も増える。カイルは武器の輸出を禁じ、リュークに相談した。

学生なら疑われないと考えたリュークは、留学生としてメガイラの首都イデアに行き、ラウルと通じる反政府組織が信用できるのか、内情を探ることにする。ブランカに宛てた手紙に隠してその報告書も渡していた。

そして昨年、隣国に革命が起こりそうになったのだ。

第一王子ラウルは王権に不満を持つ『革新派』を押していたが、彼らを信用できなかったカイルは結局、現王権を支えた。結果、革命は未然に阻止される。

指示したのはカイル、手引きしたのはリューク、実行したのはブランカの父、バレリー将軍だ。

両国の同盟関係は強化された。

　しかし、ラウルの派閥も革新派もまだ諦めてはいない。国境付近でリュークが襲われたのは、彼らのせいだと推測される。もちろん偶然かもしれないけれど、帰国の日程を知っていたことが疑わしい。

　カイルはそこで、今度はライオネルを見習いと称して、学生の身分のまま軍へ派遣した。

「ライオネル、カイルに報告を頼む」

「んあ？　ああ、軍部の動きね」

　俺は首肯《しゅこう》し、ライオネルに報告を促《うなが》した。

「軍の噂によると、主な貴族の中で第一王子に味方しているのはルナール公爵、レスター伯爵、ギュンター子爵、以下二名。他は圧倒的な強さを誇るバレリー侯爵に心酔している者がほとんどだ。ルナール公爵には、自分の私兵とは別にメガイラから傭兵を集めているとの噂がある」

　それを聞いたカイルが口を開く。

「面白いな。最近、ブランカを追い回している連中の親達だね？　娘を得ることでバレリー侯爵を自分達の側《そば》に引き入れようとしているのかな」

「ブランカのために、まとめて潰しておいたほうがよさそうだろ？」

　俺が付け足すと、ユーリスが質問する。

「じゃあ、リュークがブランカのことを忘れていたのは嘘なの？　留学前にブランカと付き合うって言っていたのも作戦のうち？」

「まさか」

俺はそれだけ答えるのが精一杯だった。口を開けば想いがあふれ出しそうで、苦しい表情を隠し、一旦目を閉じる。代わりにカイルが答えた。

「あれは本気だ。それどころかこの男は、ブランカと勝手に婚約までしようとしていたんだ。『留学と称して危険な仕事をさせる代わりに、彼女に告白する権利と上手くいった場合の交際を認めろ。留学期間中は彼女に手は出さず守れよ』と言われたけど、婚約まで許した覚えはないよ」

カイルはちらっとこちらを見た。彼の言葉を聞いてジュリアンが口を挟む。

「なら、ずっと忘れたままでいればいいのに。あれだけ傷つけておいて、今さら元のサヤに戻ろうだなんて言わないよね？」

「ブランカのことは思い出したが、元に戻ろうとは思っていない。むしろ今は戻らないほうがいいだろう。俺が狙われているのなら、俺の近くの人間も狙われるということだ。危険が迫っているからみんなには知らせたが、今ならブランカは俺と親しくない。彼女と俺とのことは、なかったことにしてくれ。……そんなことより――」

俺はこれからのことを説明して、協力を求めた。みんなが退室した後、自室に残って考える。

カイルには、ブランカのいる医務室へ向かうよう勧めた。

本当は自分が彼女の隣にいたい。小さな頃のように自分が彼女に付き添って手を握り、紫色の瞳をずっと見つめていたかった。

俺はどうしてお前を忘れてしまえたのだろう？

久々に触れた身体は、水に濡れてぐったりしていた。噴水から抱え上げて思わず怒鳴ったが、実際は焦《あせ》ってそれどころではなかった。

お前との記憶が奪われるとわかっていたら、俺は隣国に行っただろうか？

物心がついた時から、カイルとこの国のために働くと決めていた。だから彼の命令で国外へ出たことに悔いはなかったはずだ。けれど、お前のことは……

カイルにも誰にも渡すつもりはなかったから、出発前に想いを伝えた。ガゼボにお前が来て、互いに同じ気持ちだと知った時、俺は幸福の絶頂にいた。

この瞬間が永遠に続けばいいと、本気でそう考えていたのだ。

隣国のゴタゴタは解決したように見えたから、やっと帰国して会えると喜んでいたのに。すぐに婚約して、誰にも奪われないようにブランカを自分だけのものにしたかった。

けれど隣国の革新派もラウル派もまだ残っていたらしい。馬車が襲われ、俺は彼女を忘れてしまった――

馬車が襲われたのはタイミングから考えて、偶然ではない。多分、俺がカイルのために動いていることを知られたのだ。

そのことは覚えていたのに、帰国後大切な誰かをずっと忘れているような気がして、落ちつかなかった。

涙と告白した時のぬくもりが頭をよぎるものの、どうしてもその女性《ひと》の顔だけが思い出せない。無理に思い出そうとすると、頭が割れるような激しい痛みに襲われた。

脳裏に浮かぶのは、濃い紫色の瞳。

泣きそうな彼女を見るたび苦しくなり、頭に激痛が走る。

なぜかカイルの恋人だと勘違いしていながら、二人の姿は見たくなかった。

いつでもどこにいても、気づけば彼女を探していた。

――腕の中でぐったりしていた細い身体。お前を失うと考えただけで、俺の心臓は止まりそうになった。

『死ぬな、戻れ！』と念じながら、必死に息を吹き入れた。水を吐き出し呼吸を始めるまでが、やけに長く感じる。久しぶりに触れる唇が人工呼吸だなんて。

息を吹き返した時、安堵と愛《いと》しさがあふれ、思わずしっかり抱きしめた。

愛《いと》しい身体は温かく、水滴の宿る睫毛《まつげ》も間近で見る唇も震えるほどに美しかった。久々の抱擁に切ない想いがこみ上げて、離れることがつらかった。


なあ、ブランカ。覚えているかい？

昔お前が熱を出した時、俺は魔法で作ったミストを贈った。今回のお前は水浸《みずびた》しだったので、逆に水分を飛ばしてあげた。服や本が乾いていたのはそのせいだ。

ブランカ……俺の愛《いと》しい女性《ひと》。

俺を狙ったヤツにお前の存在を知られるわけにはいかない。カイル、バレリー将軍、俺。その中で一番弱いのはきっと俺だ。

カイルの恋人になれば堂々と護衛が守ってくれる。そうではなく、決まった相手のいない将軍の娘というだけなら、傷つけず一族に取り込むほうを選ぶだろう。俺に巻き込まれて傷つく姿を見たくない。だからこれは、苦渋の決断だ。

奴がもうすぐ、この学園にやってくる。彼が革新派の人間なのは、ライオネルの調査で明らかになった。学園に来るなら、狙いは俺だ。

ブランカ、すべてが解決するまでは近づかないと約束する。お前が誰より大切だから――

六　悪役令嬢、反省する

医務室で目が覚めた翌日、授業の合間を縫ってみんなが私のお見舞いに来てくれた。

ジュリアンはお昼に来て、私の側《そば》を離れない。もう大きいのに抱きついて、相変わらず胸の位置に頭をすりすりする。

「ええっとジュリアン？　あの、頭が当たっているのですけど……」

彼は顔を上げ、きょとんとした表情で首を傾げた。

何、もしかして私のほうが変なの？　変に意識しすぎてる？

幸い、後から来たライオネルにジュリアンはべりっと引き剥《は》がされた。

「お前、わざとだろ。ブランカもセクハラ小僧に好き勝手させとくんじゃねーぞ！　ところで、具合はどうだ？　カイルも後からまた顔を出すってさ」

「ありがとう、ライオネル。熱さえ下がれば授業に戻れましてよ。講義はだいぶ進んだかしら？」

「あんまり。お前がいないからクラスのテンションガタ落ちで、みんなやる気がないからそんなに進んでないと思う」

「ふふ、ありがとう。そんなふうに言ってくださるなんて、やっぱり貴方は優しいのね」

お礼を言っただけなのに、ライオネルは赤くなってガシガシと頭をかいている。まさか私、うつしていないわよね？

ユーリスとマリエッタは放課後二人で一緒に来て、大丈夫かと私に尋ねた。

噴水イベントをダメにした上、図書館のレプリカを持ち出した私の代わりに、本を返して謝ってくれたそうで、非常に申し訳ない。

「ごめんなさいブランカ様。熱のせいでおかしな行動をされているって、すぐに気づいてあげられなくて」

「なんのことかしら？　わたくしが貴女に心配してと、いつ頼んだというの？」

マリエッタには悪態《あくたい》を返す。

「ブランカ、最近変だよ。やっぱりリュークのせい？　彼が君のことだけを忘れてしまったから？　でも本当は……」

ユーリスの言葉を聞きたくなくて両手で耳を塞《ふさ》ぐ。まだ身体が弱っていて平気なフリができない。

「ああ、ごめん。話してはいけないんだった。……ところで、マリエッタをわざわざ噴水の前に呼び出したのはどうして？」

どうしてって、マリエッタがユーリスルートに入ったからだ。悪役令嬢は二人の邪魔《おうえん》をしないといけない。でもそれを、本人達に言うわけにはいかなかった。

「そんなこと、いちいち貴方に説明しないといけないのかしら？　それよりもユーリス、マリエッタなんかやめて、わたくしと付き合いませんこと？」

ユーリスがマリエッタを好きだと確信している私は、悪役として言ってみた。

「そんな……ブランカ様、ひどい!!」

マリエッタが叫ぶ。順調だ。

「ひどいわ！　私という者がありながら、ユーリスを選ぶだなんて！」

あれ？　なんかセリフが変だ。

「え？　マ、ママ、マリエッタ、貴女何を言ってらっしゃるの？　貴女はユーリスが好きなんでしょう？　図書館で二人っきりでデートをしているじゃない」

「デート？　なんのこと？」

マリエッタがすっとぼける。

「ユーリス、貴方もなんとかおっしゃい！　二人で仲よく図書館デートをしていらしたわよね」

「ああ、あれ？　別にデートじゃないよ」

「へ？　でも……」

「ふふ、ブランカ様ったらうっかりさん！　あれはね、私の宿題をユーリスに手伝ってもらっていただけなの」

「は？　宿題？」

「ええ、読書感想文。でも、本を読んだだけで眠くなってしまう私には無理！」

「無理って、マリエッタ……」

「そう。だからどうしてもって頼まれて、マリエッタが持ってきた本のあらすじや簡単な内容なんかを僕が説明していたんだ」

「ですが、図書館にずっと通っていると」

「だって〜。高等部に入ってからブランカ様が手伝ってくださらなくなってしまったんだもの。宿題が溜まりに溜まって担当の先生に呼び出され『このままだと中等部に戻すぞ！』って言われたから焦《あせ》ったの。ブランカ様は話しかけても上《うわ》の空で、無理みたいだったし……」

「だからって、なぜユーリス？」

「いっつも本を抱えているから得意かなぁって」

そんな！　二人は相思相愛ではないの？　ルート分岐はまだで、ハッピーエンドにはほど遠いってこと？

「でも、ユーリスのおかげでいろんな本のあらすじには詳しくなったわ。『あらすじだけで感想文を書きなさい』って言われたら、この学園ではきっと私が一番ね！」

マリエッタ、そんな授業ないから。それに結局、貴女全然本を読んでいないわね？

ガッカリして熱がぶり返しそうだ。なんだか気分も悪くなってきた。

「あら？　ブランカ様、顔色が悪いわ。じゃあちょっとだけ癒《いや》しの魔法を使っておきますね」

そう言ってマリエッタが優しく私の手を握ってくれる。

まったく……貴女のせいで私は悪役令嬢になれないじゃない。いつだって優しい貴女を憎めない。

次に目を覚ました時には、カイルが横にいた。

「ブランカ。治ったら君にお願いしたいことがある。あのね、私は去年十六をすぎて成人しているから、今後公式行事が増えるんだ。君に決まった相手がいないのなら、私のパートナーになってくれないかな？」

突然何を言い出すのだろう？　王族の公式行事に随行するのは配偶者か婚約者だ。

もしかして、マリエッタがカイルのルートに入ったの⁉　だったらカイルと婚約しておいたほうがいいのよね？

「カイル様の想い人は……彼女は、それでよろしいのでしょうか？」

「さあ？　嫌なら自分から言うと思うけれど？」

あ、やっぱりいたんだ。もちろんマリエッタよね。

「つかぬことをお伺いしますが、カイル様は一学年下の『特進魔法科』の子がお好きなのですよね？」

「ああ。そんなにわかりやすかったかな」

カイルが苦笑する。

「昔からよく知る可愛い子？」

「可愛いというより、最近はすごく綺麗になったかな」

「もしかして、どなたかにとられそうになって、焦《あせ》っていらっしゃるのですか？」

「そうだね。彼が戻った以上、油断はできない」

いつものことだが、イマイチ会話が噛《か》み合わない。ユーリスが教室に戻ったからといって何があるとも思えないし、彼はマリエッタの宿題に付き合わされただけだ。まだ恋人ではない。

なんだか変だけど、ひょっとすると、シナリオ通りにブランカが邪魔をしないと先に進まないのかもしれない。

「そうなのですね。そういうことでしたら、お任せください。わたくし、カイル様のよきパートナーとしてお二人を応援しましてよ！」

リュークのことがちらりと頭を掠《かす》めたけれど、振り払う。『プリマリ』通りでなければいけない。

きっと本当なら、私はカイルの婚約者でなければいけないのだ。リュークを気にしてはダメ。

「ブランカ……まさかまた、勘違いをしている？」

「いいえ？」

変なカイル。でも、ストーリーを知らないはずなのに、ちゃんと悪役令嬢に邪魔を頼んでくるのは、さすがだ。どう動けばよいのかよくわかっている。

これでハッピーエンドに向かう。カイルとマリエッタが幸せになれば丸く収まる。

そうなれば、リュークの記憶も元に戻るかもしれない……

「君の考えていることとは違うような気がするけれど、了解してくれて嬉しいよ。大切にするからね」

「え？　……ええ」

私は悪役令嬢として、カイルのパートナーを引き受けることにした。

マリエッタとカイルとの仲が上手くいくように、今度こそ一生懸命邪魔《おうえん》しなければ！

この世界で新緑の月と呼ばれる五月も末となると、私はカイル王子のパートナーとしていろいろなところに連れ回されるようになった。出席するのは彼の公務の三分の一にも満たないけれど、それでも大変だ。

「『様』はいらない、『カイル』と呼んで。ああ、君にならセカンドネームの『ブロード』と呼ばれても構わない」

そう言われた時にはさすがに焦《あせ》った。

この国ではファーストネームよりもセカンドネームのほうに重きをおいていて、家族や恋人、ごく親しい者にしかその名を呼ばせない。

私は当然、謹《つつし》んでご辞退申し上げた。そんなの、マリエッタに呼んでもらえばいいでしょうに！

結局、「カイル」と呼んでいる。彼は仲のよい男友達にはカイルと敬称なしで呼ぶことを許しているから、私にも同じ感覚でいるのだろう。あるいは、マリエッタに嫉妬《しっと》させるためかもしれない。

お茶会や夜会に出席し、彼の隣に張りついて作り笑いをするのにも慣れてきた。

それに時々は楽しい出来事もある。学校と孤児院の訪問だ。

貧しい家の魔力のない子供が通う王立学校に行くと、熱烈に歓迎された。

それには理由がある。リュークの生家バルディス公爵家と私の父バレリー侯爵がたくさん寄付をしているからだ。

とある学校では校舎に両家の名前が刻んであった。その銅のプレートに手を伸ばし、指でそっとなぞってみる。

バルディスとバレリー。

この家は昔から仲がよかった。私達の親が「大きくなったら互いの子供が一緒になってくれればいいね」と望みを抱くほどに。

けれど今、その願いは夢と消えた。

彼は私のことをいまだに思い出さず、それどころか偶然会っても冷たい。最近では私の姿を視界に入れようものなら、首元に手を当ててそそくさと逃げる。

リュークが記憶を失くさなくても、いずれはこうなる運命だったのかもしれない。私達のせいで両家が疎遠にならないよう切に願った。

また今日も、王都の端にある孤児院に行き、就学前の子供達と触れ合うことになっている。カイルが院長達と大事な話をする間、私は子供達と遊んで待つことになった。

小さな庭に出て、木登りをする男の子に負けじと枝をよじ登る。療養中によく林檎《りんご》の樹に登っていたので、木登りは得意だ。

外出用の簡素なドレスは枝に引っかかるけれど、重くて動けないほどではない。

木の上で感じる風は気持ちがよかった。風になびく髪を押さえながら遠くを眺めていると、私の悩みなんてすべて吹き飛んでいくようだ。後から登ってきた小さな子達にも手を貸して、同じ景色を楽しむ。

その後、女の子達は私に宝物を見せてくれた。

古びた木の箱や錆《さ》びた缶の中に、小さな木の実や小石、落描きの絵が入っている。

木の実はいつか繋げてアクセサリーにするそうだ。

「将来、王子様と結婚する時に持っていくの」

子供達は想像の翼を広げて、まだ見ぬ未来を夢見ている。その表情はみんな無邪気で明るい。

その瞬間、ふと疑問が湧《わ》く。

――この世界は、本当に乙女ゲームの世界？

だって、彼らはストーリーに全く関係ない。マリエッタの人生にはなんの影響も与えない人達だ。

それなのに、きちんと一人一人に意思があり、生き生きと人生を楽しんでいる。

それに比べて私は何？　今この世界で、何をしているの？

ゲームの世界の悪役令嬢にこだわって、人の心の動きを見ていない。シナリオ通りにならないと不幸になると怯《おび》え、そのくせ自分ではなんの努力もしていない。結局すべてはヒロインのマリエッタ任せだ。

自分で勝手に壁を築いていた私。本当にこのままでいいのだろうか？

急に自分が恥ずかしくなった。

私はただ、甘えていただけ。ヒロインに頼り、この世界の人間として生きることをせずに、頑張っていると思い込んでいる。

だからリュークは私を忘れてしまったの？　自分の人生を自分で生きようとしない奴は、覚えているほどの価値もないと……。

「貴女達はとても偉いしすごいわね！」

私の言葉に得意げに笑う子供達の顔は、誇りに満ちていた。

「なら私も、お姉ちゃんのようなドレスが着られる？」

「白パンたくさん食べて、お姉ちゃんみたいに色白になれる？」

「私も、お姉ちゃんみたいに王子様と結婚できる？」

私はそれぞれに輝く子供達一人一人の頭を撫《な》でながら、丁寧に答えていく。

「そうね。たくさん遊んで勉強すれば、貴女ならどんなドレスを着ても、誰もが振り向くような淑女になれるわよ」

「私は白パンよりも黒パンが好きなの。好き嫌いをしなければ、元気で肌ツヤもよくなるわ」

「王子様と私はお友達なの。王子様には他に好きなお姫様がいるのよ。でもこれは内緒だから、秘密にしていてね」

口元に人差し指を当ててシーッというポーズをとる。

女の子達はいつでも、ここだけの話が大好きだ。盛り上がったところで、小さな女の子が綺麗な紙を私にプレゼントしてくれた。

「大事な宝物なのに、いいの？」

「お姉ちゃんだからいいの。あげる」

水玉模様のその紙がちょうど正方形に近い形だったので、私は鶴を折ってあげる。その子はとても喜んでくれた。

願いを込めた折り鶴。

この世界が、どうかずっと平和で優しい世界でありますように——

その後も次々にねだられて鶴を折っているところに、カイルが来た。

「随分楽しそうだけれど、そろそろ私のお姫様を連れて帰っていいかな？」

いつもなら登場と共に全年代の女性に喜ばれる王子様が、この時ばかりは文句を言われる。

「えぇ～、まだ連れてかないで～。大人なんだから一人で帰ればいいのに～」

「ダメよ。王子様にはお姫様でしょ？　違うお姫様がいるならそっちにすればいいのに」

「まだ途中だからお姉ちゃんは置いていって！　今度好きなお姫様と来てくださいっ」

さっきの内緒話を簡単にバラされて焦《あせ》る私に文句を言うでもなく、カイルは笑ってこう言った。

「だからこのお姫様を連れていくんだよ。君達さえよければ、またこのお姫様と来てもいいかな？」

「「「もちろん！」」」

カイルは私に気を遣ってくれたみたい。何にせよ子供達の笑顔が見られて、私はとても嬉しかった。

曇っていた私の目は覚め始める。

その日、帰りの馬車で、私はカイルに感謝を伝えた。私を見つめるカイルは、なぜか満足そうだった。


翌日、明日から隣の国メガイラの留学生がやってくると教室で伝えられた。リュークがイデアにいた頃に仲よくなった人物だと、カイルから聞いている。

留学生の噂は瞬《また》く間に広まり、誰もが楽しみにしていた。

この世界をゲームそのままだと信じていた頃なら、私も『イベント発生！』と騒いでいたかもしれない。だってさっき思い出したばかりだけれど、留学生として学園に来るのは、カイル王子を失脚させるために攻略対象達の弱点であるマリエッタを狙う刺客なのだ。

現実の留学生が刺客の可能性は低い。

リュークと仲がよかったのなら、きっとゲームとは異なり、頭がよくて好感の持てる人物に違いなかった。仲よくなれれば留学していた間のリュークの様子が聞けるかもと一瞬考え、少し落ち込む。本人にバレたら、嫌がられるのに。

この世界がゲームだろうと違うものだろうと、彼のことは忘れようと決めた。それなのに、なかなか忘れられない自分が嫌になる。

放課後、ぐずぐず悩みながら歩いていたら、いつの間にか噴水の前に出ていた。

暖かくなってきたとはいえ、また水の中に落っこちたらたまらない。

慌てて噴水から離れようとしていたら、講堂近くの教務課棟から歩いてくる人物が見えた。逆光で顔が見えないけれど、背が高くてスラッとしている。その人は、何を思ったのかこちらにどんどん近づいてきた。

私の目の前まで来た彼が、穏やかな表情で挨拶する。

「やあ、初めまして。綺麗な子がいると思ったから声をかけちゃったよ。君もここの生徒だね？　僕は明日からここで学ぶ……」

「――ダミアン」

思わず、口をついて出てしまった。

黒髪に金色の瞳、繊細な作りの顔立ち。均整の取れた体躯《たいく》は訓練の賜物《たまもの》だ。天使の笑顔で人を惑わすけれど、実際は悪魔。彼こそが、『プリマリ』の刺客！　どのルートでも攻略対象達の弱みとなるマリエッタを狙おうとする敵キャラだ。

「あれ？　名乗った覚えはないけどな……ああ、そうか。リュークから聞いたんだね。それなら君はリュークと親しいの？」

愛想よく話しかけてくるダミアンだが、目は笑っていない。私は彼から視線を逸《そ》らせないまま、ガタガタと震えた。頭の中がぐるぐるして、思考が上手く働かない。

この世界はゲーム……それとも違うの……どっち？

「いいえ」

「そう？　君じゃないのかな？　ああ、でも僕の話を聞いたってことは彼とは普通に話せるのか。じゃあ違うのかもね」

彼はブツブツと独り言を言っている。

帰国以来、私はリュークとまともに話したことはない。ダミアンという名前がわかったのはゲームの知識だ。もしも彼が『プリマリ』のキャラクター通りでも違っても、一刻も早くこの場を逃げ出したかった。それほど彼のまとう雰囲気は禍々《まがまが》しく、私は回らない頭で言葉を探す。

「ねぇ、君。僕ってそんなに魅力がない？　そんな反応されたの初めてなんだけど。なんだか自信なくすな」

ダミアンが艶々《つやつや》した自分の黒髪をかき上げながら聞いてくる。

確かに彼の容姿は魅力的だ。ゲームの中では女生徒を誘惑して、情報を聞き出すのが得意だった。今まで女性に拒絶されたことなどないに違いない。怯《おび》える私に疑問を感じているのだろう。

まさかいきなり殺される、なんてことはないよね？

「あ、いえ。あまりにも素敵なのでびっくりしてしまって――」

多分これが正解。ゲームの中の彼は、自分の容姿にかなりの自信を持っていたから。

ダミアンの魅力にクラッとしないのは、攻略対象の個別ルートに入っているマリエッタくらいだ。

「ふふ、そう。ありがとう。君は美人だから、時間ができたら特別に相手をしてあげてもいいよ」

ダミアンの金色の目が細まる。

私は彼の自尊心を汚さないよう、引きつりながらも一生懸命笑ってみせた。お願い、私のことはもう放っておいて!!

ダミアンが手を伸ばして私の顔に触れようとする。その瞬間、彼の背後から声が聞こえた。

「ああ、ここにいたのか。君が学園に挨拶に来たと先生方が教えてくれてね。久しぶりだな、会いたかったよ」

聞き覚えのあるよい声が響き、こちらに近づく足音がする。ダミアンは私に向かっていた手を止め、改めて自分を呼ぶリュークのほうに伸ばした。

リュークは一瞬私を見ると、邪魔だというような顔をする。

怖くてパタパタ逃げ帰る私の後ろで、二人の話し声が聞こえた。

リュークは大丈夫なのだろうか？

もしダミアンがゲーム通りの人物なら、今すぐ何かすることはないはずだけど。みんなの身に、特にマリエッタの身に危険が迫っている気がする。

どんなに笑顔を向けられても、彼の瞳は冷たかった。

でも、私は誰に相談すればいいのだろう？　ダミアンが隣国からの刺客かもしれないなんて、きっと信じてもらえない。

リュークの友人がマリエッタやみんなの命を狙っているなど、戯言《ざれごと》だと思われても仕方がない。それに、本当にゲームの通りなら彼はマリエッタに説得されて心を入れ替える。

どうすれば正しいのか。

ダミアンの冷たい目がとても不吉に感じられ、私は不安でたまらなかった。

私を信じてくれて、一番頼りになるのは誰だろう。

できれば彼に相談したい。彼は私を忘れて遠ざけているけれど……

私はダミアンに見つからないよう、リュークに会いに行こうと決意した。

リュークがいるのは男子寮。そう簡単に忍び込めるものではない。

「誰にも見つからないように男子寮に行って、戻ってくるにはどうしたらいいのかな……」

ゲームの中で、マリエッタが男装していたのを思い出す。

私は外出用の帽子を目深《まぶか》に被り、目立つ色の髪を隠した。胸も布を巻いてしっかり潰したので、ちゃんと男子に見えるはずだ。

リュークの部屋はすぐにわかった。女子寮と同じく、ネームプレートが扉近くに表示されているのだ。しかも個室なので、大事な話が誰かに聞かれる心配はない。

問題は、部屋に入れてもらえるかということだ。

ここまでは誰にも見つからずに順調だった。緊張をほぐそうと大きく息を吸って、私は彼の部屋の扉をノックする。ノブを回す音に続いて扉が少し開いた瞬間、狭い隙間から滑るように部屋の中へ身体をねじ込ませた。

「お前、誰だ？」

リュークは部屋着に着替えていたものの、横になっていた気配はなかった。警戒して眉根を寄せ、注意深く私を見ている。

私は部屋の真ん中に立つと、正面から真っ直ぐリュークを見すえ、勢いよく帽子を取った。

「なっ！　ブランカ!!」

名前を呼ばれる。さすがに顔と名前は覚えてくれたようだ。

「こんな時間にどうしてここに？　何があった、大丈夫なのか？」

あれ？　リュークが優しい。まるで私をよく知る以前の彼みたい。

自分の声を気にしたのか、彼は再び扉を開け、廊下に人がいないことを確認する。そして、しっかり扉を閉めた。

「リューク、聞いてほしいの。あのね――」

早速話し出そうとする私を片手で制すると、彼は困ったように自分の髪をかき上げた。

「ブランカ、一応確認しておく。朝まで待てないほど緊急の用なんだな？」

私は頷《うなず》いた。当たり前だ。朝までに刺客かもしれないダミアンに誰かが殺されてしまったら困る。

「そうか。一応言っておくが、幼なじみとはいえ俺も男だ。わかっているな？」

再び頷《うなず》く。何を当たり前のことを。男子寮にいるんだから男に決まっているじゃない！　それよりも、今の言葉に引っかかりを覚えた。

「リューク、幼なじみって、今……貴方まさかっ!?」

私は鋭く息を呑む。

そんな、嘘でしょう？　タイミングよく彼が私のことを思い出してくれただなんて。

そう考えるのはさすがに楽観的？　でももしそうなら、すごく嬉しい！

失言したとでもいうふうに、リュークが口を思わず片手で隠す。彼は観念したように瞼《まぶた》を伏せると大きく息を吐き、水色の瞳を私に向けた。

「……黙っていて悪かった。少し前に俺は記憶のすべてを取り戻した。だけどある理由から、お前に真実を告げられなかったんだ」

「――やっぱり、私を嫌いになってしまったの？」

記憶がないと言われるのと嫌いと言われるのとでは、どちらがよりつらいだろう？

はっきり嫌いだと言い渡されるのが怖くて、私は爪が深く食い込むのも構わずに、手のひらをギュッと握り締めた。

「そんな顔をさせてしまうなんて……俺はお前を相当傷つけていたんだな」

リュークは長い指で私の顎《あご》を捉え、距離を縮めてくる。

久々に近くで見る幼なじみの端整な顔に、私の心臓がドキドキとうるさいくらいに音を立てた。

「ブランカ、すまなかった。だが俺は、記憶を失くしていた間もお前を嫌ったりはしていない。むしろお前に惹かれていく自分の気持ちが怖かった」

「リューク、それって……」

私を嫌っているどころか、「好き」と言っているように聞こえる――

「じゃあなんで、なんで記憶が戻ったことをすぐに私に教えてくれなかったの？」

貴方が事故に遭ってから、私がどれほど回復を願っていたと思う？　貴方に忘れられた私が、冷たくされたり無視されたりして、今までどんな気持ちでいたと思う？　貴方を諦め忘れようとした私が、どれだけ努力をしていたと思うの？

溜まりに溜まった悲しみが、一気に胸に押し寄せる。

「大切だからこそ、伝えられなかった。そうすることで俺は、お前を守れると思っていた」

その切ない表情と訴えかけるような水色の瞳に、私は彼の真実を見た気がした。真剣に話す時の声、その聞き覚えのある声色。

私のよく知るリュークは、わけもなくひどいことをする人ではない。私を守ろうとしたというのはきっと本当で、彼なりの切実な理由があるのだ。

こぼれそうになる涙を我慢して先を促《うなが》す。

彼は目の縁に溜まった私の涙を親指で拭《ぬぐ》うと、掠《かす》れた声で語り始めた。

「こうなってしまったからには、お前に真実を話そうと思う。聞いたらひどく驚くはずだし、信じられないかもしれない。――ああでもブランカ。その前に少しだけ、お前に触れさせてくれ……」

「え？」

突然引き寄せられると、息をするのも苦しいくらい強く抱きしめられた。彼の唇は私の髪に当たっている。互いの鼓動が聞こえるほど密着し、息が詰まった。

「ブランカ……」

囁《ささや》く掠《かす》れた低い声。

私は彼の肩に顔をうずめながらおずおずと背中に手を回し、抱きしめ返す。前よりも広くなった背中は、妙に頼もしい。

「リューク……」

懐《なつ》かしい彼の香りがする。

やっと思い出してくれたのね。ようやく帰ってきてくれた。

そこでふと、我に返る。今はこんなことをしている場合ではないのだ。私はリュークの腕から逃れ、一気にまくし立てた。

「リューク、まずは貴方の話を聞かせて。もしかしたら、ダミアンに関すること？」

「そうだけど、どうしてわかった？　まさか、彼のことが気になっていると言い出すんじゃないだろうな？」

ああ、変わっていない。私のよく知るいつものリュークだ。すぐにやきもちを焼く懐《なつ》かしい姿に、私の顔は自然と綻《ほころ》んだ。

そんな私に、彼が留学の真の目的を明かす。

イデアで親友だと思っていたダミアンが、カイルを陥《おとしい》れる派閥の人物だったとライオネルが調べてきたことや、ダミアンに心を許していたリュークが、彼に詳しい帰国スケジュールを伝えていたことも。

「リューク、だったら貴方の事故は……」

「ああ。計画的なものだと考えている。もしかしたら、記憶のことも……。だから俺はお前を巻き添えにする可能性が高いと思い、あえて突き放したんだ」

「それはないわ！　もしカイル様を王太子争いから蹴落とそうとしているのなら、次に狙われるのはマリエッタだもの」

「なぜそう言い切れる？　それよりお前は今の俺の話を信じるのか？」

「ええ、もちろん！」

「どうして？　ダミアンのことをよく知らないお前が、なぜ？」

眉間に皺《しわ》を寄せる彼は、私が適当なことを言っているのではないかと疑っているような感じだ。

「――ねえ、リューク。謝らなければならないのは私のほうなの。私は貴方達にずっと秘密にしていたことがある。それを今すぐ誰かに話してなんとかしないといけないから……私は貴方に会いに来たの。貴方ならきっと、私の話を信じていい方法を考え出してくれる。だからお願い、私の話を聞いて」

私はリュークの腕に縋《すが》りつき、必死に訴えた。

「ブランカ。お前の頼みを、俺が断るわけがないだろう？」

そう言ってくれた彼の言葉に力を得て、私は転生者であることと、『プリマリ』のストーリーを話した。特に、刺客かもしれないダミアンのことを詳しく語る。

――ダミアンはメガイラの前国王が侍女に生ませた子で、王族でありながら疎《うと》まれて育った。そのせいで『革新派』と繋がり、王家の転覆を狙っている。その関係で我が国の第一王子に頼まれ、カイルを王太子争いから脱落させるために、カイルや彼の側近の弱点であるマリエッタを狙うのだ。主に使用する武器はダガーで、闇魔法、特に『忘却の魔法』を得意としている――

「そんなことが!?」

「ええ。信じられないかもしれないけれど、ゲームのどのルートでも彼は出てきたの。そして、この国にとって重要になる人物の最愛の人であるマリエッタの命を狙っていた」

「確かに。『忘却の魔法』だと考えれば……俺はあいつにしか、お前のことを話していない。カイルを直接狙わずに、周辺の俺を狙ったのは誰かの入れ知恵だろう。だが、なぜお前の記憶を奪う必要がある？」

「さあ？　その辺は全くゲームには出てこないから……」

「ブランカ、狙われるのは俺達の最愛の人と言ったな？」

「ええ。それがどうしたの？」

「たとえばカイルの愛する人物がマリエッタではなかったとしたら？　別の誰かだとしたら？」

「……え？」

「狙われているのはお前だ、ブランカ」

「まさか。だって、カイル様もマリエッタが好きみたいよ？」

「バカな！　――いや、でもあいつの気持ちを俺が言って変に意識させてもよくない、のか？」

「何を小声でぶつぶつ言っているの？　変なリューク！」

私達は朝方までじっくり話し合った。こんな時なのに、私の心は安らかだ。私はもう一人じゃない。

「でもリューク、前世の記憶があるなんて気持ち悪いと思わないの？」

「なぜ？　転生してもしなくても、お前はお前だろう？　それより聞きたい。前世の記憶を思い出したのはいつ？」

「自宅で階段の手すりを滑って落っこちた時だから、五歳だったかな？　小さい頃、王宮内の図書館で会ったでしょう？　あの数週間前よ」

「ああ、それなら俺も覚えている。二人で議論したのは、確かあの時が最初だったな」

リュークが当時を思い出し、懐《なつ》かしそうに目を細めた。

「じゃあ、あの時本当は幾《いく》つだった？　転生前の記憶は何歳まであるんだ？」

それは私が一番触れられたくないところだ。転生前の二十四歳に今の十五歳を足しちゃったら、親よりも年上になっちゃう。

「ええっとぉ……大人」

「大人？　そうか、それならよかった」

「よかった？」

「ああ。俺は昔、お前と話すたびに、自分はなんてバカなんだろうと思った。追い越し認めてもらいたくて、ずっと頑張ってきたから」

知らなかった。小さなリュークにそんな悩みがあったなんて。

リュークは子供の頃から態度が大きかったし頭がよかったから、私に対してコンプレックスを抱いていたなんて、気がつかなかった。

「ところでブランカ。ダミアンに狙われているのがお前だとしたら……お前はどうしたい？」

「私？　私はやっぱり、狙われているのは超絶美少女のマリエッタだと思うけれど……。でもそうねぇ。この世界はゲームなんかじゃないもの、ひどいことが起こる前にダミアンを止める方法がきっとあるはずよ。だから私は、ここでみんなを助けたい！」

「危険だから、俺としては実家の侯爵家に戻って当分大人しくしておいてほしいんだが」

「こんな時、大人しくできるはずがないのは、幼なじみの貴方ならよく知っているでしょう？」

「困った奴だな。でも、一つだけ約束してくれ。決して自ら危険に飛び込もうとしないこと」

「あら、もちろんよ。でないと誰のハッピーエンドも見られなくなるものね？」

リュークの言葉に茶化すように答えると、ため息をつかれてすごく心配そうな顔をされてしまった。こんな顔をさせたいわけではなかったのに……

彼の頬に手を伸ばし、不安に翳《かげ》る水色の瞳を覗き込む。

ああ、そうか。私はまだ、彼に言っていなかった言葉がある——

「……おかえりなさい、リューク」

私は笑うと子供の頃のようにリュークを優しく抱きしめた。

「……ただいま、ブランカ」

私の髪に顔をうずめた彼は、少しだけ震えているようだった。


紫花《しか》の月と呼ばれる六月に入った今日、隣国メガイラの首都イデアから来た留学生が正式に紹介された。黒髪に金色の瞳で均整のとれた体型のダミアンは、美しすぎる容貌と上品な物腰で男女問わずみんなの注目の的となる。

リュークとの話からこの世界がゲームでなくとも、彼が刺客であることはほぼ間違いないだろう。

私は対策として、今朝早くルルー先生に『魔封じ』を解いてもらった。

絶対に人の心を意のままに操《あやつ》ろうとしないことは誓っている。

何かあった時、唯一の魔法の『魅了《チャーム》』で一瞬でも、彼の動きを封じたいだけだ。

先生は私にこう言ってくれた。

「そうか。君は自分で選んだ人生を進もうとしているんだね。少し寂しい気もするが、望み通り解除してあげるよ」

先生は私の肩の魔法陣を消した後、以前のように優しくキスを落とした。

「君になら、もっと頼られてもよかったんだけどね。くれぐれも危険な真似はしないように。何かあれば私を呼び出してくれて構わない。私は誰の味方もするつもりはないが、君だけは例外にしてあげてもいいよ」

「ふふ。先生、元教え子だからって甘すぎですよ。でも、ありがとうございます。そう言っていただけると心強いです。先生ってまるで私のお父さんみたいですね」

私がそう言うと、先生はなんとも言えない満足そうな顔をした。

「小さい頃から知っている君に、父親だと思ってもらえるなら光栄だ」

その笑顔に私も嬉しくなった。

留学生の歓迎レセプションパーティーが講堂で行われることになった。

来賓《らいひん》で第一王子のラウルも来る。ラウルはカイルと似た鼻筋の通った端整な容貌で、緑の瞳を持ち、少しだけ垂れた目元には泣きぼくろがあった。金色の長い髪は後ろで一つに結んでいて、物腰はとても優雅だ。

私は黙って彼を見つめた。

ゲームのストーリー通りなら、ダミアンはラウルに頼まれ、マリエッタを拉致《らち》する。もちろん、そのルートのヒーローが助けに来て事《こと》なきを得るのだが、現実ではどうなるかわからない。

逆にダミアンが留学生として真面目に勉学に励む可能性もあるにはある。そうであればいいけれど。

留学生歓迎のパーティーが始まった。

リュークからは『念のため、俺には近づかないように』と言われていたし、混雑に巻き込まれるのは嫌なので、私は早々に壁の花になる。

ちなみに本日のマリエッタの装《よそお》いは、可愛らしいピンクと白のドレス。レースにキラキラした花の形の装飾がついていて、とても愛らしい。ふわふわの金髪にはドレスと同じ生地の大きなリボン。絵本から抜け出た本物のお姫様のようで、うっとりしてしまう。

私はクリーム色のロングドレス。アクセサリーも少なく、極力目立たないよう地味なデザインを選んだ。

会場は人であふれかえっているが、我が国の両王子が参加しているので、警備に抜かりはない。

開始直後、「マリエッタは僕が見ておくから」と言って、ユーリスがマリエッタを連れていった。

微笑んで嬉しそうにユーリスの手を取るマリエッタの姿は可愛らしい。

カイルもリュークもライオネルもダンスの誘いが途切れないようだ。ジュリアンも相変わらず上級生のお姉様方にちやほやされている。

ダミアンのことは、リュークを通して一応みんなに警告してあった。

私にも一人、護衛をつけてもらっている。

ダミアンは相当人気なようで、休む間もなく踊っていた。今はうっとり顔のセレスティナが相手だ。

何事も起こる気配がなく、私は胸を撫《な》で下ろす。食事でもしようかと、移動する。

そこへ、さりげなく私の横に来た人物が話しかけてきた。

「ねえ、君は踊らないの？　さっきからチラチラ僕を見ているようだけど」

ダミアン！　さっきまで踊っていたはずなのに……

私は即座に、断りの言葉を口にする。

「……ごめんなさい。つい目が引き寄せられてしまって……。でも、勝手に踊ると彼がものすごく怒るので遠慮しますわ！　ダミアン様こそ、こちらにいらしてよいのですか？」

とっさに嘘をつく。

「僕？　僕は疲れたんでちょっと休憩しようと思って。そうしたら、君がここにいたから……彼が嫉妬《しっと》深くなる気持ち、わかるよ。君はすごく綺麗だもんね」

イケメンは口説き文句もイケメンだ。

「お上手ですのね。でも、残念ですがわたくし、用事がありますの。失礼させていただきますわ」

一刻も早くこの場を離れたくて、私はダミアンに背を向けた。

「ちょっと待って！」

彼が私の手首を掴《つか》む。目の端で、近くにいたカイルの護衛が動くのが見えた。

「ごめんね。でも、あとちょっとだけ。君、名前は？　それに、もし知っているのなら教えてほしい。リュークの好きな人、もしくは第二王子カイルの最愛の人の話を聞いたことはない？」

やっぱりそう来たか！

急激に顔から血の気が引いていく。やはりダミアンはマリエッタを狙っている。

ダミアンがゲームのストーリー通りに動くなら、次はカイルの最愛の人が危ない。

カイルとマリエッタにすぐに警告しないと！

「存じません。わたくし、本当に急いでますの」

適当に挨拶を済ませ、ホールの外へ向かう。その後ろをカイルの護衛がついてきた。

控え室の長椅子に座り、両手を握ってカタカタと震える身体を落ちつかせる。

パートナーの仕事を引き受けて以来、カイルがつけてくれた護衛が、私の様子を心配そうに見ていた。

リュークの馬車の事故は絶対ダミアンのせいだ！　彼がカイルと親しいことは有名だからマークしていたに違いない。彼が変な記憶の失くし方をしたのも、ダミアンの魔法だと思われる。

そう考えると余計に怖くて、私は自分の身体に両腕を回す。

「大丈夫ですか？　誰か呼びましょうか？」

「カイル王子を呼んでいただける？　話したいことがあると至急連絡を取ってほしいの」

「わかりました」

本来なら、私が王子を呼び出すなんていけないことだ。けれど今は緊急事態！

しばらくして、カイルが控え室に入ってきた。金色の装飾がついた濃い緑色のコートとトラウザーズ、真っ白なシャツがすごく似合っている。

「ブランカ、ごめん。なかなか抜け出せなくて」

「わたくしこそ急にごめんなさい。でも、急ぎの用事ですし、会場で話をすると危険だと思いましたので……」

長椅子から立ち上がり、出迎える。カイルはわかってくれていた。

「ああ、そうだね。ただ、悪いけどあまり長く外してはいられないんだ。なるべく手短にね」

確かに目立つ存在のカイルが会場になかなか戻らないのでは、怪しまれる。カイルと私は、立ったまま向かい合った。

「はい。ダミアンの狙いがわかりました。狙いは貴方です！」

「兄上が絡んでいる以上、そのことは覚悟しているよ？」

「いえ、本当にお話ししたいのはここからです。わたくしが『転生者』でこの後の展開を見たことがある、というのはリュークから聞いてくださいましたよね？」

頷《うなず》くカイルを見て、私は先を続けた。

「ダミアンは貴方を直接狙うようなことはしません。ですがこの国にとって大切な貴方にダメージを与えるため、周りを次々消そうとします。先ほどわたくしはダミアンに貴方の最愛の人は誰かと聞かれました。マリエッタが狙われているのです！」

私は断言した。彼は一瞬呆気に取られた後、元の表情に戻る。

「オルト、外して。私が出るまでこの部屋には誰も入れないように」

護衛はこちらに向かって一礼すると、カイルの指示に従った。

私はカイルに手を取られて、長椅子に座るように促《うなが》される。カイルも私と向かい合って座るが、なぜか手は握られたままだ。

「ねえ、ブランカ。私はこれ以上ないくらい、わかりやすく振る舞ってきたつもりなんだけど……」

こんな時だというのに、カイルは何が言いたいんだろう？　私は首を少し傾げて彼の次の言葉を待つ。

「君に何度も言ったよね？　リュークなんかやめて私に乗り換える気はないかって。泣くための肩なら貸すと言ったし、セカンドネームを呼ぶことも許した。公式のパートナーまでお願いしている」

「ええ、本当にお世話になっています。わたくしの気を紛らわせてくださったり、優しい言葉をくださったり。仮初《かりそ》めのパートナーは楽しいですし、随分力をもらいました」

ちゃんとお礼を言ったのに、カイルは綺麗な顔を歪めて悲しそうにため息をつく。

「やっぱり伝わっていなかったのか。——ねえ、ブランカ。その全部が本気だとしたら？」

「本気？　だって、一学年下の『特進魔法科』の子がお好きって……」

「そうだね。編入してきた時は嬉しかった」

「昔からよく知る可愛い子って……」

「可愛いというより最近はすごく綺麗になった、と言ったはずだ」

「カイル、それってまるで……」

聞き間違いでなければ、私の勘違いでなければ、彼の好きな人って……

私は目を見開き、カイルを凝視する。

「ああ、ようやくわかってくれたみたいだね。私の最愛の人は君だよ、ブランカ」

「……え？　えええええー!!」

カイルの口から出た言葉にびっくりして、ショックのあまり固まってしまう。

「私の好きな人はずっと君だよ？　リュークに譲るつもりはないし、私の気持ちは変えられない。そのせいで君が狙われているのなら対策を考えよう。護衛を増やしてもいいし、君を一旦侯爵家に戻してもいい。返事はゆっくりでいいから、私とのことを真剣に考えてほしい」

カイルは私の手をそっと持ち上げ手の甲に口づける。そして、呆然としたままの私をその場に残し、会場へ戻った。

カイルったら、どうして突然あんなことを？

信じられないけれど、今までの笑顔と優しさの意味を知り、苦しくなる。

でも、私はリュークが好き。

カイルに告白されたことを、彼にどう伝えればいいのだろう。

私は考え事をしながら、早めに自分の部屋に戻ろうと歩いていた。

講堂を出てしばらく行き、寮まであと少しというところで物音を聞く。

「……え？」

振り向くと、背後にいたはずの護衛が倒れている。

すぐ近くに見えたのは、暗闇に光る金色の瞳。赤い唇に浮かぶのは、邪悪な笑みだ。

金糸の刺繍《ししゅう》が入った黒のコートをまとい月を背に立つ彼は、とても美しい。

「……ダミアン！」

「やあ、また会えたね？　大丈夫、彼には少し眠ってもらっただけだから。手荒なことはしたくなかったけど、こうでもしないと君には近づけそうにないからね」

驚きのあまり目を瞠《みは》る。彼はホールで、女生徒達に囲まれていたはずだ。

私は倒れた護衛の様子を確かめようとするが、ダミアンに腕を掴《つか》まれる。

「なんの用ですか？　幾《いく》ら王族でも、していいことと悪いことがありますよ！」

「僕が王族だってリュークから聞いたの？　ねえ、彼と君はどんな関係？　彼はとっても用心深く、愛する人の名前はとうとう教えてくれなかった。散々のろけられたけど——い、い、君がその人？」

リュークがダミアンと親しくしていたというのは、どうやら本当らしい。

「な、なんのことでしょう？　おっしゃってる意味がよくわからないのですが……」

妖しく光る金色の瞳に捉われないように目を逸《そ》らす。腕を掴《つか》まれたまま、美しすぎる顔に見下ろされ、恐怖しか感じられなかった。

「僕を怒らせていいの？　リュークの好きな人が君なのか、聞いているだけなんだけど」

だからなんで！　それに何をするつもり？　第一私はまだ、戻ってきたリュークに好きだと言われていない。

複雑な表情でダミアンを見つめる。

「わたくしは……」

「ああ、ダミアン。こんなところにいたのか。なんだこれは！　いったい、何があった？」

タイミングよく、紺色の上着を着たリュークが駆けつけてきた。急いでいたのか、水色の髪が汗で額《ひたい》に貼りついている。彼は倒れているカイルの護衛を助け起こしながら聞いてきた。

「さあ？　ちょうど今、僕も彼女にそれを問い詰めていたんだ」

「なっ！」

よくもまあ、ぬけぬけとそんな大嘘を！

リュークが護衛の状態を手早く調べている間、ダミアンが金色の瞳を私に向けてきた。力を込めて見つめられる。

もしやこれが『忘却の魔法』？　今までのやり取りを忘れさせせようというわけね。

明確な意思を持って私も負けずに睨《にら》み返した。ダミアンが目を丸くする。

私達の間の緊張を断ち切るかのように、護衛を調べていたリュークが立ち上がった。

「息もしているし身体に異常は見られないようだ。念のため医務室に連れていきたい。ダミアン、俺が行くから手伝い頼めるか？」

え？　リューク、それだと貴方が危なくなるんじゃないの？

思わず身じろぎした私に向かってリュークが一言。

「君は？　ああ、一年の。どういう事情かはわからないが、大の男を連れ出して気絶させるとはね。取りあえず講堂に戻るように。後日呼び出すから覚悟しておきなさい」

リュークは私とただの顔見知りのフリをした。

リュークを心配しつつも、私は彼らに背を向けて講堂へ戻った。

レセプションパーティー以降、ダミアンが何かすることはなく、穏やかな日が続いている。

もしかして、彼はただ単に友人の恋人が誰か知りたかっただけじゃないのか、と思うくらいだ。

けれどカイルに告白されて以降、私につく護衛の数は増やされている。ダミアンに狙われるかもしれないと、カイルが心配しているせいだ。

王家の護衛が常に側《そば》にいるため『カイル王子の婚約者』という噂が一人歩きして、学園のみんなからも注目されてしまっている。

返事はゆっくりでいいと言われているけれど、早急にカイルに断らないといけない。

ちなみに、リュークからはなんの音沙汰もなし。マリエッタは最近ユーリスとのデートで忙しいらしく、今日もうきうきと待ち合わせ場所の図書館へ出かけていった。

二人が仲よくなるのは嬉しいが、今はそんな時ではないのに……

そんなある日、私はカイルを探して魔法塔を訪ねた。

このところ、ずっと姿を見せなかった彼が、そこにいると聞いたのだ。

けれど二階を探していた時、『闇』の談話室から出てきたのは、ダミアンだった！

目が合った瞬間、緊張が走る。

ダミアンはシャツの前をはだけさせ、上着を肩に羽織っただけの格好だった。黒髪も乱れ唇が濡れたように赤いから、今まで何をしていたのか一目瞭然《いちもくりょうぜん》だ。両側に女生徒を侍《はべ》らせて、変な空気を醸《かも》し出している。

「やあ、君とはよくよく縁があるね。もしかして僕を追いかけてきたの？　相手をしてあげたいけど今日はこの後約束があるし、カイル王子に悪いから。また気が向いた時に遊んであげるね」

ダミアンは一方的に別れを告げて行ってしまった。

ほっとすると同時にイラッとする。

顔をしかめてつっ立っていると、もう一人、生徒が出てきた。私は、びっくりして思わず息を呑む。

リューク!!

リュークも私に気づき、目を瞠《みは》った後、ごまかすように髪をかき上げ眉根を寄せた。

彼はダミアンよりはまともなものの、上着もシャツも着崩れている。そして、首にはしっかりと口紅の跡がついていた。

なんなの、これは!?

私に心配をかけておいて、自分はちゃっかりダミアンと遊んでいるわけ？　自分が彼に殺されかけたのを忘れているわけではないでしょうね。

驚きと怒りのあまり涙目になりながら、私は両手を握り締めた。

私だけを好きでいてくれるって思うなんて、私ったらバカみたい！

彼を睨《にら》みつけ、唇を噛《か》みしめて涙を我慢する。

リュークは困ったような色をその瞳に宿し、すれ違いざま私の耳にサッと唇を寄せた。

「信じて……」

この状況で何を信じろと？

ショックと怒りで震えたまま、私はリュークの背中を思いっきり睨《にら》みつける。

「リューク遅いよ。どうかした？」

「いや、別に何も」

一階から聞こえたダミアンとリュークの声が、徐々に遠ざかる。

私は自分の気持ちのやり場を求めて、駆け出した。気がつけば魔法塔を出て、ガゼボにいる。涙がいつの間にか頬を濡らし、周りの景色がボヤけて見えた。

ここはリュークに告白された思い出の場所だ。中等部の頃、『ずっと好きだった』と言われて、私も彼に想いを返した場所。

ベンチに腰かけて、池を眺めた。ゆっくりと息を吐き出し、冷静に今の出来事を考える。

彼は「信じて」と言った。それはどういうことだろうか。何か思惑《おもわく》があって、ダミアンと共にいたとか？

考え込んでいるとふいに足音がして、カイルが姿を現した。護衛の誰かが知らせたのだろう。

彼は私の隣に腰を下ろす。

「君が独りで泣いていると聞いて……」

「そんなことのために、わざわざ？」

「言っただろう？　泣きたい時には肩を貸すって」

その優しさに思わず微笑んでしまう。小さな頃からカイルは変わらず、紳士でとても優しい。

「いいえ、カイル。せっかくのお申し出ですが、遠慮させていただきます。もう大丈夫ですわ。ご心配いただいて、ありがとうございます」

涙は止まっている。私はリュークを、信じようと決めていた。

「カイル様、聞いていただきたいことがあるのです」

「この前の返事かな？」

私は頷《うなず》いた。元々、そのために彼を探していたのだ。

「ゆっくりでいいと言ったのに。もう、君は選んでしまったんだね？」

「はい。わたくしはやっぱり、リュークが好きです。彼を信じ、隣にいたいと思います」

カイルはこの国の第二王子で、中途半端な気持ちでお付き合いをしていい人ではない。私を好きだと言ってくれた優しいカイル。同じ気持ちを返せないなら、きちんと断らなければならないのだ。

「そう。参考までに聞いておきたいんだけど……。ブランカ、私といるのは嫌だった？全く好きにはなれなかった？　公務もそんなにつまらなかったかな」

「いいえ。カイルは素敵で優しくて、わたくしにはもったいない人です。パートナーとしていろいろな場所を訪ねるのも、やり甲斐《がい》があり勉強になりました」

「じゃあ、リュークに比べて、私はそんなに魅力がない？」

「まさか！　そうではありません。ただ彼とわたくしには、特別な絆《きずな》があるんです。好みも考え方もよく似ていて、離れている間も身近に感じていました。彼に忘れられていても諦められないほどに」

「……残念だ。君にそこまで想ってもらえるリュークが羨《うらや》ましいな。私も君達のような、本物の恋がしてみたかった」

「そんな……」

カイルにはそう言ったものの、もしかしたらリュークとの絆《きずな》なんて私の一方的な思い込みかもしれない。ただ、彼を信じると決めた瞬間、不思議と自信が湧《わ》いてきた。

「仕方ないね。そこまで言われたら諦めるしかなさそうだ。ああ、一ついいことを教えてあげよう。リュークがダミアンの側《そば》にいるのは、私が頼んだからなんだ」

「だったら、さっきのは……」

「君が何を見たのかは大体想像がつくけれど、彼が進んでダミアンと行動を共にしているわけではないと信じてあげてほしい。もっとも、君はもう彼を信じると決めていたようだけどね？」

私を面白そうに見ていたカイルは、思い出したようにこう告げた。

「ああそれから。君に一つだけ、頼みたいことがあるんだ――」

私はカイルに婚約式を挙げてほしいと頼まれた。二ヶ月後の彼の誕生日に、どうしても婚約式をしなければいけない事情があるらしい。そして、その日程が公表された数日後のこと。私は寮のベッドを飛び起きた。

まだ真夜中だが、変な匂いがする。気のせいではなく、確かに焦《こ》げた匂いがするのだ。

二階にある自分の部屋の窓を開けると、中に煙が入ってきた。私は同室の子を叩き起こす。

「な、何、ブランカ。何があったの？」

「多分、火事だと思う。火元は一階よ。わたくしは三階を確認してくるから、貴女は避難して!!」

どうやら一階端の備品倉庫から火の手が上がっているようだ。

私は一人で三階に行く。まだ煙はここまで来ていないけど、全員避難したほうがいい。

「みんな火事よ！　起きて！　外に出ましょう」

走りながら大声で叫ぶ。

「バレリー様だわ。どうされたの？」

みんな、ぱらぱらと起き出してきた。

「上に何か着て、急いでね！」

かけつけてきた護衛に彼女達の誘導をお任せする。

ドゴォ〜〜ン!!

嫌な感じの音がした。私は全部屋に声をかけ、急いで一階に下りる。出口近くで、目の前を人影が走り去った。

私はその人影に見覚えがあったため、慌てて追いかける。

煙の中に見えるのは、背の高い黒い影。その手は何かを横抱きにしているようだ。

「ダミアン！　なぜここに。それにその女性《ひと》は？」

「君はよくよく僕の邪魔をするのが好きらしいね、カイルの側《そば》で大人しくしていればいいものを。生憎《あいにく》だけど君に構ってる暇はないんだ。リュークの彼女をもてなさなければいけないのでね」

確かに「彼女」と聞こえた。

見れば、ダミアンにお姫様抱っこをされた女性は茶色い髪をしていて、どうやら熟睡している。向こう側を向いているので、顔はよく見えない。この人がリュークの彼女？

それはダミアンの勘違いだろう。

「残念ね、ダミアン。きっと人違いよ。彼女をこちらに渡して！」

「でも、本人がそう言っていたんだ。以前君はリュークの好きな人を知らないと言ったよね？　君の言葉は信用できない。彼女は僕が連れていく」

煙が回ってきたので目と喉が痛い。女性はまだ寝たままだし、長く話している場合ではなかった。

さすがのダミアンも火事の中で、何かしたりはしないに違いない。それに何か思惑《おもわく》があって、リューク達がダミアンに頼んだということも考えられる。

「それならダミアン、気をつけて」

そう声をかけ、私は護衛に付き添われて寮を脱出した。ついてきていないけれど、彼らはどこから逃げるのだろう。

外に出て見れば、魔法を使える人達が消火や救護に当たっている。

こんな時に私の魔法は役に立たないけれど、ライオネルやリューク、マリエッタは頑張っているみたいだ。

ボーッとしている暇はない。急いでみんなと合流しないと。

男子寮に被害はないようで、全員きちんとした格好をしている。その中にはカイルの姿もあった。

彼は私を見つけ、すぐに走り寄ってくる。

「ああブランカ、無事でよかった。心配したんだ。護衛だけが先に出てきた時にはどうしようかと思ったよ」

「ごめんなさい。わたくしがいろいろお願いしてしまったの。全員無事なのかしら？」

「女子には点呼を取るように言ってある。君も一旦合流して！」

「わかったわ。カイル、ありがとう」

点呼を取ると、何度確認しても一名足りないらしい。

「いらっしゃらないのは、どなたなの？」

「ええっと……ランドール侯爵令嬢セレスティナ様ですわ！」

私は悪い予感がした。

先ほどダミアンが抱えていたのは茶色い髪の女性だ。セレスティナも茶色い髪。顔は見えなかったけれど、ダミアンが連れていた女性はそういえば彼女に似ていたような気がする。

それに、彼女はこの煙と騒ぎの中で全く起きなかった。よく考えると、わざわざ横抱きにしなくても、起こして一緒に逃げればいいことよね？

嫌な予感はますます大きくなる。私は側《そば》にいた男子生徒達に聞いてみた。

「ねぇ貴方方《がた》、留学生のダミアンを見かけなかった？」

男の子達は顔を真っ赤にして首を横に振った。

「ブランカ、だ〜め！　ちゃんとした格好で外に出ないと。男はみんな狼なんだよ？」

狼から一番遠い、わんこのようなジュリアンが後ろから抱きついてくる。

彼は自分の上着を脱いで私に着せかけてくれた。そういえば、薄い夜着一枚だった。

「ねぇ、ジュリアン。セレスティナが行方不明なの。さっきダミアンと一緒にいたような気がするのだけど、心当たりはない？」

ジュリアンが眉間に皺《しわ》を寄せる。

「セレスティナとダミアン？　僕とユーリスは中等部だから、高等部のことはよくわからないんだ。でも待ってて、ちょっと聞いてくる！」

言うなり駆け出し、ちょうど消火活動から戻ってくる途中のリュークとライオネルの近くに行った。ジュリアンが話をすると、全員がこちらに向かって走ってくる。そしてリュークが口を開いた。

「ジュリアンから聞いた。どういうことだ？」

「セレスティナが行方不明だけど、彼女らしい人をダミアンが抱えているのを見たわ。ねえ、貴方がダミアンに頼んだのではなかったの？」

「いや、俺は知らない。彼らはまだ逃げてきていないのか？」

「わからない。でもダミアンはしっかりしていたから、火事からは逃げたと思う。二人がどこに行ったか心当たりはある？」

「ダミアンか――」

「おい」

リュークとライオネルは互いに目配せをした。二人がどこかに駆け出そうとしたのを私は止める。

「ちょっと待って！　ダミアンが言ってたの。『リュークの彼女をもてなさなければいけない』って。貴方、誰かを自分の彼女だと言った？」

「は？」

聞くなりリュークは眉をひそめて、いったい何を言い出すんだというような顔をした。

「うわ。ブランカ、それはないんじゃね？　幾《いく》らなんでも、そりゃこいつが可哀想だわ」

ライオネルがため息をつく。リュークが私の肩を掴《つか》んだ。

「他には？　ダミアンは他に何か言っていたか？」

「え？　……ええっと、私が邪魔をしているからカイルの側《そば》で大人しくしていろと。あとは、本人がそう言ったんだって……ああ、それにしてもこの大騒ぎの中、腕の中の女性は全く起きなかったわ！　どうしてもっと変だと思わなかったんだろう」

不思議に思ったことをそのまま伝える。

「そういえば最近セレスティナは『カイル様が売約済だから、狙いはリューク様ね。ジュリアン君は年がまだちょっとね〜。付き合うなら断然リューク様！　もうリュークの彼女は私ね』って言いふらしていた」

「ああそれ、俺も聞いたわ。つーか、歓迎レセプションの時も『リュークは私のもの』って言ってた。どこまで前向きなんだ……」

ジュリアンの言葉にライオネルが頭をかく。それを聞いたリュークが、低い声で呟いた。

「間違いないだろう。セレスティナはブランカの代わりにダミアンに攫《さら》われた」

「私の代わり？　それってまさか！」

「急を要する、話は後だ！　ジュリアン、ユーリスと学園長に伝えてくれ。ブランカはカイルのところへ。ライオネルは俺と来てくれ」

言うなり、リュークとライオネルが走り出す。

私はカイルに状況を説明した。それを聞いたカイルは、何人かの護衛にリュークとライオネルを手伝うように命じる。

「私に手伝えることはない？」

「君は安全な場所に避難して。女子は今日、講堂に泊まるそうだよ」

こんな時、全く役に立たない自分が歯がゆい。確かにみんなのように剣は使えないけれど、魔法なら……

そうだ、『忘却の魔法』！　ダミアンにあれを使われたら、彼らに危険が及ぶかもしれない！

ダミアンが幾《いく》ら悪事を重ねても、魔法で記憶を消せばすべてなかったことにできるのでは？

『魅了《チャーム》』と同じ系統の魔法なので、私に『忘却の魔法』は効かないはずだ。だから私も捜索に加わろう。

暗い中でやみくもに探すことは避けたいから、見当をつける。

学園内で人気《ひとけ》がなく、隠れやすいところといえば、広場の片隅にある道具小屋だ。私は小屋に行ってみることにした。

二人も護衛を引き連れているから私は大丈夫。

それよりもゲームの世界と同じなら、今頃セレスティナはマリエッタの代わりに麻縄でぐるぐる巻きにされているに違いない。でも彼女がゲームのマリエッタみたいに、ダミアンを改心させられるとは思えなかった。

急がなければ、セレスティナが危ない！

道具小屋の中は意外と広く、真っ暗だけど扉のカギは開いていた。

「危ないから下がって。私達が中を確認してきます」

護衛がそう言うので、私は彼らに任せることにする。数分で戻ってきた彼らは、何もなかったと報告した。

ところが、中で何か音がする。私は護衛の制止を振りきって、確認のために中へ入った。

持ってきた光の魔鉱石をかざして内部を見渡す。熊手や鍬《くわ》、肥料や台車の奥に――

「ひっ！」

「やっぱり君は期待を裏切らないね。そんなに僕のことが好き？　カイル王子じゃ物足りないの？」

暗闇から現れたのは、闇のように真っ黒な髪のダミアンだ。金色の瞳が、気怠《けだる》げに私を見下ろしている。私も負けずに、彼の瞳を睨《にら》み返した。

「そんなことよりセレスティナは！　彼女は無事なの？」

「くくくっ。僕やカイルがそんなこと？　ああ、やっぱり君っていいね。僕に堕《お》ちないし魔法も効かない。ねぇ、カイルなんかやめて僕にしない？」

「セレスティナは？　彼女はどこにいるの？」

「さあ。その辺で寝てんじゃない？　思ったよりも魔法が効きすぎたから……」

ダミアンが顎《あご》で指し示したのは小屋の隅だ。私は身体をそちらに向け、魔鉱石をかざした。

瞬間、音もなく私の背後に移動したダミアンに羽交い締めにされ、口を塞《ふさ》がれる。

「ねえ、遊ぼうよ。リュークの彼女は起きないし……。カイルには黙っておいてあげるからさ」

耳元で甘くねっとりと囁《ささや》かれる。

何それ？　リュークの彼女のセレスティナは大切だけど、私はどうでもいいってこと？

唯一動かせる足で、思いっきりダミアンの足を踏んづけた。

「ぐっ」

手が離れたところを狙って、腕の中から逃げ出す。落ちていた鍬《くわ》を拾い、ダミアンに向かって構えた。

ところで、護衛達は？　なぜ助けに来ないの？

「足、痛いんだけど。護衛達は？　そんなにお転婆じゃあ、カイル王子も苦労するね」

ダミアンはまだ余裕の表情だ。

「わたくしにも喋《しゃべ》らせてもらえるかしら？」

途端にダミアンがムッとする。

「ねえ、さっきどうして護衛達はわたくしに何もなかったと言ったの？　貴方の魔法？」

「ふふ、教えてほしい？　どーしようかなぁ。キス一つじゃ安い気もするけどぉ」

ダミアンが自分の赤い唇に指を当てながら考える。思わずイラッとしてしまった。

暗闇に目が慣れ、小屋の様子がわかる。ダミアンの後ろに藁《わら》が積んであって、そこに人が転がされていた。セレスティナかどうかはわからないが、呼吸はしていそうだ。彼女はどうやら無事らしい。

「いいねぇ～その強気な目。抉《えぐ》り出してコレクションしたいぐらいだけど、残念ながら僕にはそういう趣味はないからね。ええっと、護衛が嘘を言った理由？　簡単なことだよ」

言いながらダミアンは、服の中から小型のナイフを取り出した。しかも、両手に！

ちょっと待って！　ダガーじゃないし二刀流とも聞いてないんですけど。私の武器は鍬《くわ》だけって、もう終わってる気が……

「ふふ、びっくりした？　ただの留学生じゃなくてごめんね。でも大丈夫！　カイル王子の相手である君を始末すれば、僕の用事は片付きそうだ」

ナイフを構えて妖しい笑みを浮かべる彼は、悪魔のようだった。

先ほどから私は『魅了《チャーム》』を使っているのだけれど、彼には効かないらしい。

護衛達、何してるの？

チラッと視線を外に向けると、ダミアンが嬉しそうに笑う。

「そうそう、なぜ護衛が僕に気づかなかったかってことだけど、簡単だよ。僕の魔法で

忘れさせた」

「え？」

「忘れさせた上で『何もなかったと報告して眠れ』と、命じた。そうすれば君自身が確かめにくるかと思ったんだ。面白いくらいに引っかかってくれたよね、君は」

彼が使えるのは『忘却の魔法』だけではないらしい。私と同じ『魅了《チャーム》』もしくは『催眠術』？

「……ああ、喋《しゃべ》りすぎた。もういいよね。この世に思い残すことはない？」

私はなんとか時間稼ぎをしようと、鍬《くわ》を構え直す。

「いいね～好きだよ、そういうの。さあ、遊びは終わりだ」

彼はニイッと悪魔の笑みを浮かべた。もうダメだ……

その時、バキンッと木の扉を蹴破る音がして、誰かが小屋に突入してきた。

「……ブランカ、無事かっ！」

真っ先に小屋に入ってきたリュークを見た途端、私は安心して力が抜ける。

ヘナヘナと鍬《くわ》を下ろし、彼を見た。リュークは抜き身の剣を構えながら私を自分の背に庇《かば》う。

「なんだリューク、また君か？　君はやっぱりこの女のこととなると必死になるみたいだね。自分の最愛の人とは、なんのことだ？」

「俺の最愛の人よりも」

リュークは奥の人質を救うよう連れてきた護衛二人に目で合図する。

それを見たダミアンが、ナイフを一つ、護衛の足下に投げた。

「おっと！　それ以上近づいたらこの女性の命はないよ？」

転がされていた女性を引っ張り出し、寝ている彼女の首にナイフを突きつける。

予想通りセレスティナだ！

リュークの背中越しにこちらを睨《にら》むダミアンが見える。

「彼の目を見てはダメッッ!!」

私はみんなに呼びかけた。けれど、疲労のためか思ったよりも声が出ない。

「まったく、君はどこまでも僕の邪魔をしてくれるね。カイルに大人しく庇護されていればいいものを。ああそうか、彼だけじゃ物足りない？　だからリュークまで誑《たぶら》かしたの？」

「なっ！」

怒りのあまり身体を乗り出すと、リュークに制された。低い声で彼が問う。

「ダミアン、なぜこんなことを？　なぜ俺にまで魔法をかけた？」

「やっぱり気づいていたんだね。じゃあ、とっくに思い出してたってこと？　なんだ、振り回して損した」

「そういうことじゃないっ！　俺達は親友ではなかったのか？」

「ハッ、親友？　先に裏切ったのは君だろう？　城の情報を探るため、僕に近づいた」

「違う。お前が王族だと知ったのは、仲よくなってからだ。まして、反王制派とは知らなかった」

「じゃあどうして君は、さっさと自分の国へ帰ろうとしたんだ？　一緒にいてほしいと、まだ残って僕と共に国をよくする手伝いをしてほしいと、頼んだのに……」

美しい顔を歪めて泣きそうな声で話すダミアンは、行き場をなくした子供のようだ。

「その理由も話しただろう？　俺には何者にも代え難《がた》い愛《いと》しい存在が祖国にいるって……」

リュークは悲しそうな声で答える。

「ハッ、そんなの忘れればよかったんだ。だから『忘却の魔法』をかけてあげたんだよ。君は用心深いから、彼女の名前は教えてくれなかったけどね」

「用心深いわけじゃない。自分以外に名前を呼ばせたくなかっただけだっ！　でもそうだ、そこもわからない。対象の名前もわからないのに、どうやって魔法をかけたんだ？」

気がつくと、護衛は完全にダミアンの背後に回り込んでいた。

ダミアンのナイフはセレスティナの首に当てられたままなので、タイミングをうかがっている。

「簡単だよ。君が危ない目に遭った時に考える、最後の人物の記憶を消すようにすればよかった。君は僕を全く疑っていなかったし……」

「そんなことのために俺はっ!!」

彼が山道で事故に遭った時、最後に考えていたのは、私のこと？　こんな時なのに、私の心は喜びに震える。

「君が忘れてしまったのは……その人を愛しすぎたからだね。リューク、少しは苦しんだ？」

ダミアンが目を細めてニイッと笑った瞬間、リュークが腕を上げ、パチンと指を鳴らした。激しい水流が押し寄せて、ダミアンを木の壁に打ちつける。

リュークが得意な水魔法だ。

「女性に外傷はありません！　眠っているようです！」

護衛が無事にセレスティナを保護した。思わず安堵のため息が漏れる。

「ゲホ、ゴホッ……ゴホッ」

リュークは咳込むダミアンに近づくと、手近にあった縄で拘束した。ナイフは水に流されてしまっている。

「俺は本当にお前を大事な友だと思っていたんだ。だからたとえ刺客だろうと、お前を信じていたし、被害さえ出なければ無事に国へ帰すつもりでいた――」

「カハッ、ゴホッ」

後ろ手に縛られたダミアンが、水を滴《したた》らせながらリュークを見上げる。

「お前はカイルにダメージを与えるため、第一王子派に雇われたんだろう？」

「冷たいね、リューク。僕はこんなに君が好きなのに」

ダミアンがリュークの問いには答えず、甘えるように彼に訴えた。その姿は男性だというのに色っぽく艶《あで》やかだ。

なんだかいろんな意味で、すご～く負けた気がする。

だけどリュークは嫌そうな顔で、ダミアンの言葉を無視した。彼に近づき『忘却の魔法』を使えないように黒い布で瞳を覆う。

そして、私のほうを振り返る。

「――ブランカ、無事でよかった。お前に何かあったらと思うと、生きた心地がしなかった」

リュークは私の頬に手を伸ばしながら、掠《かす》れた声を出す。

「リューク……」

彼はいつでも私を見守り、助けてくれる。お礼を言おうとしたその時――

「やっぱりお前だったか……」

唸《うな》るような苦々しい声が聞こえ、目隠しをされたダミアンが立ち上がって突進してきた。リュークがとっさに私を腕の中に庇《かば》う。

ダミアンは縛られていた縄を引っぱられ、それ以上前には来られなかった。

それでも私に顔を向け、怒鳴る。

「お前がリュークを振り回していたんだな！　お前のせいでリュークは、苦しそうな顔を見せた。お前のせいで彼は、僕を裏切りさっさと国へ帰ってしまった。お前にはわからない。誰にも愛されなかった者の気持ちなど……。なんでお前だけが彼に愛される！」

彼の必死な様子に私は一歩引く。するとリュークが代わりに応《こた》えた。

「ダミアン、俺はそこまで大層な人間ではない。昔も今もたった一人の愛する人を他の誰より優先してしまう。すまない」

ダミアンは力つきたように大人しくなった。

その後、私達はダミアンを学園の警備に引き渡し、カイル達のもとに戻る。けれど、その直後、ダミアンは消えてしまった。

＊＊＊＊

魔法塔でダミアンといるところを偶然ブランカに見られた翌日、俺――リュークは、カイルとブランカの婚約式の話を聞かされた。

ここのところダミアンに張りつくのに忙しく、疲労でくたくたなところに、この話だ。自分の部屋へ戻ってベッドに倒れ込む。ダミアンはまるで、俺を振り回して楽しんでいるかのようだ。

そのせいでブランカにもショックを与えてしまった。絶対、俺もダミアンと同類だと思われている。とっさに「信じて」と言ったものの、どこまで理解してもらえたか。

あれはダミアンが、声をかけてきた女生徒を談話室に連れ込もうとしていたのだ。止めに入った俺まで知らない女からベタベタ触られ、あろうことか服まで脱がされそうになってしまった。

その上、大切なブランカを傷つけるなんて。

目に涙を溜め、睨《にら》むようにこちらを見る彼女に、浮気現場を目撃されたような気分になった。すぐに誤解を解きたかったが、ダミアンに彼女と俺が親しいと気づかせるわけにはいかない。

そんなふうにただでさえ落ち込んでいた俺に、追い打ちをかけたカイルの言葉を思い出す。

『親友の君に言っておきたいことがある。二ヶ月後の私の誕生日に、ブランカと「婚約式」をすることになった』

あの時は一瞬、カイルの言葉が素通りした。突然の報告に身体が固まる。

『……今、なんて？』

ようやくそれだけ口にすると、カイルがクスリと笑う。

『ああ、君がそんな顔をするなんて。ブランカに頼んだ甲斐《かい》があったな』

『っ！　まさか例の件、マリエッタではなくブランカにしたのか！』

カイルが首肯《しゅこう》する。

『マリエッタの演技力ではかなり厳しい。それに、ブランカのほうが私の気持ちが入る』

『だからといってブランカをみすみす危険な目に遭わせるなど、許せるはずがないだろう！』

『マリエッタでも同じことだよ。ユーリスが許さない。そしてこれはブランカ自身の了承を得ている。ここに来て、兄を推す一派の動きが活発になっているんだ。君が考えた偽の婚約式がヤツらを燻《いぶ》り出すきっかけになればいいと思っている』

到底納得ができない。けれど「偽の婚約式を行い、わざと隙を作って敵を全員集めたらどうか」と提案したのは俺だ。

『ブランカを薦めたのは宰相である君の父上だ。ブランカの父親の侯爵も参列を条件に同意している』

『父がよりによってお前の味方をするとは……。それでも俺は納得していない』

『君が納得しようがしまいが、事態はもう動き出しているんだ。私を狙った現場を押さえれば、その場で兄を糾弾《きゅうだん》できる』

『……偽の婚約式さえ済めば、ブランカを必ず返してくれるんだろうな？』

『返すも何も……彼女は君の持ち物ではないだろう？　ただ、ブランカに嫌われるのは嫌だからね。彼女にとっての最善を尽くすと約束するよ』

『当たり前だ。絶対に危険な目に遭わせるなよ』

『もちろん。君の手にかかって死ぬのは嫌だからね』

『わかっているならいいんだ。すべてはお前の「婚約式」にかかっているのか。まったく、作戦とはいえ、この俺がお前とブランカの晴れ姿を、指をくわえて見ていなければならないなんて……』

そう話していたのに、『婚約式』を前にして、火事をきっかけにダミアンは姿を消した。ブランカをこのまま『婚約式』に使っていいのだろうか……

俺はまた不安になった。

＊＊＊＊

火事の影響で女子寮が使えなくなった。

青海の月——つまり七月に入った今も、私達は来客用の部屋を使っている。ある日、リュークがその手に水色と紫色の薔薇《ばら》の花束を抱えてやってきた。続き部屋には常に護衛も待機しているから、変な噂になることはない。私は彼を招き入れた。

「今日はどうしたの？」

「お前に、これを」

花束を差し出された。ちょうど昔もらった水色の薔薇《ばら》を火事で焼失して気落ちしていたところなので、この贈り物は非常に嬉しい。

「ありがとう、嬉しい」

薔薇《ばら》はとても優しい香りがする。

「ブランカ、まずは謝りたい。俺はお前の誤解をすぐには解かなかった」

「誤解？」

「ああ。魔法塔の『闇』の談話室の前で会った時のことを、覚えているか？」

ええ、ええ、昨日のことのようにハッキリと。リュークを信じているとカイルには言いつつもなんだかスッキリしていなかった。

「あの日は……ダミアンがいたから何も言えなかった。説明させてくれ」

私が軽く頷《うなず》くと、リュークはあの日のことを話してくれた。

「――そういうわけであの時、すぐに話せればよかったんだが、お前の顔を見て俺も動揺していた。だから、たった一言しか告げられなかった」

彼の真剣な表情に私は納得する。

「ブランカ、よく聞いてほしい。帰ってからの俺はまだ、お前に気持ちを伝えていなかった」

リュークはソファに私を座らせると、自分も真向かいに腰かけた。整った切れ長の目を向けながら、語り出す。

「初めて会った時、お前はまだ三歳だった。薄紫色の髪がふわふわしていて、ぬいぐるみみたいだと思ったのを覚えている。次に会ったのは王宮内の図書館で、あの日から俺は、お前が気になって、忘れられなくなってしまった――」

リュークはそこで息をつく。

「小さな頃から俺はお前に認められ、好かれようと一生懸命だった。ブランカがカイルと婚約するかもしれないと聞かされた日は、心が張り裂けそうだった。熱で苦しむお前を見た時は、自分が守りたいと思った。婚約するなら俺を選んでと、子供心に切に願った――」

あの時は私も苦しかった。こんな未来が来るなんて、思ってもみなかったけれど。

「目と足が悪くなったからという理由で婚約を断られたのは、納得がいかなかった。あの時、無理にでも約束をしておけばよかった……」

悔しそうに遠い過去を振り返るリュークの言葉を聞きながら、私も同じように昔を思い出す。リュークと出会って十年以上。幼なじみの私達は、誰よりも互いを身近に感じていた。

「ダミアンに愛《いと》しい人のことを話してしまったのは完全に俺のミスだ。けれどそれぐらい、いつもお前のことを考えていた。そんなお前を忘れて、せっかくの婚約話が流れるなんて思ってもみなかった――」

リュークが首元に手を当てて、つらそうに顔を歪める。何度か見たことがあるこの癖は、以前の彼にはなかったものだ。

「帰国した俺は、お前を思い出そうとしただけで頭が激しく痛んだ。ブランカが気になって仕方がないのに、思い出そうと焦《あせ》れば焦《あせ》るほど、痛みのあまり何も考えられなくなった……」

顔を背けていたのはそのせい？　すぐにどこかへ行ってしまったのも？

「噴水でお前が溺れ息をしていないのがわかった時――ようやく俺の記憶は戻った。だが迂闊《うかつ》に近寄るのは危ないと、嘘をつき続けたんだ……」

私を噴水から助け出し、服や本を乾かしたのはやっぱりリュークだった！

温かい気持ちになる私の前で彼は話を続ける。

「お前がダミアンに恨まれたのは、俺のせいだ。だけどあいつに言った言葉は嘘じゃない。俺には何者にも代え難《がた》い愛《いと》しい存在が祖国にいる、と」

水色の双眸《そうぼう》が刺すように私を捉えた。

そこには抑えきれない激情がうかがえる。

「俺が好きなのはお前だけだ。お前のいない世界など、考えられない。ブランカ、俺は十年前からずっと、お前だけに恋焦《こ》がれている――」

切ない水色の瞳が向けられた。

「私も……。貴方が私を忘れていても、忘れられなかった」

リュークが私に顔を近づけて、唇に互いの吐息がかかったその瞬間——

「ハイ、終了～！　リューク様もブランカ様も続きはまた今度ね？」

突然、マリエッタが部屋に入ってきた。リュークは姿勢を正す。

「ああ、今日はこの辺にしておく。ブランカ、次に会った時にお前の気持ちを聞くからな！」

私の肩に手を置いて嬉しそうにそう言うと、リュークは部屋を出ていってしまった。

熱くなった自分の顔を手で扇ぐ。マリエッタの視線が痛い。

それからのリュークは忙しいらしく、なかなか顔を合わせる機会がなかった。

すべては婚約式の後だ。やっと彼と私の未来が始まる。

七　婚約式

　この世界で八月は金環《きんかん》の月と呼ばれる。その金環の月の三十日、とうとう偽の婚約式の日が来た。

　朝からスッキリ雲一つない晴天だ。

　なんのために婚約式をしなければいけないのか、よく考えると聞いていない。ただ、カイルには恩があるので私は黙って婚約式の仕度をした。

　ドレスはラベンダー色を基調としたプリンセスラインで、袖がないタイプ。その分長めのレースの手袋をはめる。スカート部分のフリルからは動くと白いシフォンが見え、所々にパールがちりばめられていて、陽光が当たるとキラキラと輝きとても綺麗だ。髪は結い上げサイドを少し垂らした大人っぽい髪型で、頭上には真珠で作った小さなティアラをつけた。

　衣装だけ見れば完璧な婚約者！　ところで、この後私はどう動けばいいの？

「やあ、ブランカ。とても綺麗だ。リュークもそう思うだろ？」

「――ああ」

カイルは白のフロックコートに白のパンツ、ベストとクラバットは薄茶を合わせて上品だ。リュークは濃紺の上衣にシルバーのベスト、シャツとトラウザーズは白で、ブーツは黒を合わせている。二人共、今日も非常にカッコいい。

「カイル様、私はどうすればいいですか？」

「練習通りでいいよ。でも、何が起こるかわからないから身辺には気をつけておいてね」

目の前に立ったカイルは、ポンポンとあやすように私の頭に手を置くと髪に軽く口づけた。

リュークがすごい目でこちらを睨《にら》んでいる。

「ブランカ、嫉妬《しっと》深い恋人は嫌だよね。このまま、本当に婚約してしまおうか？」

「カイル、お前っ！」

「ねえブランカ。君にはあと少し私に付き合ってもらいたいんだ。上手くいけば今日ですべて片がつく。追加の指示を与えてくるから、ここで待っていて」

よくわからないけれど、私は頷《うなず》いた。せっかくだからリュークと話をしたいけれど、近くにいる女官の目が厳しいのでそれもままならない。案の定、リュークも控室から追い出されてしまった。

「お時間です。聖堂へご案内いたします」

女官長が私を迎えに来た。私は廊下に立っていたリュークの前を通りかかる。

「ひゃっ！」

リュークがいきなり、私を背後から抱きしめた。腕が巻き付き逃げられず、どうしていいのかわからなくなる。

「幸せになれよ……」

耳元に唇を寄せ、掠《かす》れた声で囁《ささや》かれた。私の緊張を解こうとしているのかもしれないけれど、こんな冗談はやめてほしい。

婚約式が偽物だとは、周りには言っていないそうだ。女官長の目が厳しい。違うの。これは浮気じゃなくて、私そもそもカイルと婚約しないから。

いよいよ婚約式が始まった。

今日が終わればパートナーの仕事はなくなり、私はお役ご免になる。

両開きの扉が開かれた途端、聖堂内の視線が一斉に私に集まった。パイプオルガンが聞こえる。

私は赤いカーペットの上をゆっくり歩き、天使の翼がついた杖《つえ》を持った司教様を目指す。

参列者の数は少ない。国王ご夫妻、第一王子、うちの両親などだ。母は新調した山吹色のドレスがよく似合っていて、若々しく見える。父は深緑の軍服を纏《まと》っているから、いつもより三割増しで凛々《りり》しかった。

いかめしい顔つきの眼鏡をかけた美丈夫《びじょうふ》は、リュークの父親で宰相のバルディス公爵。長い髪を後ろで結んだ立派な顎髭《あごひげ》の人物は、第一王子派のルナール公爵。お二人は本日の立会人だ。

王家の親族には銀色の髪のジュリアンがいる。

壁際に立つシスター達は本番だからか、いつもと違う。私はそこで引っかかりを覚え、違和感に襲われた。

思わず祭壇の手前で待つカイルを見る。カイルは珍しく焦《あせ》った顔をしていた。

「ごめん、ブランカ。手違いで……本当に知らなかったんだけど……司教様が本物だ！」

そう、口の動きで伝えてくる。

ん？　カイルは偽物の司教様を用意して、婚約式を無効にする予定だったの？

今、本物がいるということは……大変！　このままでは、本当に婚約が成立するってことでは!?

慌てているにもかかわらず、練習通りに足は動く。どうしよう？

悩みながら進んでいくと、足元にほんの少し盛り上がった不自然な箇所があるのを見つけた。

思わず顔を上げ、参列者に目を向ける。

ルナール公爵が、イヤ〜な感じでニヤニヤ笑いながら自慢の顎鬚《あごひげ》に手をかけた。

「カイル様!!」

言いようのない焦《あせ》りに駆られ、思わず大きな声を出す。

勘のよいカイルは私の見ていたものに気づいたらしく、護衛の一人に問いかけるような視線を向けた。動かない私を見て聖堂内がざわつく。

警備の護衛が床に膝をつき、カーペットをめくってその下を確かめようとする。

「チッ」

誰かの舌打ちが聞こえた。私は目の端で、ルナール公爵が自分の顎鬚《あごひげ》を撫《な》でるのを捉える。

おそらくそれが合図だったのだろう。見知らぬ何人かが一斉に動いた。

一人が警備に飛びかかる。武器の携帯は許されていなかったはずなのに、どこかに隠し持っていたのか、小型のナイフを手にしている。

「ブランカ、こっちへ！」

飛んできたカイルが私の腕をぐいっと引っ張り、自分の背に庇《かば》う。

いたるところで兵士がもみ合いをしていた。

国王夫妻には専任の護衛がいて、身を挺《てい》して出口へ誘導している。

司教様とシスター達はオロオロと震え、慌てて出口に逃げ出そうとする人もいる。でも、むやみに動けば危ない。

「待って、カーペットは踏まないで！」

変な爆発物でも仕掛けられていたら、危険だ！

寄ってきた二人の敵にカイルが光の魔法を放つが、いつもより弱い。

「聖堂内は魔法が使えないような構造になっているんだ。君は少しずつ下がって出口に向かって！」

扉には参列者が殺到していた。

そんな中、一人、動かないシスターがいる。ブワッと背筋が凍りつく。

彼女は背が高く、喉ぼとけがある。見覚えのあるその綺麗な顔は――

「ダミアン！」

私は目を瞠《みは》った。

「カイル様、今すぐ出口へ！」

ダミアンから目を離さずに、カイルに向かって叫ぶ。その瞬間、爆風で吹き飛ばされた。

「痛っ」

先ほどのカーペットの盛り上がり部分が爆発したらしい。木片が飛び散り、火の手が上がる。

「ケホ……ケホ……ゴホッ」

煙のせいで目が開けられず、息が苦しい。どうやら爆発物自体に煙が出る仕掛けがあったみたいだ。

カイルは？　彼は無事？

煙が一瞬途切れて、人影が見える。

目の前にいたのはダミアンだった。邪悪な笑みを浮かべて、ゆっくりこちらに近づいてくる。

「止まりなさい！」

私は『魅了《チャーム》』を全開で使う。ダミアンには通じないと知っているものの、他に手立てはない。

「あれ？　もしかして君、僕に魔法を使おうとしていたの？」

ニイッと笑いながら彼は言う。やはりダメだったか。

圧倒的な格の違いを見せつけられ、情けなくも足がすくんだ。絶体絶命という言葉が、脳裏に浮かぶ。

「ええい、何をグズグズしておる！　さっさとカイルを斬り捨てないか！」

煙の向こうで怒鳴るルナール公爵の声が聞こえた。おそらくダミアンに指示を出しているのだろう。

その声を聞いたダミアンは、薄ら笑いを浮かべたまま服の裾《すそ》を捲《ま》くり上げた。ダガーをゆっくりと取り出す。私はどうにか時間をかせごうと焦った。

「覚悟はいい？」

「まさか！　でも死ぬ前に教えて。貴方はなぜ変わろうとしないの？　愛を拒んで誰かを恨んで、それが貴方のためになるとでもいうの？」

私は静かにダミアンを見つめた。

「貴方が思っているよりも、世界は優しい。誰にも愛されないと嘆くより、好きになる努力をしたら？　自分を否定するくらいなら、私は愛する人や困っている誰かの役に立ちたい――」

私の言葉に一瞬、ダミアンが怯《ひる》む様子を見せた。

貴方もまだ、愛されることを諦めたわけではないのね？

「カイル、ブランカ、無事なのかっ。どこにいるっ!!」

リュークの必死な声がした。爆発から今まで永遠のようにも感じられたけれど、おそらくほんのわずかの時間しか経っていない。

兵士がルナール公爵と第一王子ラウルのところに駆け寄り、有無を言わさず拘束した。

「何をする！　私を誰だと思っている！」

ルナール公爵はわめくが、先ほどダミアンに下した命令は複数の人間が聞いていたし、かすり傷一つ負っていないのはかなり怪しい。

大騒ぎするルナール公爵とは対照的に、第一王子のラウルは毅然としていた。最初から観念していたのかもしれない。そしてダミアンはダガーを持ったまま、ただ立っている。

「カイル様を安全な場所にお連れしろ！　負傷者も連れていけ！」

遠くで怒鳴る父の声が聞こえる。ああよかった。これでもう、カイルは大丈夫。

「ブランカは？　ブランカはどこにいるっ、奥か？」

ダミアンが舌打ちする。

「リュークめ、余計なことを。ところで君はなんで逃げないの？」

そう尋ねた直後、ダミアンは鮮やかに宙を舞い、かかってきた兵士を斬りつけた。

剣戟《けんげき》が響きわたる。

「ブランカッ、こっちだ！」

必死な顔のリュークが、崩れた座席の向こうから私に手を伸ばす。

けれど、いつの間にか返り血を浴びたダミアンが背後に立っている。振り向く私の目に映ったのは、凶々《まがまが》しいほど美しい悪魔のような笑顔だ。

「愛する人の役に立ちたいんだよね。だったら、彼の身代わりになるのはどう？」

ダミアンは、持っていたダガーを大きく振りかぶる。

——もうダメだ！　そう思って目を閉じた瞬間、衝撃が私を襲う。

ドンッ！

「リューク！」

気がつくと、私はリュークに突き飛ばされていた。彼はダミアンの前に膝をつき左肩を押さえている。紺色の服にみるみる血が滲《にじ》んでいった。

「あーあ、リューク。最後まで君は彼女を選ぶの。君が僕を拒むのなら、彼女を消せばいいよね？　君も僕と同じ絶望を味わえばいい」

「させるかっ！」

リュークの剣とダミアンのダガーがぶつかる。でも、手負いのリュークとプロの刺客とでは、勝負の行方は目に見えていた。

リュークは出血がひどいのか、すでに肩で息をしている。

「後は任せろ！」

幸い父が軍の精鋭を引き連れて戻ってきた。一斉にダミアンに襲いかかる。

「ブランカ様、バルディス様、早く！」

父の部下が手を貸してくれた。これでようやく外へ逃げられる。

木片や瓦礫《がれき》を避けながら少しずつ歩き、リュークに肩を貸していた父の部下と共に外に出た。

明るい日の光で見たリュークの怪我はとてもひどい。流れ出た血の量は多く、荒い息を吐くリュークはかなり苦しそう。

「誰か、救護の者は？　早く、早く来て!!」

大声で叫ぶ私のもとに、『光』の宮廷医師と一緒にマリエッタが大急ぎで駆け寄って来た。

「ブランカ様、ご無事で。……っ、リューク様!?」

日頃、治療に慣れているはずのマリエッタがリュークを見て息を呑む。

「動かさないほうがいいわ！　その木の陰に寝かせてすぐに治癒魔法を。ブランカ様はしっかり手を握ってあげて！」

テキパキと指示を出すマリエッタが、とても頼もしく思える。私はぐったりしているリュークの頭を膝に乗せ、怪我をしていないほうの手を両手でしっかり握り締めた。

医師とマリエッタはその場で彼のシャツのボタンを外して前を大きく開く。左肩から鎖骨の下まで深く斬れていた。よく見ると、首元につけていた壊れたチョーカーが目に入る。

リュークの首にあったのは『ときめきチョーカー』だ。

彼のチョーカーは、アクアマリンとダイヤモンドでできている。ダミアンのダガーがちょうどダイヤに当たって、上手く軌道が逸《そ》れたのだろう。

帰国してからよく見るようになった彼の癖――首元を触るその癖が、このチョーカーに触れていたためだと私は知った。

「よかった。これのおかげで心臓までは届いてないわ！　でも急がないと出血の量が多すぎる‼」

マリエッタと医師がリュークに大量の癒《いや》しの光を流し込むけれど、リュークは意識がないのか目を閉じたままだ。

今、私にできることは何もない。彼の無事を祈るだけ。

「なんでもするからっ、なんでも言うこと聞くから！　だからお願い、どうか死なないで!!」

涙があふれて止まらない。大好きな彼の、血の気が引いて冷たくなっていく手を胸の前でギュッと握り締めた。

もし彼が目を覚まさなかったら、私は自分を許せる？　これからもこの世界で生きていけるの？

目を閉じたまま動かなくなったリュークを見つめながら、どのくらいそうしていたのだろうか。ひとしきり泣いた私は、彼の手を握ったまま抜け殻のようになっていた。マリエッタも医師も癒《いや》しの魔力をすべて使い切ったせいか、グッタリしている。

私は彼の頬に手を添えて語りかけた。

「どうしてこんなことになったの？　貴方には幸せになってほしかった。一緒に幸せな未来を築いていけると思っていた。それなのに……」

声は詰まって震え、涙が後から後から流れ落ちる。

「リューク、お願いだから目を開けて！　お願いだからもう一度、私を見て!!」

彼の身体に取り縋《すが》って揺さぶった。

ねえお願い、今度こそ私は貴方に真っ直ぐ向き合うから！　貴方がいて笑ってくれたらそれだけで、私の世界は光で満たされるから！

嗚咽《おえつ》が止まらない。リュークは大事な自分の身体で私を守ってくれた。どんな言葉よりも雄弁に彼の愛を伝えてくれたのだ。

もしも一度だけ、願いが叶うなら――

彼がまた私のことを忘れても構わない。だから……

『大切なリュークをどうかこの世に生き返らせて――』

私は生まれて初めて、目に見えない存在に心から祈った。

その場を動く気にはなれず、ひたすら祈り続ける。すると膝の上の、彼の水色の睫毛《まつげ》が微《かす》かに震えたように感じた。

「……リューク？」

期待を込めて呼びかける。

「リューク！」

ゆっくりと目を開けた彼は、焦点が合わなかったのか一旦は眩《まぶ》しそうに目を閉じた。けれど、再び開くと綺麗な澄んだ水色の瞳で、私の顔を真っ直ぐに捉える。

「……ブランカ。俺はまた、お前を泣かせてしまったな」

「リューク!!」

彼がまた、この世に戻ってきてくれた！　私を見て、大好きなあの声で話しかけてくれた!!

ホッとした顔のマリエッタと医師が視界に入る。

私は感激のあまり、握っていた彼の手を自分の顔の前に持っていき、長く口づけてしまう。

リュークの目が緩《ゆる》んで、ふっと微笑んだような気がした。


結局、カイルとの婚約式は中止となった。

そしてそのまま、集まった主な貴族の前で第一王子のラウルと彼を擁立《ようりつ》していた貴族達の弾劾《だんがい》裁判が行われる。言い出したのは国王陛下、進言したのは宰相のバルディス公爵だ。

ダミアンとそれ以外の刺客も捕まり、悪事の証拠が揃《そろ》った。ラウルは王位継承権の剥《はく》奪《だつ》を余儀なくされ、臣下に下ることとなる。

主犯格のルナール公爵とレスター伯爵、ギュンター子爵は爵位を剥奪《はくだつ》され、罪に応じて刑が科されるそうだ。

カイルに怪我はなく、すぐに、「ブランカ・シェリル・バレリー嬢は協力してくれただけで、婚約する気はなかった」と正式に発表した。今後、私に婚約直前で破棄されたという不名誉な噂はついて回らないと思う。

ジュリアンにも全く怪我がなかった。リュークの無事を見届けてへたり込んでいた私の胸に頭をスリスリしながら、「カイルと婚約しないなら僕としない？」と、冗談を言ってきたくらい元気だ。

リュークは、絶対安静のためしばらく王宮内の医務室にいることになった。私が付き添うと言うと、思ったより元気な口調でからかってくる。

「ブランカ、覚えてるか？　『なんでもするから。なんでも言うこと聞くから』って言ってたよな。すごく期待している」

「え？　貴方、あの時、意識があったの？」

「暗闇の中、お前の声だけがハッキリと聞こえた。その声にまだ死ねないと感じて、この世に引き戻された。――ブランカ、約束楽しみにしている。忘れるなよ？」

私は唖然《あぜん》とした。結局付き添いもせず、家に戻ることになってしまう。

それにしても約束って……いったい何を要求されるのかしら？

静月の月と呼ばれる九月に入り、学園は長期休暇に入った。私は今、リュークのいる公爵邸にお邪魔している。

「……ブランカか。いつもすまない。王宮の様子はどうだった？」

リュークは元気そうに見えるものの、傷が深く出血が多かったため、まだベッドから出られない。半年も経たず続けて大きな怪我をしているせいで、癒《いや》しの魔法の効き目が弱いそうだ。

母親である公爵夫人は「この子は怪我ばかりして……」と笑った。その様子に、申し訳ない気持ちでいっぱいになる。リュークの怪我は両方共、私のせいで負ったものだ。

表情を曇らせた私を見て、リュークが咎《とが》めた。

「こら、ブランカ。また余計なことを考えているだろ。自分を責めるのはやめろと何度言ったらわかる？　俺が勝手に怪我をしただけだ。気にするな」

「でも……」

そういう問題ではない。

「ああ、そうか。そんなに気になるなら果たしてもらおうかな？　約束」

「約束って……」

「なんでもするから、なんでも言うこと聞くから、だっけ？」

そうだった。何を要求されるのだろう。しばらくして、リュークの口から出たのは意外な言葉だ。

「名前を呼んでくれ」

「へ？」

「俺の名前を呼んでくれ」

「いつも呼んでるけど……」

「違う！　その……セカンドネームだ」

リュークは、珍しく耳が赤くなっている。その様子に私も考えを巡《めぐ》らせた。

セカンドネームを呼べるのは、大切な人だけ。だけど……

「ごめん、無理」

「………そうか」

断った途端にリュークは、見るからにガックリと気落ちしたような顔をした。

「違うの！　だって貴方の名前、うちの父と一緒だものっ」

リュークのフルネームは、リューク・クロード・バルディス。私の父の名前はクロード・ジャック・バレリー。リュークのセカンドネームを呼ぶということは、自分の父親の名前を呼ぶことに他ならない。

「ああ、そういえばそうだな。親父同士が親友だから名前をもらったんだろ。何か問題が？」

「だから、貴方のセカンドネームを呼ぶたびにうちの父の顔が思い浮かぶのって、ちょっと……っていうか、かなり嫌だわ！」

「親も、もう少し考えて名前を付けてくれていたらな」

「ごめんなさい。でも私にとって、貴方は昔からずっとリュークだから……」

そう応《こた》えながら、私はリュークが回復したらすぐに、王都を去ろうと考えた。

確かにこの世界はゲームではない。けれどリュークは私のせいで二度も大怪我をした。

生まれ変わった私は、この世界にとって異分子なのではないだろうか。

リュークが側《そば》にいなくても、私はきっと大丈夫。そして、どこか遠くの町で思い出すたび、私は懐《なつ》かしい彼の名を呟くだろう。

「仕方がないな。じゃあ、別の願いを考えておくよ」

「ええ。是非そうして」

ベッドの背にもたれて真剣に願い事を考えるリュークを見つめた。彼が生きてこの場にいなければ、こんな表情を見ることはできなかったのだ。

誰よりも愛《いと》しく大切な貴方。

彼が元気になったら、王都を離れよう。

私には、自分を見つめ直す時間が必要だ――

「ところで、捕まった奴らはどうしてるって？」

考え事を中断し、リュークの言葉に意識を戻す。

「カイル様がおっしゃるには、第一王子のラウル様は、領地へ向かう準備中。スッキリした顔でカイル様のところに挨拶に来られたのですって。ダミアンは魔法が使えない建物内にいるそうよ。他国の人だから、向こうの返答待ちみたい」

「まだまだこれからだな」

「そうね。この国がカイルのもとで、どんどんよくなっていけばいいんだけど」

私は、今度こそ本当にそれを応援するから。

そうして、白銀の月――この世界の十二月になった。私は三日後に王都を去るため、一旦家に戻っている。

その日は雨が窓を叩きつけ、強い風が吹いていた。夜になると時折雷の音が聞こえてきて、雨足は一向に収まる気配がない。私は窓の雨粒を見ながら、嵐のせいで出発できないかもしれないと考えていた。

そんな大雨の中、馬を飛ばしてリュークが私に会いに来た。

「ブランカに取次を。話がある」

長い足で勝手知ったる我が家を歩く彼の水色の髪は、顔に貼りついている。自分ですぐに乾かせるはずなのに、服に染《し》み込んだ雨の雫《しずく》がポタポタと床にまで垂れていた。慌てて飛び出した私を見つけるなり、彼は濡れた両手で私の肩を掴《つか》む。

「ブランカ！　お前の本心が聞きたい。どうして学園を辞めるんだ？　俺に何も言わずにいなくなるつもりだったのか！」

リュークの必死な形相を見てしまい、私の心は穏やかでなくなった。

悪天候の中、わざわざ訪ねてきた彼を無下に追い返すことはできない。着替えと温かい飲み物を用意して応接室で待ってもらうことにする。

「――それで？」

リュークは私が部屋に入るなり、すぐに聞いてきた。

「お前はこれからどこに行く？　俺を、みんなと過ごした日々を捨てていったいどこへ」

どうしよう。ここは素直に答えるべき？

私の中に迷いを見たリュークは、質問を変えてきた。

「俺の想いは……俺との十年以上にわたる日々は、お前にとってなんの意味もなかった？」

そんなわけはない。でも、私が危ない目に遭えば、リュークは何度でも助けに来るだろう。そして傷つく。

本当は私、知っているの。リュークの左腕は、ダミアンに斬りつけられた傷のせいで元通りには動かず、魔法に支障はなくても剣が握れないのだ。

私のせいで、これ以上貴方が傷つく姿は見たくない。だから何も言わず、黙って王都を去ろうとしたのに……

今、応接室にいるのはリュークと私の二人だけ。部屋の扉は当然大きく開け放たれている。

「ちょっとリューク！　こんな時間にわざわざ言いに来ることないでしょう？」

「それならいつ言えばいい？　お前を失うとわかってなお、黙って見ていろと？」

「――違う！　貴方は全然わかってない!!」

「それなら、わかるように説明してくれ！」

彼の訴えかけるような瞳を見つめながら、私は黙ってかぶりを振る。

私の大事な貴方には、ゲームそのままの優しく美しい世界で日々を穏やかに過ごしてほしい。

他のみんなもだ。それにはトラブルメーカーの私がいないほうがいい。

「ブランカ――!!」

リュークは私の手首を持ってグイッと自分へ引き寄せると、しっかりと抱きしめた。彼の腕が私の背中に回される。「二度と離さない」とでもいうかのように苦しくなるほどギュッと。

彼は私の耳元に口を近づけて、大好きなあの甘く掠《かす》れた声で熱っぽく囁《ささや》いた。

「――ずっと昔からお前だけを見ている。お前が側《そば》にいないなら俺は光を失ってしまう。お前と会えない世界で、俺はこれからどう生きればいい？」

リュークは私の頬を両手で挟み、端整な顔を近づけてきた。まるで表情を残らず読み取ろうとするみたいに。

私はとっさに目を逸《そ》らす。

私はここに、貴方の側《そば》にいないほうがいい。

なのにどうして貴方は、決意を揺るがすことを言ってくるの？

目に涙が滲《にじ》み、震える自分の身体をどうすることもできない。

風の吹き荒《すさ》ぶ音や雨の叩きつける音が一層激しくなり、窓がガタガタと揺れた。一向に止まない雨は、今の私の心の中を表しているようだ。

「――ああ。俺はお前を、追い詰めたいわけじゃない……」

思い詰めた表情のリュークが私の顎《あご》を持ち上げ、自分の顔をさらにグッと近づけた。

至近距離で私の瞳を覗き込んだかと思うと、水色の目が苦しそうに細められる。

「このままお前と二人で、どこかへ行けたなら……」

彼は私の唇に親指で触れると、そのまま、自分の唇をそっと重ねた。

最初はためらうような、触れるだけの軽いキス。けれど何度も角度を変えて口づけ、舌で唇の形をなぞり、だんだんと深くなる。

唇から伝わる彼の激しく熱い想い——その強さに絡め取られた私は頭がクラクラしてしまい、倒れないように彼にしっかりとしがみついた。

離れると決めたはずなのに、想いのすべてを込めてリュークにギュッと抱きつく。大好きな人の香りと感触、確かな温もりを感じていたい。一生忘れないように心に深く刻みつけておきたい……

ねえ、リューク。私は貴方が思う以上に、貴方が好きみたい。

私をときめかせるのも、切なさで泣かせるのも、嫉妬《しっと》でどうしようもない気持ちにさせるのも、全部、貴方。貴方と過ごすのは楽しかったし、私を呼ぶ声を聞くだけで、胸が喜びに震える。

——貴方に告白されて、本当はとても嬉しかったの。

『十年前からずっと、お前だけに恋焦《こ》がれている』と告げられた時、『私も』と言えばよかった。あふれんばかりの優しさと愛情を、全部貴方に返してあげたかった。

絶対に告げるつもりはないけれど——

貴方はどうか幸せになって。

意思の力を総動員してリュークの胸を両手で押し返し、無理に身体を引き剥《は》がす。

「お別れの挨拶はこれくらいでいいかしら？　こんな天候ですので気をつけてお帰りくださいね」

これが悪役令嬢の最後の見せ所。毅然とした態度を貫かなければいけない。

私の言葉を聞いたリュークは、信じられないという表情をした。水色の瞳で探るように私を見つめると、想いの欠片《かけら》を探すみたいに視線を何度も私の顔の上に走らせる。

しばらくして想いを断ち切るかのように目を閉じた彼は、最後に一度だけその瞳に私の姿を映し、大股で部屋から出ていった。

背後で扉が閉まった。私の役目は終わったのだ。

愛《いと》しい人の足音を聞きながら、私はその場に泣き崩れた。

「ブランカ、どうしても行くの？」

「ええ、ジュリアン。自分で決めたことですもの。この国をいろいろ見て回ったら、きっとこの場所に戻ってくるつもり」

「早すぎねーか？　卒業してからでも……」

「いいえ、ライオネル。わたくしにとっては遅すぎたくらいよ。もっと早くこうしていれば……。幸い学園は休学扱いにしてくれるというから、気が向いたらまた復学するかもしれないわ」

「ブランカ様、無理をしないでお元気で！　時々は私達のところに遊びに来てくださいね」

「ありがとう、マリエッタ。貴女達にはとても感謝をしているの。楽しい日々をありがとう。みんなもどうかお元気で」

「こんな日に、カイルは公務だしリュークはいないし……。そういえば知ってた？　カイルもリュークも飛び級で、今年中に卒業するんだってさ！　特にリュークは最終試験に合格しているから、あとは卒業の時期を決めるだけなんだって！」

「そう。だから自宅でゆっくり静養していたのね？　でも、それならユーリスもきっと飛び級ね。マリエッタと同じ学年になったりして……」

「もう、ブランカ様ったら。ブランカ様こそ早く帰ってこないと、ジュリアンにも抜かれてしまいますわよ？」

「ふふ、それも面白そうね。でも機会があれば、としか言えないわ。今の私には、間を空《あ》けることが重要だもの。貴方達もお元気で」

誕生日を迎えて十六歳になった私は予定通り王都を出て、以前の療養先であるブランジュの村へ向かうことにした。しばらく学園には戻らないつもり。

本当はもうとっくに離れているべきだったのに、長く一緒にいすぎてしまった。みんなの側《そば》は居心地がよくて、いつもとても楽しかったから。

春――

子供だけのお茶会で、私はみんなと出会った。

私の悪役令嬢ぶりは、子供ながらになかなかのものだったと思う。

夏――

みんなに会いたくて、私は必死に勉強した。

遠く離れていても、私は貴方を想った。

秋――

私は学園に編入した。久々に会うみんなはとても大人びていて、懐《なつ》かしさと嬉しさで胸がいっぱいになった。

冬――

競技会で私は、みんなのすごさを目の当《ま》たり《あ》にした。魔法で作られたクリスマスの風景はとても懐《なつ》かしく、涙が出るほど嬉しかった。

高等部に入ってから悲しい思いや怖い思いをしたけれど、楽しいことや嬉しいこと、大切なことはいつでも彼らと共にあった。みんなと過ごした日々は、私にとって大切な宝物。

季節が廻《めぐ》るたび、この大切な時間を、遠いどこかで懐《なつ》かしく思い出すことだろう。たくさんの思い出を与えてもらえて、転生してきて本当によかった。

優しく温かいこの国で、みんなには幸せになってもらいたい。

私はブランカ、悪役令嬢。

心の底からみんなの『本気の幸せを願う悪役令嬢！』なのだ。

今の時期は冬の休暇で実家に戻る生徒も多く、私が寮からいなくなっても目立つことはない。湿っぽいのは嫌なので、本当は誰にも言わずひっそりと学園を去るつもりでいたけれど、休学の相談をしたルルー先生が、私の出立の日を仲のよいみんなにバラしてしまったのだ。

実はルルー先生にも、一度王都を離れ、外から自分を見つめ直すことを勧められていた。

ブランジュの村をスタート地点にこの世界の知識を深め、将来この国を支えるみんなの手助けとなりたい。ゲーム通りの未来を守るためではなく、やがて訪れる新しい未来の力になるために、私は旅に出ることにしたのだ。

最初はただ、逃げ出そうとした。けれど私は、それではダメだと考え直す。

この世界に悪役令嬢は必要ない。だから、必要とされる自分になるために、最大限の努力をしていこう、と。

それがきっと、リュークの好きなブランカだもの。以前の私はいつでも前を見て、日々努力をしていた……まあ方向はちょっと間違えていたけれど。

それでもお別れは、やっぱり寂しい。無理に笑顔を作ってみんなと向き合う。

今日学園を出る私のために、マリエッタ、ライオネル、ユーリス、ジュリアンとルルー先生がわざわざ見送りに出てきてくれていた。

「それじゃあ、後はよろしくね。私も頑張るから、みんなも学園で頑張って!!」

私は走り出す馬車の窓から、小さくなっていく彼らが見えなくなるまでずっと手を振った。

旅は退屈することもなく快適で、何日かかけてブランジュの村に到着した。私はしばらくこの村に滞在して今後の計画をゆっくり練り、ここを起点に国境沿いをぐるっと見て回ろうと考えている。

青い屋根に白い壁の我が家の別荘に到着すると、エントランスで待ち構えていた執事が「お客様がお待ちしております」と告げてきた。

誰だろう？　誰かを招待した覚えもないし、約束した覚えもないのに……

客間の淡いグリーンのソファに長い足を組んで腰かけ、ゆったりとくつろぎながらお茶を飲んでいる客人。海のように深い青のジュストコールは金色の装飾が鮮やかで、同色のジレ、白いドレスシャツとトラウザーズという改まった格好が目に麗《うるわ》しい。

彼は絵画のようにすっかり部屋に溶け込んでいた。

「あ、貴方……どうして、なんでここに？」

いるべきはずのない人、ここにいてはいけないその人は、私を見るなり瞳を煌《きら》めかせ、ソファから立ち上がる。そして肩をすくめ、昔のようにいたずらっぽく得意げな表情で答えた。

「なんでって？　ブランカのご両親にいい静養地があると勧められてね。それに、お前のいるところがいつだって俺のいるべき場所だから。お前が王都にいたくないというのなら、俺がついていくしかないだろう？」

「だって、貴方は嫡男《ちゃくなん》で……。学園は？　お家のことはどうするの？」

私は頭が真っ白になって、震える自分の肘を押さえた。水色の髪のその人は、そんな私に近づくと、両手を私の肘に添え優しく語りかけてくる。

「大丈夫。うちには俺以外にも双子の弟がいる。父も頑健だし、当分爵位を継ぐ必要はない。学園の課程もすべて終了している。いざとなれば後継ぎの権利を放棄したって構わない」

「そんな！　私はそんなことを望んでいたわけじゃない。王都での幸せを壊してまで、一緒にいたいとは思わない!!」

彼は私の言葉を聞くと、目を細めてふっと笑いながら言った。

「お前が望んでいなくても、何より俺が望んでいる。それに、俺の幸せを考えてくれるのなら、王都にいるよりお前の隣にいるほうが、ずっと幸福なんだとわかってほしい」

「リューク!!」

これでは、私が王都を出た意味がなくなる。いずれ宰相となる貴方やみんなの手助けをするために、一人で旅に出た意味がなくなってしまう！

それを切々と訴えると、彼は首を傾げた。

「そうかな？　俺はそうは思わないけど。宰相になりたいのなら自分の実力でなるし、そのための力も自分でつける。国内外をお前と一緒に見て回るのも勉強になるし悪くない。それに……」

渋る私に考える仕草をしたリュークが、私の知らない事実を伝える。

「我が公爵家は以前から、王家の許可を得て他国との交易に力を入れていてね。商人を多数抱えているし、俺も旅には慣れている。何より、『なんでも言うこと聞くから』っていう約束がまだだったよな？ それなら俺を連れていけ。国内外のルートの選択や案内は俺でもできるから、連れていって損はないと思うが？」

なんと!! 初耳なんですが……

「ブランカ、さっきから口をパクパク開けっ放しにしているけど、俺が塞《ふさ》いでおこうか？」

上機嫌なリュークは私の顎《あご》を持ち上げると、自分の唇で私の唇を塞《ふさ》いだ。

羽のように軽いキスが徐々に深く激しくなっていく。思わず目を閉じてうっかり応《こた》えてしまったけれど、ごまかされている感が半端ない。

待って、話はまだ終わっていないわ！

「……ちょっ、待っ……」

我に返って飛び退《の》き、言葉を探す。

何か言うべきことがあるはず。彼をギャフンと言わせるための何かが。

「でもリューク。未婚の淑女たる者、軽々しく殿方と道中ずっとご一緒できませんわ。

それに、私は二度も婚約話が流れている身ですもの。悪評が立ちすぎていて、仮に『婚約者』としてでも同行できるかどうか……」

ふふん、どうだ。参ったか。

「ああ、ごめん。気がつかなかった」

自分から言い出したのに、彼にそう言われると途端に胸がズキリと痛む。

けれどリュークは魔法であるものを作ると、それを持って私の前に跪《ひざまず》いた。

それは私が以前、王都を去る幼いあの日にリュークからもらった一輪の水色の薔薇《ばら》とよく似た、優美で繊細な『氷の薔薇《ばら》』だ。その大輪の花を、私は以前にも『プリマリ』のスチルで見たことがある。

リュークルートのラストで、マリエッタへの愛を語る彼が手にする、告白用のキーアイテムだ。

ドキンと胸が高鳴る。この流れはもしかして……

リュークは氷の薔薇《ばら》を差し出しながら、水色の瞳に真剣な光を宿す。私を見つめ、甘く掠《かす》れた低音ボイスを発した。

「ブランカ。幼い頃からずっと、誰よりもお前を愛している。俺はこれから先もお前の隣で生きていきたい。ブランカの理想とする未来を、俺にも手助けさせてくれ。もしお前も同じ気持ちなら、俺とすぐに結婚してほしい」

は？　え？　結婚？　婚約でなく……？　びっくりして目を瞬《またた》かせる。

「婚約している間にお前を誰かにとられるのは嫌だからな。壊れる恐れのある婚約なら、しないほうがいい。夫婦としてなら旅もしやすいだろうし、お前に不名誉な噂がついて回ることもない」

「……う……いや、でも、さすがにそれは無理なんじゃ……」

「両家の親には話を通してある。あとはお前の承諾だけだ。ブランカ、お前の返事が聞きたい」

リュークの行動が素早くて考えがついていけてない。ギュッと目を閉じた後に再びゆっくりと開けてみる。同じ姿勢のまま、彼はやっぱりそこにいた。

「まだ人生は長いし、これから先、貴方にはもっと素敵な出会いが……」

「ない」

言い終える間もなく即答されてしまった。

心の中にふと湧《わ》き起こった想い。それは「貴方の隣にずっといたい」という願いだ。

恋の悩みや苦しみも愛の喜びや切なさも、すべては貴方が私に与えてくれたもの。

この世界で幸せになりたい——もう『悪役令嬢』が必要ないのなら——

答えはすでに決まっている。

「喜んで」

彼の瞳をしっかり見つめ返し、小さな声で言う。

氷の薔薇《ばら》を手に取ろうとしたその瞬間、薔薇《ばら》は消えた。氷の魔法を解いて立ち上がったリュークに、息もできないほどしっかり抱きしめられてしまったのだ。

「ブランカ、絶対にお前を幸せにするから‼」

うん、わかった。よーくわかった。けど、でも、リューク、ちょっと苦しい……‼

腕の中でもがく私に気づいて、彼は力を少しだけ緩《ゆる》めてくれた。けれど、嬉しそうに頬ずりするのは忘れない。私も自然と笑みがこぼれ、リュークの背中に手を回してピッタリ寄り添った。

重ねた唇から熱い想いが伝わり、温かい気持ちがじんわりと身体中に広がる。私は幸せな気持ちに浸《ひた》った。

「ウォッホン、オホン、オホン」

しばらく二人だけの世界にいた私達だけれど、執事のわざとらしい咳払いで我に返った。

頬をほてらせ慌てる私に比べて、リュークはとても冷静だ。恥ずかしくって逃れようとする私をその両腕に閉じ込めたまま、平然と我が家の執事に向き直る。

「なんだ？　婚姻を承諾してもらったから、これぐらい問題ないだろう？」

片眉を上げて言うそのイイ声に、やっぱり惚《ほ》れ惚《ぼ》れしてしまう。

「差し出がましいようですが……。ご当人同士で約束なさったとはいえ、婚姻前であることに変わりはありません。旦那様と奥様には、お嬢様自ら早めにご報告されたほうがよろしいかと。それまで節度ある距離を保っていただき、これ以上の過剰な接触はお控えいただきますように」

「そんなことはわかっている。それならブランカ……」

今までにないくらい真剣な表情でこちらを凝視するリュークに、思わず身構える。

「俺達、一日も早く結婚しよう!!」

その飾り気のない真っ直ぐな言葉が、昔から私のよく知るリュークらしくて、クスクス笑ってしまった。

気取らず飾らない私達なら、こんな世界の始まり方でもいいのではないかしら？

エピローグ

春風が心地よいある晴れた日、王都中心部にある大きな聖堂でバルディス公爵令息リュークと、バレリー侯爵令嬢ブランカの結婚式が執り行われることとなった。

薄紫の髪が印象的な花嫁は、身分の区別なく誰とでも気軽に接するために『慈愛《じあい》の女神』と呼ばれ尊《とうと》ばれている。

二人を祝う参列者の顔触れはそうそうたるもので、若いながらも将来を嘱望《しょくぼう》される見目麗《みめうるわ》しく才能豊かなメンバーが集《つど》っていた。

「ごめん、待たせた。みんな揃《そろ》っているようだね。変わりはない？　あれ、マリエッタがいないけれどユーリスがエスコートするんだよね。放っておいていいのかい？」

公務を終えた王太子のカイルが聖堂に駆けつけ、仲間と合流した。王立学園の卒業を待たずに王太子となった彼は、すでに重臣からも国民からもその知性と采配《さいはい》が認められている。

「カイル、よかった。間に合ったんだ！　マリエッタなら僕らからのプレゼントをブランカに届けた後、そのままベッタリ張りついているんじゃないのかな？　最後まで、『ブランカ様の一番がリューク様だなんて納得いかなーい』って騒いでいたから」

「ああ、あれね？　喜んでくれるといいけれど……。でもマリエッタは、自分がブランカの一番になりたかったってことだよね？　ユーリスはそれでいいの？」

「まあ、それも含めて僕の好きになったマリエッタだからね」

「ごちそうさま。ユーリスはいいよね、マリエッタがいて。それに比べて僕は……」

「ジュリアン、男は諦めが肝心だぞ？」

「嘘つけ。お前もさっきがっかりしてただろ？　ライオネルのほうがずっと諦めが悪いよ」

「まあまあ。せっかくの日に喧嘩《けんか》はよくない。今日の主役はリュークとブランカだ。みんなで彼らを祝福してあげようよ」

「カイル……お前って本当いい奴だな！」

本日の主役である愛すべきブランカ——

自分より他人の幸せを考える素晴らしい女性。

この国を温かく優しい世界にすることが、彼女の望み。

そんな彼女だからこそ、誰もが好きになった。側《そば》にいたいと願った。

「幸せな一日になるといいね」

参列者達が笑顔で頷《うなず》いた。

＊＊＊＊

「マリエッタ、これって……!!」

私は長くて大きな箱の中身を見るなり、目を丸くした。つい先ほど、マリエッタが「ギリギリセーフ!!」と可愛く言って結婚式の控室に飛び込んできたのだ。

「ブランカ様、これ、みんなからの贈り物です！　過去の文献を調べたユーリスがリューク様から産地を聞いて、ライオネルが布を取り寄せたの。王室御用達《ごようたし》の仕立屋に依頼したのはカイル様。婚約式の時のブランカ様のサイズが残っていたのですって！　デザインがジュリアンで小物は私。あ、小物の支払いはリューク様だから気になさらないで！

それで、どう？　気に入った？」

気に入るも何も……私はすごく驚いてしまった。

それは、私が散々プレイしていた『プリマリ』で手に入れられなかったファン垂涎《すいぜん》の究極のレアアイテム、『虹色のドレス』。

シルクサテンにオーガンジーが合わさったような生地で、基本は白色だけど光の当たり具合で虹色に輝く。控え目に開いた首周りの部分と袖は真珠をあしらったレース、腰は絞ってあるけれどスカートはふんわりしていて可愛らしい。しかもこれを身につけたヒロインは、どのキャラからも必ず愛されるという特典付き!!

こんなところでお目にかかれるなんて……みんなが私にプレゼントしてくれるだなんて……

嬉しくて涙が込み上げてしまう。人を信頼する心、愛情と思いやりを教えてくれたこの世界の仲間達。私はみんなから与えられてばかりで、まだ何も返せていないのに――

泣き出したいのを一生懸命我慢した。

「……これ、私が着てもいいの？」

声を詰まらせながら必死で言葉を絞り出す。

「もちろん！　ブランカ様のためにあつらえたんだもの。着てくださらなければ、みんなが泣いてしまいますわよ」

マリエッタが応《こた》え、晴れやかに笑った。

「本当にありがとう。じゃあ、遠慮なく!!」

親友のマリエッタが、侍女と共に私の着替えを手伝ってくれる。そこにリュークが訪ねてきた。

「準備はいいかい？……ブランカ、なんて綺麗なんだ‼」

ドレス姿の私を見て、思わず息を呑むリューク。そう言った彼のほうが、いつもの何倍も素敵だ。

真っ白なフロックコート姿で、中のベストとクラバットは濃いめの青、水色の髪は整えられて後ろに撫《な》でつけられている。

この人が、今日から私の旦那様。

彼と共にこの先の未来を歩いていく！

考えただけで嬉しく誇らしい気持ちで胸がいっぱいになった。

リュークを見上げて頬を染《そ》め、喜びで震える私。

そんな私を見て目を細めて優しく笑う彼。

二人だけの甘い空気に浸《ひた》っていた、その時。

「ほらほら、見つめ合うのは、あとあと！　そんなの、これから嫌と言うほどできるでしょうに。そろそろ時間ですわよ？　私は先に戻ってますから、主役のお二人も遅れないようにね！」

マリエッタが片手を腰に当て、もう片方の手の指をビシッと立てて私達に忠告してきた。

そんな彼女のポーズは『悪役令嬢』おなじみの決めポーズのようだ。

思わず苦笑した。この世界に悪役令嬢はいらない。

そして私はリュークと永遠を誓い合った。


その日の夜。

青い月明かりがバルコニーに面した窓から射し込み、床の一部を照らしている。

「月の光は、この世界も元の世界も全く一緒なのね」

そう呟いた私は、青白い光に吸い寄せられるように窓の近くへ歩み寄った。

静かなこの部屋にいると、昼間の喧騒《けんそう》と興奮が嘘のよう。

晴れやかかつ華やかな式で、参列者に手を上げて応《こた》えるリュークはやっぱりカッコよかった。

自然と唇に笑みが浮かぶ。

彼のことを考えただけで、私はいつでもふんわり温かい気持ちになる。

幼なじみから恋人、恋人から夫婦へ……

道のりは決して平坦なものではなかったけれど、つらく苦しい日々があったからこそ私達はこの日を迎えることができたのだ。

私はこれからのことを考え緊張していた。気心が知れた仲とはいえ、それとこれとは別。

恋人同士になって以降もお目付け役の監視があり、あまりいちゃラブできていないから。

経験のない私は、彼を困らせてしまわないだろうか？

「何を考えている？」

後ろからリュークに腰を抱きしめられて、耳元で囁《ささや》かれた。前世でも聞き惚《ほ》れたいい声に思わずドキンとする。

彼はいつの間に、この部屋に入ってきたのだろう？　月の光に魅入られていたせいか、全く気がつかなかった。

後ろから私の首筋に唇を這《は》わせるリューク。その仕草に、私の胸はますます高鳴る。

「ま、まま、待って！」

「待たない」

彼は私の膝裏に手を置くと、そのまま軽々抱き上げた。口調とは裏腹に、天蓋付きの広いベッドに優しく私を下ろす。

「ブランカ、すごく綺麗だ」

間近で見下ろす水色の瞳は熱を帯びていた。

整った顔に浮かぶくるおしい表情に、胸がキュッと苦しくなる。

「リュークこそ、すごく素敵」

見上げて微笑む。こんなに素敵で優しい彼が、私の夫だなんていまだに信じられない。

「そんな顔をするなんて反則だ。これ以上俺をどうしたい？」

掠《かす》れた声でそう言うと、リュークは私の髪に、瞼《まぶた》に、頬に、そして唇にキスを落とした。

「愛している、ブランカ」

キスの合間にそう言いながら、リュークは少しずつ丁寧に私の緊張をほぐしてくれる。

子供の頃から私の一番近くにいたリューク。

幼いあの頃は、こんなふうになるなんて考えてもみなかった。

自分の想いを隠し、彼を諦めてしまわなくてよかったと心から思う。

「私も。愛しているわ」

想いがあふれて声が震えた。滲《にじ》み出した涙を、嬉しそうな表情の彼が優しく拭《ぬぐ》ってくれる。

慈《いつく》しむように触れる指先、見つめる瞳。私の愛《いと》しい夫、誰よりも大切なリューク。

貴方に会えてよかった。貴方に愛されて、私は幸せ。

水色の髪に手を入れて、愛する人を引き寄せる。重なり合う胸の鼓動が、互いの想いを雄弁に伝えてくれていた。

「リューク……」

呟く私の唇を、彼がキスで塞《ふさ》ぐ。

恥ずかしさや緊張は闇に溶け、もう何も気にならなくなった——

柔らかな朝の光が私達を照らしている。

眠い目を擦りながら開くと、私の腰に腕を回して安心したように眠るリュークの顔が近くにあった。

水色の髪が日に透けてキラキラしている。少年のように穏やかな寝顔に幸せな想いがあふれて、つい彼の髪を指で梳《す》いた。

ふと目に入ったのは、上がけから出ている左肩の傷跡。ギザギザの傷は、私を守ったあの時にできたものだ。彼のおかげで私は今、ここにこうして生きている。

そう考えると愛《いと》しくて、斜めに走る彼の傷跡を指で辿《たど》り、そのままそこに唇を這《は》わせた。

リュークがピクッと動く。瞼《まぶた》がゆっくり開き、澄んだ水色の瞳が現れた。

「あ、ごめんなさい。起こしてしまったわね。それとももしかして、傷がまだ痛むの？」

心配になってしまった。引きつれたような感じがするとか、疼《うず》く痛みがあるのだろうか？

リュークがベッドに片肘をつき、手の上に頭を乗せて苦笑する。その気怠《けだる》げな表情が色っぽく、私の心臓は今にも爆発してしまいそう。

胸に手を当て必死に耐えると、リュークが応《こた》えた。

「いや、痛みはないが、くすぐったい」

「ごめんなさい。私ったら余計なことを……」

「そうじゃない。ブランカ、朝から煽《あお》ったお前が悪い」

「え？　嘘？　リューク、ま、まさか！」

「覚悟しろよ」

色気たっぷりの声で囁《ささや》くと、イイ笑顔の彼が私に身体を寄せてきた。

大好きな人に触れられた途端、私は幸せで弾けそうになる。

この世に生きる喜びと、誰かを深く愛する心。それを私に教えてくれたのは、リューク、貴方だ。

貴方の瞳に私が映り、私の瞳は貴方を映す。私達はこれからも互いを見て、未来を共に歩んでいくのだろう。

「ブランカ、好きだよ」

絶品の低音ボイスに聞き惚《ほ》れながら、「私も」と返した。けれどすぐに彼のせいで、何も考えられなくなってしまう。

——夫婦として初の朝食が、遅い昼食になったのは言うまでもない。

書き下ろし番外編

もう一度あなたと

「ブランカ、聞いた？　今日の特別講師は、王宮から来るんだって」

「ええ、ジュリアン。『魔法の地方活用論』がテーマでしょう？　興味があるし、楽しみにしていたの」

休学を経てカルディアーノ学園に復学した私は、現在高等部三年『特進魔法科』に在籍している。二年前と建物や景色に変わりはないが、残念ながら東屋《あずまや》――ガゼボ付近は工事中で、立ち入り禁止となっていた。

学園は魔力持ち同士の交際だけでなく結婚も推奨《すいしょう》しているので、私以外にも既婚者が数名いるらしい。結婚した者は届けを出せば、寮に入らず自宅からの通学も認められるため、なんとも緩《ゆる》い……いえ、素晴らしい制度だ。

そして、ジュリアンと私は同級生！

彼は美青年に成長し、身長も私を遥かに超えている。でも、あどけない仕草や可愛い喋《しゃべ》り方は健在で、私はつい彼を愛《め》でてしまう。

ちなみに一つ下のユーリスは飛び級で、昨年マリエッタやライオネルと共にここを卒業した。現在は研究職だが、風の魔法の通信技術を買われ、時々ライオネルのいる軍を手伝っているそうだ。

マリエッタはこの学園に残り、なんと医務室の先生となった。就任直後は愛らしいと評判で、部屋の前に行列ができたみたい。

ところがある日、用もないのにうろつく生徒達に怒った彼女が、彼らを光魔法で次々撃退。そのため最近では、怪我や病気の者しか入室しないという。

――ま、当たり前と言えば当たり前だけどね。

王太子のカイルは公務で忙しく、リュークは彼の補佐として王宮で働いている。魔法学者のルルー先生も王宮勤め。この辺は『プリマリ』通りの結果なので……って、ゲームはもう関係ない。

ここは悪役令嬢が必要のない世界。そんなわけでリュークと夫婦になった私は、彼と暮らす屋敷から通いつつ、学園生活を満喫していた。

今日の講義は講堂なので、私は同じクラスのジュリアンと共に移動する。

途中、熱い視線を感じて振り返れば……そこにはやっぱり、マリエッタ。

「ブランカ様、ひどいっ。どうしてこの頃、医務室に来てくださらないんですか？」

「え？　だって必要ないもの。健康なのに行ったら、貴女の迷惑になるでしょう？」

「そんな！　ブランカ様は特別です。いつでも遊びに来てくださいね」

「遊びにって……。私は生徒で貴女は先生よ。それに、いくらなんでも『様』はおかしいわ」

「いいえ。私にとって、ブランカ様はいつまでもブランカ様です。呼ばせてくれないと、私、泣いちゃうから」

マリエッタの言葉に、私は苦笑する。一方ジュリアンは、少し焦《あせ》っているようだ。

「ねえ、ブランカ。早くしないと講義が始まっちゃうよ？　マリエッタ、先生だからって生徒の邪魔はしないでね」

「なんですって〜」

ジュリアンがマリエッタと睨《にら》み合う。だけど確かに、講義の時間は迫っている。

私はマリエッタに別れを告げ、ジュリアンと共に急いで講堂に向かった。

講堂はほぼ満席で、ほとんどが女生徒だ。噂によると、講師がとんでもなくイケメンで、声もイイらしい。

「ただ私は、リュークで慣れているしね」

席を探して一番後ろに腰かけようとしたところ、ジュリアンに最前列まで引っ張られた。彼はちゃっかり、事前に整理券をもらっていたようだ。

「私の分まで？　だけど、他の方に悪いわ」

「気にしないで。ブランカのためだから」

大きくなっても、ジュリアンは優しくて優しい。感謝の笑みを向けていたら、間もなく開始時刻となり、学園長の挨拶後に噂の講師が登場した。

金の刺繍《ししゅう》が入った黒い上着に青いジレ、水色の髪と瞳に見惚《みと》れるほどの美貌、すらっとした立ち姿といえば——

なんでリュークがここに!?　しかもなぜ眼鏡をかけているの？

会場をまんべんなく見渡すためかもしれないけれど、素敵だ。これなら女子が騒ぐわけだと、納得した。

でもリューク、最前列に私がいたら話しにくくない？　というより、彼が講義に来るなんて、私は全然知らなかった。

私が恨めしげな目を向けても、リュークは知らんぷり。壇上の机に置かれた緑色の革表紙の本を開き、淡々と講義する。

「地方にも優秀な人材は必要だ。災害時や大規模な修復など、むしろ王都よりも大きくかつ繊細な魔法を用いることがある。そのため、普段から土地に詳しい指導者や魔法を扱う者がいたほうが、円滑に進む」

魔法を地方でも活用させようという内容に加え、朗々と響く声にみんなが聞き惚《ほ》れている。私もそのうちの一人で、彼の言葉をメモしつつ美声にうっとり。

けれど視線が合った瞬間、リュークの目つきが険しくなった。声にもなぜか冷たさが滲《にじ》む。

――ちゃんと聞いているのに、どうして？　やっぱり妻が生徒だと、講義に集中できないのかな？

そうかといってよほどの事情がない限り、途中退室は許されない。リュークには、このまま我慢してもらわなくちゃ。

再びメモを取ろうと下を向けば、誰かが手に触れている。

「ええっと、ジュリアン？　なんで私の手を握っているの？」

「え？　ああ、ごめんね。話に夢中で気がつかなかったよ」

「……そう？」

なんとなくおかしい気がして首を傾げた。

すると、顔を寄せて小声で話していたにもかかわらず、壇上から叱責が飛ぶ。

「そこ、聞く気がないなら出ていってくれ。警告したから二度目はないぞ」

――最悪だ。リュークを怒らせてしまった。

私はその場で俯《うつむ》くが、ジュリアンは堂々としている。彼は長い足を組み替えて、両腕を組む。

以降は何事もなく、講義は無事に終了した。だけどなんだか気まずくて、学園長が挨拶で締めくくった途端、私は転がるように講堂を後にする。

ジュリアンは女生徒に囲まれていたから、出てくるのはきっと当分先だ。


一人で校舎に戻っていると、誰かが私の手首を掴《つか》む。

慌てて振り向きその人を目にした私は、思わず絶句する。

「なっ……」

現れたのは、今まで会場にいたはずのリュークだ。彼は講義を終えた後、女生徒を振りきってそのまま外に出たみたい。表情が硬いのは、まだ怒っているから？

「ブランカ、こっちだ」

彼は私の手を引いて、どんどん歩く。

「ちょっとリューク、どこに行くの？」

一応ついていくけれど、工事のために置かれた木のついたてを見て、私は彼を制止する。

「待って。そっちは立ち入り禁止のはずよ」

「大丈夫。工事が終わったと聞いたから、学園長に使用許可を取ったんだ」

「いったい、いつの間に……」

視界をさえぎるついたての向こうには、懐《なつ》かしい景色が広がっていた。

緑の芝を越えて小さな橋を渡った先、薔薇《ばら》のアーチの奥に白いガゼボが微《かす》かに見える。

あの池には、今でも白鳥がいるのだろうか？

「変わってないな。ほら、行こう」

少し機嫌が直ったのか、リュークは長い足を前に進める。

白いガゼボの周りには、コスモスやキンモクセイなど秋の花が咲いていた。心地よい芳香が、風に乗って辺りに漂《ただよ》う。

リュークは先にガゼボの石段を上ると、私に向かって手を差し出した。

「おいで」

その顔は逆光でよく見えないが、彼の手を取った瞬間、私の胸はドキリとした。

――これって、ゲームのオープニングにそっくり！

もちろんゲームと現実は違うと、今は理解している。だけど『プリマリ』をこよなく愛してきた者として、この場面はたまらない。

しかも五年前の私達も、ここにこうして二人でいたのだ。

私とリュークは、ここで初めてキスをした。互いに好きだと打ち明けて、幸せを感じて。留学先から戻った彼が私を忘れてしまうとは、これっぽっちも思わずに……

「懐《なつ》かしいわね」

ぽつりと漏らすと、リュークが切れ長の目を細めた。彼は床に腰を下ろし、腕を広げる。

「ブランカ、おいで」

恥ずかしいので周りを確認し、誰もいないことがわかると、彼にぴったり寄り添った。

リュークが後ろから私を包みこみ、髪を優しく撫《な》でてくれる。

あの時と同じ体勢……リュークも思い出しているのね？

あれからだいぶ経つけれど、彼への想いは薄らぐどころか、日に日に強まっていく。

こうして側《そば》にいるだけで、今でも胸がドキドキする。

振り向けば、水色の瞳が私を捉えていた。その日の奥に真剣な光を読み取って、身体が震える。

「……リューク？」

「ブランカ、あの日のことを覚えている？」

「ええ、もちろん」

「想いを告げた翌日に俺は留学し、戻った時にはお前のことを忘れていた。だが、記憶のない間もここを見るたび、なぜか胸が締めつけられた。俺は無意識に、お前の姿を探していたんだと思う。……ブランカ、昔も今もずっと愛しているよ」

「……っ！」

不意打ちの告白に、私は言葉を失う。

ただでさえリュークの掠《かす》れた声は、抜群の破壊力だ。普段から彼の愛情をたっぷり感じているので、わざわざ言わなくても、ちゃーんとわかっているのに。

けれど、思い出の場所で改めて口にしてくれたことで、私のときめきは今、最高潮に達している。

「私もよ。私も貴方を……」

言いかけたところで、ふと気づく。だったら講義中、冷たかったのはどうして？

「ちょーっと待った。それならなぜ、講義の時に意地悪したの？」

「意地悪？　そんな覚えはないが」

リュークは眉根を寄せ、口元に手を当てる。忘れているなら、思い出してもらおうか。

「みんなの前で注意したでしょ。険しい目で、こっちをチラチラ見ていたし……」

「……ああ、あれか」

リュークはようやくわかったみたい。だけど悪びれる様子もなく、すかさず反論する。

「それは、ブランカのせいだろう？　ジュリアンに手を握られても気づかなかったり、身体をくっつけられたり。二人の距離が近すぎる！」

「……へ？　まさかそれだけで？」

「それだけ、とは？　大体お前はいつも、危機管理が甘い。その短いスカート丈はなんだ。ここには男子学生や男の教師もいるんだぞ。既婚者だからと油断してないか？」

もしもしリュークさん。その変わりようは何？

「リューク、一つ聞いていい？　もしかして、学園での講義を引き受けたのって……」

「普段のお前の様子を見るためだ。他に何がある？」

きっぱり言い切る姿は、逆に清々《すがすが》しい。だからって、そこまではやり過ぎじゃあ……

さっきのときめきを、今すぐ返してほしい。

「あのねえ。そんなに私が信じられないの？　貴方をこんなに愛しているのに！」

思わずこぼれた言葉。リュークは嬉しそうに目を細めると、私をギュッと抱きしめた。

彼の美貌がゆっくり迫り、記憶の中よりも熱い唇で塞《ふさ》がれる。

二人だけのガゼボ。その前の池では、白鳥の笑うような鳴き声が響いていた。

Regina COMICS
令嬢はまったりをご所望。
1~2
原作 三月べに
漫画 梶山ミカ
アルファポリスWebサイトにて
好評連載中!
もふもふファンタジー
待望のコミカライズ!
過労により命を落とし、とある小説の世界に悪役令嬢として転生してしまったローニャ。彼女は自分が婚約破棄され、表舞台から追放される運命にあることを知っている。
だけど、今世でこそ、平和にゆっくり過ごしたい!
そう願ったローニャは、小説通り追放されたあと、ロトと呼ばれるちび妖精達の力を借りて田舎街に喫茶店をオープン。すると個性的な獣人達が次々やってきて――?
B6判・各定価:本体680円+税
大好評発売中!
アルファポリス 漫画
検索
妖精ともふもふ獣人達に
囲まれて幸せ満喫中!?

Regina COMICS
自称 悪役令嬢な婚約者の観察記録。
1~5
シリーズ累計
66万部
突破!!
(電子含む)
原作 = しき
Presented by Shiki & Natsume Hasumi
漫画 = 蓮見ナツメ
アルファポリスWebサイトにて
好評連載中!!
自称 悪役令嬢な婚約者の観察記録。
5
あの…えっと……
私が伴侶って、もう
決定事項ですの!?
大好評発売中!!
異色のラブ(?)ファンタジー
待望のコミカライズ!
優秀すぎて人生イージーモードな王太子セシル。そんなある日、侯爵令嬢バーティアと婚約したところ、突然、おかしなことを言われてしまう。
「セシル殿下! 私は悪役令嬢ですの!!」
……バーティア曰《いわ》く、彼女には前世の記憶があり、ここは『乙女ゲーム』の世界で、彼女はセシルとヒロインの仲を引き裂く『悪役令嬢』なのだという。立派な悪役になって婚約破棄されることを目標に突っ走るバーティアは、退屈なセシルの日々に次々と騒動を巻き起こし始めて──?
アルファポリス 漫画 検索
B6判 / 各定価:本体680円+税

本書は、2017年10月当社より単行本として刊行されたものに書き下ろしを加えて文庫化したものです。


この作品に対する皆様のご意見・ご感想をお待ちしております。

おハガキ・お手紙は以下の宛先にお送りください。

【宛先】

〒150-6008 東京都渋谷区恵比寿4-20-3 恵比寿ｶﾞｰﾃﾞﾝﾌﾟﾚｲｽﾀﾜｰ 8F
（株）アルファポリス　書籍感想係

メールフォームでのご意見・ご感想は右のＱＲコードから、
あるいは以下のワードで検索をかけてください。

アルファポリス　書籍の感想　検索

ご感想はこちらから

レジーナ文庫

本気《ほんき》の悪役令嬢《あくやくれいじょう》！

きゃる

2021年3月20日初版発行

文庫編集－斧木悠子・篠木歩
編集長－塙綾子
発行者－梶本雄介
発行所－株式会社アルファポリス
〒150-6008 東京都渋谷区恵比寿4-20-3 恵比寿ｶﾞｰﾃﾞﾝﾌﾟﾚｲｽﾀﾜｰ8階
TEL 03-6277-1601（営業）　03-6277-1602（編集）
URL https://www.alphapolis.co.jp/
発売元－株式会社星雲社（共同出版社・流通責任出版社）
〒112-0005 東京都文京区水道1-3-30
TEL 03-3868-3275
装丁・本文イラスト－あららぎ蒼史
装丁デザイン－ansyyqdesign
印刷－株式会社暁印刷

価格はカバーに表示されてあります。

落丁乱丁の場合はアルファポリスまでご連絡ください。

送料は小社負担でお取り替えします。


ISBN978-4-434-28641-4 C0193